小說 土亭祕訣

(中)

李載雲 著

해냄

머리글

나는 이 작품을 쓰기 전에 〈잃어버린 형제들〉이라는 소설을 쓰고 있었다. 백 년이 넘는 몽고 식민 시대에 이 땅을 떠나 원나라로 끌려갔던 고려의 수십만 여인들, 임진왜란 때 사무라이에게 유린당하거나 일본으로 끌려간 수십만의 조선 여인들, 병자호란 때 청나라에 공물로 보내져 성적 수모를 당하고 돌아온 화냥(還鄉)년 수십만, 일제 강점기에 이 땅에 태어나 동남아로 사이판으로 떠돌다가 목숨을 떨군 이십여만 명의 일본군 위안부들.

나는 우리나라가 전란을 겪을 때마다 항상 적국의 노리개가 되어 한스런 목숨을 버리고 떠나간 수많은 여인들을 생각해 보았다. 그리고 이러한 우리나라 여인들의 수난사를 보면서 역사도 윤회하는 것이 아닌가 하는 의구심이 생겨났다.

이때 만난 인물이 토정 이지함이었다.

해마다 정초가 되면 우리나라 사람들을 〈토정비결〉 앞에 모여들게 하는 토정 이지함. 그는 이 작은 책 한 권을 통해 우리 민중에게 무슨 말을 하려고 했을까? 연초마다 토정비결로 한 해 운수를 점치는 세시풍속이 4백여 년 동안 끊이지 않고 이어온 힘은 어디에 있는 것일까?

토정 이지함은 〈토정비결〉의 저자, 기인, 점술가로만 알려져

小說　土亭祕訣

토정은 이렇게 권력의 핵심에 둘러싸여 있으면서도 자기 자신은 철저하게 야인 생활을 해나가면서 내우외환의 고통 속에서 허덕이는 민중을 구제하기 위해 온갖 노력을 기울였다.

　박지원의 소설 〈허생전〉의 주인공이기도 한 그는 물산과 지리를 파악하여 처음으로 유통 개념을 생각해 내었다. 즉 한 지역에서 많이 나는 물산은 다른 지역으로 유통시키고, 그 지역에서 모자라는 것은 또다른 지역에서 수입해 들이는 것이었다. 이 경제 이론은 현대 경제학으로 보면 당연하고도 아주 초보적인 이론에 불과하지만 토정이 살던 조선 중기에는 시대적으로나 제도적으로나 상상하기조차 어려운 것이었다. 더구나 그 경제 이론의 배경이 지리학과 기론(氣論)에 근거한 것이라는 점에서는 지금도 주목할 만한 가치가 있다.

　그는 경제라는 사회의 흐름을 파악하는 한편, 인간 개개인의 운명에 관심을 기울였다. 어떤 사람은 왜 부모를 일찍 잃고 어떤 사람은 왜 병으로 평생 고생하는가, 어떤 사람은 왜 하는 일마다 잘 풀리는데, 어떤 사람은 하는 일마다 방해를 받는가? 토정은 이 문제를 해결하고 옳은 방향을 제시하기 위해, 민중 속으로 뛰어들어 수십 년 동안 민중들의 이야기를 듣고, 그들의 삶을 직접 관찰하였다. 그리고, 여기서 집대성한 인생사의 있다. 물론, 토정이 인간의 운명을 손바닥 들여다보듯 훤히 알고 수십 수백 년 앞을 내다본 기인이자 점술가인 것은 사실이다. 그러나 토정비결이라는 명저에 가려 토정의 진면목이 제대로 드러나 있지 않다.

토정은 우리나라 최초로 자본주의 경제를 시도한 경제학자이자 수학자였고, 지리학과 천문학을 탐구한 과학자였다. 그리고 토굴 속에 살며 빈민의 고통을 함께 나누고 이들을 구제하기 위해 힘쓴 빈민 운동가이기도 했다.

토정의 이러한 행적이 더욱 빛나는 것은, 그가 당시에 설움을 받아 울분이 쌓여 있던 천민도 아니고, 집권 세력에서 소외되어 항거의 기회만 엿보고 있던 몰락 양반도 아닌, 좋은 가문의 전도양양한 선비였다는 점이다.

그는 고려말의 대학자인 목은 이색의 7대손이었다. 그의 형 지번은 청풍군수를 지냈고, 조카 산해는 북인의 영수로 영의정을 지냈으며, 산보는 이조판서를 지냈다. 그와 절친했던 율곡 이이는 당대의 정치와 학문의 중심에 있었고, 같은 화담 산방 출신인 좌의정 박순은 그를 적극 지원하였다.

또 서기, 남궁두, 정개청, 서치무, 남사고 등 이후 우리나라 도맥(道脈)을 이어간 출중한 역학자들이 모두 그의 제자였다.

모든 문제와 방향을 기론적 입장에서 풀어, 인간 개개인이 스스로의 길을 찾아 나갈 수 있도록 도와주는 운명 지침서 〈토정비결〉을 지었다.

토정비결은 요행이나 횡재를 가르치진 않는다. 안 될 때에는 준비를 철저히 하며 때를 기다리고, 잘 될 때에는 보름달도 언젠가는 기우는 이치를 깨달아 겸허하게 살라는 식으로 인내와 중용과 슬기를 가르치고 있다.

그리고 토정이 참으로 몸을 바쳐 풀려고 했던 것이 있었다. 그것은 한민족의 기를 고르게 잡는 것이었다. 끊임없는 외세의 침입과 내분으로 한민족이 겪는 고통의 수레바퀴를 멈추기 위해 그는 필사적으로 노력했다. 이 문제를 놓고 그와 화담, 율곡, 그리고 은둔 역학자가 벌이는 대토론은 시대와 공간을 초월하여 오늘날에도 실감나게 다가온다.

나는 이 소설을 쓰기 위해 자료를 읽는 동안 우리나라에는 한양의 왕을 중심으로 한 정사(正史) 위에 또다른 거대한 힘이 존재하고 있었다는 것을 알게 되었다. 바로 역사의 뒤에 은둔하여 국운을 걱정하고 미래를 대비하기 위해 노심초사하는 도인들이 부지기수로 있었다는 것이다.

이 소설을 읽고 나면 독자들은 조선 팔도의 역학자들이 임진

왜란 수십 년 전부터 이 난을 예방하기 위해 하늘과 대결하며
목숨까지 버리면서 숨막히게 노력한 까닭을 알게 될 것이다.
그리고 율곡의 십만양병설이 어디에서 나왔으며, 이순신에게
거북선을 발명해다 바친 사람이 누구인지, 칠백 의병과 함께
장렬히 전사한 의병장 조헌의 스승이 누구인지도 알게 될 것이
다.
 나는 이러한 맥이 지금도 면면히 이어져 내려오고 있음을 확
신한다. 그 맥을 이은 사람들은 지금 어느 산중에 숨어서 하늘
을 향해 기도하고 있을지도 모른다. 마치 구한말의 의인 강증
산이 하늘을 뜯어고쳐 이 나라를 바로잡겠다고 스스로 떠나갔
듯이.
 토정에 대한 자료가 워낙 빈약하여 방계 자료가 많이 필요했
는데 후배 이지선이 기초 자료를 수집하고 검색, 정리해 주었
다. 그리고 이 소설에 쓰인 주요 이론과 삽화 등은 수십 년간
비결서(秘訣書), 참서(讖書)를 연구해 온 공주 용화사의 한 스
님에게서 구한 것임을 밝힌다.

1991년 10월

이재운

목 차

15. 방장 명초의 비밀

공주 고청봉의 용화사에서는 마침 방장 명초의 설법이 열리고 있었다. 수좌 여남은 명, 그리고 그 뒤로 신도 몇이서 가부좌를 틀고 앉아 귀를 기울이고 있었다.

서기는 설법이 열리고 있는 법당의 문을 열었다.

설법을 하던 명초와 법당에 들어서던 서기의 시선이 잠시 마주쳤다. 서기는 합장을 하고 삼배를 올렸다. 서기를 잠깐 돌아본 명초는 설법을 계속해 나갔다.

「환신(幻身)이 나고 죽는 것을 따라 옮겨다니는 것이 사람의 한 평생이라. 평생 싸움질만 하다 가는 것 같소이다. 업은 끈질기게 나를 따라오고 나는 악착같이 도망치려 하고…….

잘들 있으시오. 내가 죽은 뒤에 요란하게 장사를 치르거나 세속에서 하는 대로 예를 갖추지 말아주시오. 슬피 울며 눈물을 흘리거나 남의 조문을 받아서도 안 되오. 그런 사람은 내 제자가 아니니…….」

명초는 죽음을 앞두고 최후 설법을 하고 있었다. 서기는 고개를 뚝 떨구었다. 화담 산방을 떠날 때 들었던 예감이 맞은 것이다.

명초는 서기를 깨우치기 위하여 얼마나 애썼던가. 서기는 지난 날 명초가 휘둘렀던 매서운 채찍이 그리웠다. 그러나 명초는 지금 대중에게 임종을 고하고 있었다.

한 수좌가 일어나 명초에게 문답을 청했다.

「큰스님, 돌아가시면 어디로 돌아가시는 것입니까?」

「생도 사도 없는 곳, 시작도 끝도 없는 곳, 그런 곳이라고 이르는 게 고인들의 말씀이었네. 그러나 나는 그렇지 않다네. 평생 공부만 하고도 성불을 하지 못했으니 어느 신도집 황소로나 태어나야겠네. 그래서 이생에서 평생 시주만 받아먹고 살며 지은 빚을 갚아야 할 걸세.」

제자들은 죽음을 선언한 명초에게 다투어 질문을 퍼부었다.

한 수좌가 나섰다.

「큰스님, 보따리를 다 풀고 가십시오.」

「내가 가진 보따리를 다 풀라고? 이리 오게. 자네에게만 몰래 전해 줌세.」

질문을 던졌던 수좌가 법상으로 다가갔다. 그러자 명초가 그의 귀에 입을 대었다. 그러고는 아무 말도 하지 않았다. 그래 놓고 수좌에게 물었다.

「들었는가?」

「예? 아무것도 못들었는데요?」

「자, 그럼 다시 한번 들어보게.」

명초는, 이번에는 그 수좌의 눈을 똑바로 바라보며 눈을 꿈쩍거렸다.

「보았는가?」

「아무것도 못 보았습니다. 말씀을 해주셔야 듣고, 무언가 내 보이셔야 보지요.」

「예끼, 이놈!」

명초가 주장자를 들어 그 수좌의 등줄기를 철썩 내리쳤다.

「자, 그만들 두거라. 설법을 마치련다.」

명초는 법상을 내려섰다. 시자승이 어깨를 부축하여 법당을 나갔다. 명초는 법당을 나서다가 뒤를 돌아보면서 서기를 찾았다.

「못난 것. 방장으로 오너라.」

명초가 방장으로 돌아가자 수좌들은 다비 준비다 제물 준비다 해서 바쁘게 움직였다.

서기는 방장으로 가서 무릎을 꿇었다.

「그래, 정심에게서 도를 구했느냐?」

「아직 미망이 깊습니다.」

「못난 녀석. 내가 갈 길이 머니 네 녀석에게 말해 주마.」

「……..」

「난 네 삼촌이니라.」

「예?」

「놀라지 말고 들어보거라. 끝까지 말을 하지 않으려고 했다 만, 기왕에 네 녀석이 여기에 나타났고, 또 정심이 지극하게 가르쳐주는 도마저 받지 못하는 찌그러진 그릇이니 할 수 없이 토설한다. 신분에 연연하여 제 공부 하나도 못하는 어리석은 녀석. 네가 심충겸을 알렷다.」

「예. 저의 주인이셨습니다.」

「주인? 네 주인은 너니라.」

「하오나…….」

「그자는 너의 원수니라.」

「예?」

「중종 반정이라고 들어보았느냐?」

「연산군을 몰아낸 사건 말씀이시옵니까?」

「그렇다. 서홍(徐興), 네 아버지의 함자다. 의금부 도사였던 네 아버지는 그때 모반 사건을 알고 대궐을 지키고 있었다. 그러나 그때에는 연산군을 지키려는 사람이 없었다. 신하들이 일제히 돌아서버린 것이다. 그러나 네 아버지는 끝까지 왕에게 충성해 연산군을 지켰다.」

「…….」

「그때 중종의 인척인 심충겸, 그러니까 너의 옛주인인 그가 반역의 군사를 이끌고 쳐들어왔다. 반역, 그렇다. 그때까지는 그것이 반역이었다. 네 아버지는 끝까지 싸우다 심충겸의 칼에 맞아 죽었다.」

「…….」

서기는 자신의 출생 비밀이 풀리고 있다는 놀라움과 아버지 서홍의 비극적인 죽음으로 감정이 뒤엉켰다.

「그뒤 심충겸은 오히려 우리 집안을 반역의 무리라고 지목하여 모두 잡아들였다. 그때 나는 이미 입산한 몸이라서 잡혀가지 않았다. 그러나 너와 너의 어머니, 할머니와 할아버지는 모두 끌려가 종이 되었다. 할머니와 할아버지는 그뒤 어느 집인가 권신의 집에 하사되었는데 아직도 어디 계신지 찾아내지 못했다.

이미 이 세상을 뜨신 지 오래 되었을 게다.

　너와 네 어머니는 그 사건이 일어난 지 십수년 만에 찾았다. 내가 용화사에 있으면서 시주를 다니다가 우연히 보령에서 너희 모자를 보았던 것이다. 네 얼굴은 알아보지 못했지만 네 어머니 얼굴은 금세 알아볼 수 있었다.

　그 뒤로 보령에 자주 다니면서 네 소식을 물어보곤 했다. 네가 심충겸의 배려로 공부를 한다는 것도 이미 알고 있었다.

　그리고 이건 너도 알아야겠기에 하는 말이지만…….」

「무엇 말씀이십니까?」

「심충겸의 막내딸을 아느냐?」

「아옵니다. 심명 애기씨요.」

「그 아이는 네 동생이니라.」

「예?」

「그걸 심충겸이 말해 주지 않더냐? 네 어머니도 말하지 않았을 텐데 그 사람인들 말했을 리 없다만. 그래도 심충겸 그 사람이 대인은 대인이니라. 원래 종에게는 성도 내리지 않는 법인데, 그 이가 네 이름은 원래 쓰던 대로 내버려두었다. 또 네 동생의 이름은 네 아버지가 쓰는 대로 외자로 지어주었으니 하는 말이다.」

「그래서 심충겸 대감이…….」

「그이가 무슨 언질을 주었더냐?」

「아닙니다. 심 대감이 임종을 눈앞에 두고 저를 불러서는 막내딸을 따로 들어오라고 하였습니다. 그런데 말을 하지 못한 채 숨이 끊어졌습니다. 그래서 무슨 말을 하려던 것인가 하여 미진했었는데 지금 듣고 보니…….」

「심충겸이 네 어머니를 취하여 그 딸을 두었느니라.」

명초가 눈을 감았다.

죽음을 눈앞에 둔 노승이건만 조금도 쇠하지 않은 모습이었다. 서기와 마주앉은 명초는 서슬퍼런 방장의 기개는 간 데 없고, 인자한 삼촌의 얼굴로 서기를 바라보고 있었다.

「기야.」

「예. 큰스님.」

「삼촌이라고 부르거라.」

「……삼촌.」

명초의 두 눈에 물기가 비쳤다.

「이 일을 들어 행여 무슨 일을 도모하지는 말거라. 네가 누구의 자식이든, 누구의 조카이든 그것은 다 환영에 불과하니라. 너는 단지 너일 뿐이다. 자, 그만 하자. 나는 더 이상 세상에 머물 수가 없구나. 나를 따라오너라.」

명초는 주장자를 들고 일어났다. 그리고 방장을 나섰다. 서기도 명초의 뒤를 따라 방장을 나왔다.

용화사는 명초의 임종을 준비하느라 몹시 분주했다.

명초는 경내의 그런 모습을 물끄러미 바라보았다.

「가자.」

명초는 고청봉으로 올라갔다. 가는 길에 커다란 바위를 만난 명초는 바위 위에 앉아 잠시 쉬었다.

「기야. 난 이 산에서 수십 년을 살았다. 이 산의 덕을 그렇게 많이 본 게지. 내가 비록 신도집 황소로 태어나서 일을 하겠다고 말하였다만 그건 다음 생의 몸이고, 이번 생의 몸은 따로 보시할 데가 있다.」

「임종하시겠다는 겁니까?」

「그렇다. 물은 강으로 바다로 흐르고, 나는 내생으로 흐른다.」

「그러면 어디에서 임종하실 겁니까?」

「산으로 올라가 반석이라도 있으면 누워 있을란다. 그러면 까마귀도 와서 나를 먹을 것이고, 벌레도 와서 나를 먹을 것이다. 고청봉에 터를 잡고 사는 온갖 짐승들이 와서 나를 먹고 주린 배를 조금이나마 채울 것이다. 그게 참으로 보시다운 보시니라.」

「삼촌.」

「마지막으로 내가 너에게 오계를 내리마. 이로써 비구 250계를 받아라.」

「하오나……」

「하오나, 뭐냐? 어리석은 것. 아직도 미망을 떨치지 못해서 주저하느냐? 평생 행자로 보낼 것이냐? 계를 받을 것이냐, 받지 않을 것이냐?」

서기는 땅바닥에 무릎을 꿇고 앉았다.

서기의 머리 위로 명초의 오계가 준엄하게 떨어져내렸다.

「첫째, 생명을 죽이지 말라.」

「예. 받들어 지키겠나이다.」

「생명을 죽이지 말라 함은 함부로 정을 움직이지 말라는 뜻이다. 하늘이 낸 생명은 저마다 업을 가지고 있는 것, 제 스스로 존재하는 이치가 있으니 함부로 생명을 끊어서는 안 된다. 호랑이가 짐승을 잡아먹는 것도 제 이치이고, 악한 사람이 착한 사람을 못살게 구는 것도 다 저희끼리 이치가 있는 법, 함부로 나서서 생명을 다치게 해서는 안 된다. 그러므로 생명의 문제는 절대로 소홀히 판단하거나 결정하지 말아야 한다. 하물며 네 손으로 생명을 다치게 하거나 죽여서는 더욱 안 된다.」

「그렇게 지키겠습니다.」

「심충겸의 집안에 원한을 가져서는 안 된다.」

「예.」

「둘째, 훔치지 말라.」

「예. 받들어 지키겠나이다.」

「훔치지 말라 함은 네 죄를 쌓지 말라는 것이다. 너 아닌 것은 하나도 가질 생각을 해서는 안 된다. 네가 가진 것이 많을수록 네 업이 자꾸 무거워지는 것이다. 이 세상에 네가 가질 것이라곤 도 밖에 없다. 나머지는 다 쓸데 없는 것이니라. 다른 것을 지니면 그것은 도적질이니라.」

「그렇게 지키겠습니다.」

「그 다음 세번째. 음행하지 말라.」

「예. 받들어 지키겠나이다.」

「마음이 삿되어 행하는 것은 다 음행이니라. 목이 말라 물을 찾고, 배가 고파 먹을 것을 찾아 헤매는 것도 지나치면 음행과 다를 바가 없느니라. 제 여자가 아닌 사람을 취하는 것만이 음행이 아니다. 남녀의 교접이란 번식을 하기 위함인즉, 그것을 쾌락으로 쓰는 것은 다 음행이니라.」

「그렇게 지키겠습니다.」

「다음 네번째. 거짓말하지 말라.」

「예. 받들어 지키겠나이다.」

「말을 거꾸로 하거나 뒤집는 것만이 거짓말이 아니니라. 제가 터득하지 못하고 남이 깨달은 것을 입으로만 전하는 것도 다 거 짓말이니라.」

「예. 받들어 지키겠습니다.」

「마지막 다섯번째. 술을 마시지 말라.」

「예. 받들어 지키겠나이다.」

「이는 한순간도 정신을 놓지 말라는 것이니라.」

「그렇게 지키겠습니다.」

「이렇게 다섯 가지 계를 금강 같은 의지로 지키겠느냐?」

「예. 명심하여 받들어 지키겠나이다.」

「이로써 비구 250계를 준 것으로 한다. 그만 내려가거라. 나 는 간다.」

「스님.」

명초는 산꼭대기로 난 길을 따라 걸어갔다.

서기는 두어발 따라가다가 그만두었다.

명초는 이미 자기가 죽을 날까지 알고 스스로 육신 보시를 하려는 것이었다. 그런 명초의 숭고한 뜻을 하찮은 인간의 정으 로써 방해할 수는 없었다.

서기는 명초의 뒷모습이 보이지 않을 때까지 서 있었다. 마침 내 명초가 숲속으로 사라지자, 서기는 용화사 계곡을 내려갔다.

용화사에 이르자 주지가 서기에게 달려와 방장 명초의 거취를 물었다.

「이보게, 서기 행자. 큰스님은 어디 계신가?」

「저도 모릅니다.」

「모르다니. 자네하고 함께 고청봉으로 올라가셨다는데?」

「그래도 저는 모릅니다. 큰스님은 떠나셨습니다. 어디로 가셨는지 저도 모릅니다.」

「그러면 아주 가셨단 말인가?」

「돌아오시지 않습니다.」

서기의 말을 듣고 난 주지는 허겁지겁 수좌들을 불러모아 고청봉으로 올려보냈다. 명초의 시신이라도 찾으려는 것이었다.

서기는 승방으로 들어가 바랑을 풀었다.

아무래도 내년 봄까지는 용화사에서 나야 할 것 같았다. 지함이 운수를 떠났다고 덩달아 다닐 수도 없었다. 그러기보다는 차라리 용화사에서 차분히 경전이나 탐독하다가 때가 되면 화담산방으로 올라가리라 하고 작정했다.

밤이 늦어서야 고청봉으로 올라갔던 수좌들이 빈손으로 내려왔다.

이튿날, 주지는 또다시 수좌들을 고청봉으로 올려보냈다.

서기는 승방에 앉아 〈육조단경(六祖檀經)〉을 펴놓고 읽었다. 그러나 글씨가 눈에 잘 들어오지도 않았고, 억지로 몇 줄 읽어도 뜻이 파악되지 않았다.

수좌들은 여전히 명초를 찾지 못하고 돌아왔다.

명초는 열흘이 지나도록 발견되지 않았다.

그동안에 서기는 경전을 보아도 심란하고, 좌선을 해도 잡념만 계속 들어 마음을 제대로 잡지 못했다.

명초가 어디에서 스스로 몸을 던져 짐승의 밥이 되었는지, 열흘이 지나자 걱정이 되기 시작했다. 그렇지 않아도 서기의 머리속은 아버지와 어머니, 그리고 심충겸과 심충겸의 막내딸 심명에 대한 생각으로 복잡했다.

그때 문득 서기는 화담 서경덕이 지함에게 전해주라던 책이 머리에 떠올랐다.

책의 주인이 비록 따로 있긴 했지만 서기는 그 책의 내용이 궁금하기도 하고, 자신의 심란한 마음을 가라앉혀 보리라 생각해 조선종이에 꼭꼭 싸두었던 책을 꺼냈다.

'〈홍연진결(洪然眞訣)〉, 이지함에게 주는 책'이라고 겉장에 씌어 있었다.

서기는 책의 겉장을 넘겼다.

그때였다. 갑자기 경내가 소란스러워졌다.

「뭐라고? 큰스님 유골이라고?」

주지가 큰소리로 대답하면서 깜짝 놀라고 있었다.

서기는 얼른 진결을 바랑에 다시 싸넣고 승방을 나왔다.

대웅전 앞 뜰에 웬 처사 두 사람이 서 있었다. 주지는 그 사람들하고 이야기를 하는 참이었다.

「연천봉 근처에서 발견했습니다. 주장자를 보아하니 명초 스님인 것 같아서 뫼시고 왔습니다.」

「그런데 이미 이렇게 뼈만 남아 있더란 말인가?」

「돌아가신 지가 오래된 모양입니다. 그 사이에 산짐승들이 그냥 두었겠습니까? 이게 웬 떡이냐 하고 포식했겠지요.」

대웅전 앞에는 처사들이 수습해다 놓은 명초의 유골이 놓여 있었다. 살이란 살은 모두 온데 간데 없고 하얀 뼈다귀만 남아 있었다. 그것도 짐승들의 이빨자국이 나 있는 통뼈들이었다. 잔뼈 정도는 짐승들이 다 씹어먹은 모양이었다.

주지는 그래도 다비식을 해야 한다면서 부지런히 수좌들을 몰아 장작을 쌓고 제사를 올릴 준비를 했다.

명초의 유언이 있었던지라 주지는 간소하게 다비식을 치렀다.

주지는 서기를 행자로 보고 의식에 끼지 못하게 하였다. 대신 뒤에서 심부름을 하도록 시켰다.

다비가 끝나자 서기는 승방에 들었다.

가까운 혈육이 떠나갔는데도 왜 눈물이 나지 않는지 서기는 스스로도 이해할 수 없었다. 그 대신에 다비식을 하는 동안 내내 진결만 눈에 어른거렸다.

서기는 진결을 다시 펴들었다. 그때 문이 열리면서 명초의 유골을 수습해 온 두 처사가 들어왔다.

「스님, 주지 스님이 이 방으로 들라기에 들어왔습니다. 오늘 하루만 묵었다가 다시 신원사 계곡으로 돌아가겠습니다.」

「그러시오.」

서기는 등을 돌리고 앉아 진결을 읽기 시작했다.

진결은 온통 알아들을 수 없는 말로 씌어 있었다. 서기는 한문으로 된 문장은 읽지 못하는 것이 거의 없었지만 웬일인지 화담의 진결은 하나도 읽을 수 없었다. 이렇게도 읽어보고 저렇게도 읽어보았지만 서기는 단 한 줄도 읽어내지 못하고 책장만 마구 넘겨댔다.

「스님, 무슨 책인데 읽지는 않으시고 그렇게 책장만 넘기십니까?」

「아, 아니오.」

서기는 얼른 책장을 덮었다.

「홍연진결?」

그 중의 한 사람이 책의 겉장에 적힌 제목을 보고 말했다.

「진결이라? 그렇다면 비결서 아니오? 아니, 스님께서 비결서를 읽으십니까?」

「비결서를 우리 같은 술사(術士)들만 읽으라는 법이 있나? 절간에서 더 많이 읽힌다네. 그나저나 그 책은 누가 지은 것이오?」

「그, 그게…… 어쨌든 이 책 주인은 따로 있소.」

「스님, 그러지 말고 우리 통성명이나 합시다. 난 전우치(田禹治)라고 하오. 계룡산에 들어가 벌써 십 년이 넘었건만 앞이 까마득하기만 하오. 차라리 명초 스님 문하에서 공부나 할 걸 그런 것 같소이다.」

「난 남궁두(南宮斗)요. 역학에 관심이 많아 그쪽 공부를 하고 있는데 좋은 스승을 만나지 못하고 있소이다.」

서기는 하는 수 없이 이름을 댔다.

「난 서기요. 법명은 자성. 난 원래 이 절로 입산했지만 여기저기 떠돌다가 한 보름 전에야 돌아왔소.」

「그동안은 어디 계셨구요?」

전우치가 물었다.

「금강산에 있었소.」

「금강산이면 산기운이 좋아서 우리 술사들이 몹시 좋아하는 산인데, 한소식 하신 모양이지요? 그런 책도 다 구하시고?」

이번에는 남궁두가 말했다.

서기는 〈홍연진결〉을 꼭 붙잡고 두 사람의 눈치를 살폈다.

「스님, 비결서라는 것은 흔한 것이오. 하물며 이름없는 비결서까지 하면 그 수가 엄청날 것이오. 그리 대단한 것도 아닐 터이니 한번 구경만 합시다. 우리가 가지고 있는 것도 보여드리리다.」

남궁두가 그의 짐에서 책을 몇 권 꺼냈다.

〈신읍지(神邑誌)〉, 〈궁을천가(弓乙遷歌)〉, 〈답천보록(踏千寶錄)〉
이었다.

「이것 말고도 엄청나게 많습니다.」

실제로 비결서라는 이름으로 민간에 유포된 책은 흔한 것이었
다. 세종대의 서운관(書雲觀)에서 소장하던 것만 해도 부지기수
였다. 그래서 세종은 이러한 음양서, 참위서가 너무 많이 돌아
다니면 민심이 흉흉해진다고 하여 모두 분서(焚書)하라는 엄명
을 내리기도 했었다. 그후 세조 때에도 근절되지 않자 세조는
〈고조선비사(古朝鮮秘詞)〉,　〈대변설(大辯設)〉,　〈조대기(朝代
記)〉, 〈주남일사기(周南逸士記)〉, 〈지공기(誌公記)〉, 〈표훈천사
(表訓天詞)〉, 〈삼성밀기(三聖密記)〉, 〈도선비기(道詵秘記)〉 등
열일곱 종을 금서로 묶어 단속했다. 그리고 그뒤 성종은 열두
가지를 더 금서 목록에 추가했다. 이러한 비결서는 신라 적부터
고려, 조선 시대를 막론하고 끊임없이 민간에 유포되어 왔다.
더구나 갖은 질병과 기아가 극심했던 조선 중기에는 그러한 비
결서가 더욱 많이 나돌 수밖에 없었다.

서기도 화담의 비결서가 궁금하기는 했다. 도대체 처음부터
무슨 말인지도 모르게 적혀 있는 글이 답답하기만 했던 것이다.
서기는 그들이라면 무슨 뜻인지는 알 수 있으리라고 생각했다.

「그렇다면 대강만 살피시고 주시오. 이 책은 분명히 주인이
따로 있소이다.」

서기가 가지고 있던 책을 방바닥에 내려놓았다.

남궁두가 그 책을 집어 들었다.

「음, 파자(破字) 해자(解字)를 해야 알겠군. 한참 보아야 무
슨 말인지 알겠는 걸. 첫줄은 알겠군. 후천 대환난? 이게 무슨

말인가?」

「글쎄, 찬찬히 보아야 알겠군. 워낙 어려운 내용이라서.」

두 사람은 고개를 갸웃거리면서 책장을 넘겼다.

이윽고 책을 다 넘긴 두 사람은 서기에게 책을 다시 돌려주었다. 그런 다음 남궁두가 서기에게 말했다.

「스님, 지금 당장에는 뜻을 풀기가 영 난해하군요. 제가 앞장 몇 줄만 따로 베꼈다가 해석해 보겠습니다. 비결이 원래 주인만 읽을 수 있도록 써놓았다지만 한참 들여다보면 알 수 있을 것입니다. 나중에 풀게 되면 알려드리지요.」

서기는 그 말에 솔깃했다. 책을 넘겨주는 것도 아니고 몇 줄 적어 뜻을 풀기만 하는 것쯤은 화담에게도 지함에게도 그리 누가 될 일은 아니라는 생각이 들었다.

「그러시오.」

남궁두는 진결 첫장을 베꼈다.

「나중에 인연 닿거든 알려주시오. 난 이 절에 오래 묵지는 않을 것이오.」

서기가 말하자 남궁두가 받았다.

「우린 신원사 계곡에 있으니 언제라도 만날 수 있다오. 그런데 스님은 어느 절로 가시렵니까?」

「절이 아니라 고향에 한번 갈까 합니다. 제 동생을 찾아……」

「원 스님두. 출가를 하셨으면 그만이지 속가는 왜 찾습니까? 허허허. 괜한 소릴 제가 했군요.」

「두 분 이제 쉬십시오. 노사의 유골을 짊어지고 오시느라 고생하셨을 터이니……」

「그렇지 않아도 졸음이 새록새록 밀려옵니다.」

전우치가 그렇게 말하고는 자리에 벌렁 누웠다. 그리고는 눕자마자 코를 골기 시작했다.

「이런 민한 친구. 병법에는 그렇게 재주가 많아도 수마(睡魔)에는 꼼짝 못하는군. 스님. 저도 그만 쉬겠습니다. 아참, 그런데 그 책의 주인이라는 분은 누굽니까?」

「예, 홍성 사람 이지함이라고 합니다. 화담 산방의 학인이었는데 화담 선생이 몹시 아끼는가 봅니다.」

「그래요? 화담이라면 모르는 사람이 없지요. 그런 분이 아끼는 제자라면 대단한 분이겠군요. 그런데 화담 선생은 지금?」

「돌아가셨습니다. 돌아가시면서 이 책을 이지함, 그분에게 전하라 하셨습니다. 제가 이 선비와 잘 아는 사이라서……」

「그렇습니까? 저희 두 사람은 스승도 없이 계룡산 골짜기에서 하늘만 바라보며 수련을 하고 있답니다. 여기저기서 책을 구해다가 읽고 있지만 도무지 진도가 없습니다. 이러다가는 늙어 죽기 전에 아무것도 못 이룰 것 같습니다. 비결서까지 전해주는 스승이 있는 이 선비는 얼마나 좋겠습니까? 이 선비는 지금 어디에 있습니까?」

「팔도를 유람 중이랍니다.」

「저도 그분을 스승으로 모시고 싶습니다. 화담 선생이 총애하는 제자라면 필시 도력이 깊을 터이고……」

「실은 내가 승복을 입고는 있으나 나도 그분의 제자나 마찬가지지요. 벌써 오래전부터 그분이 아니고는 마음이 불안하여 글 한 줄 읽혀지지 않고, 아무리 훌륭한 스님을 은사로 두어도 도무지 눈이 열리지 않습니다.」

「허허, 그렇다면 저도 어서 빨리 뵙고 싶군요. 언제 뵙게 됩니까?」

「내년 삼월이나 되어야 뵙게 될 것 같소이다.」

남궁두는 거듭 지함에 대해서 물었다.

서기는 남궁두가 묻는 대로 지함의 이력을 말해 주었다.

「그분은 복도 많소이다. 북창 같은 이는 우리 술사들 사이에
도 이름이 높은 분인데 그런 분을 스승으로 두고 또 화담 산방
에도 들어가셨다니…….」

남궁두는 거듭 서기에게 청을 했다.

「스님, 꼭 약조를 하셔야 합니다. 저희 두 사람도 이지함 선
비의 문하에 입문할 수 있도록 주선해 주십시오.」

「그러지요. 내년에 제가 화담 산방으로 올라갈 때 아예 같이
가십시다. 제가 어차피 보령에 갔다가는 이곳 용화사로 돌아와
야 할 터이니.」

「고맙소.」

어느새 두 사람은 말까지 놓아가며 이야기꽃을 피웠다.

이튿날 남궁두와 전우치는 신원사로 떠나가고 서기는 보령으
로 떠났다.

「서기 스님, 잘 다녀오시게나. 스승님 뵙고 못 뵙고는 스님
손에 달려 있다고 너무 위세 마시게. 하하하.」

남궁두가 섭섭한 듯 발을 떼지 못했다.

「걱정 말게. 보령에 갔다가는 곧 돌아올 것이니. 내가 일차
신원사 계곡으로 찾아가리다. 그간 베끼신 거나 잘 들여다보시
게나. 허허허.」

「원, 두 사람이 하룻밤 사이에 무슨 일을 저질렀기에 이리도
정이 깊어졌담.」

전우치가 불퉁거리자 남궁두와 서기가 껄껄 웃으면서 발걸음을 떼어 놓았다.

서기는 공주에서 칠갑산을 넘어 청양으로 갔다.

청양에서는 장곡사에 여장을 풀고 하룻밤을 지냈다. 이튿날 청양에서 대천 가는 길을 잡아 꼬박 걸은 끝에 서기는 보령 땅을 밟았다.

보령은 서기에게는 고향이나 다름없었다. 아니, 그렇게 여기고 살았었다. 삼촌인 명초가 그의 내력을 이야기해 주기 전까지는 그렇게 믿었었다. 아버지도, 얼굴은 비록 보지 못했지만 종이었을 것이라고 생각했었다. 행여 금부의 도사일 줄은 꿈에도 생각하지 못했다. 그러나 이제 와서 자신의 신분이 밝혀졌다 한들 무슨 대수가 있을까. 같은 배를 빌어 태어난 심충겸의 막내딸을 만나는 것도 하등 의미가 있을 게 없었다. 차라리 만나지 않고, 그대로 묻어두는 것이 그 동생에게도 마음 편한 일일지 몰랐다.

그러나 핏줄이 자꾸 당겼다. 조선 천지에 단 하나밖에 없는 혈육, 그 혈육이 보령에 있다는 것만으로도 서기의 발걸음은 저절로 그리 향했다.

서기가 심 대감 집의 대문을 두드리자 낯익은 종이 나와 문을 열었다.

「아니 서기 아닌가?」

「그렇소, 형님.」

「아이구, 이놈아. 면천을 했으면 멀리 가서 잘 살 일이지 왜 중은 되었냐?」

「제 소견이 이렇게 좁지 않았습니까.」

「쯧쯧쯧. 그래 여긴 웬일인가?」

「마님 뵌 지도 오래됐고, 어머니 산소도 찾을 겸 해서…….」

서기는 동생 이야기를 대놓고 말할 수는 없었다.

「들어오너라. 내당에 마님이 계시다.」

서기가 내당에 들어서자 문이 열렸다.

심 대감 부인이었다.

「마님.」

서기가 합장을 했다.

「자네, 스님이 되었군. 어째 명초 스님이 안 오신다 했더니 자네가 대신 오는군.」

「명초 스님이 있는 용화사에 출가했었습니다. 명초 스님은 보름여 전에 열반하셨습니다.」

「저런. 우리 집안을 잘 보살펴 주셨는데…….」

서기는 동생의 안부를 묻고 싶었지만 얼른 말이 나오지 않았다.

종도 물러가고, 마침 내당에는 심 대감 부인과 단둘이 있게 되었다. 심 대감 부인은 회갑을 치른 나이라서 내당에 들어도 흠이 될 리 없었다.

서기는 숨을 한번 크게 들이쉬고 입을 떼었다.

「저, 마님. 드릴 말씀이 있습니다만.」

「그런가? 들어오게. 남녀칠세 부동석이라지만 할망구와 스님 사이인데 누가 뭐랄라구? 호호호.」

서기는 내당으로 들어가자 곧 막내딸 이야기를 꺼냈다.

「마님, 명(明) 아가씨가 안 보입니다.」

「출가했다네.」

「예? 어디로요?」

「홍성으로 갔다네.」

「누구한테요? 사위가 뭐하는 사람인가요?」

「지금 홍성현에서 현감 노릇을 하고 있다네.」

「그렇습니까?」

「그런데 명이는 왜 묻나?」

「궁금해서지요. 안 보이길래.」

서기가 우물쭈물했지만 부인의 눈초리가 갑자기 매서워졌다.

「자네, 명초에게서 무슨 얘길 들은 게로군.」

「……」

「언젠가는 이럴 줄 알았지. 그 요망한 중이 입 하나 봉하지
못하고 발설하다니.」

「그러면 명이 아가씨가 제 동생이 맞습니까?」

「그게 명이에게 무슨 도움이 되겠는가? 내가 본시 그 아이를
귀여워해주지는 못했어도 그 아이를 망치고 싶지는 않네. 알겠
는가?」

「하오나, 마님. 제겐 하나뿐인 혈육입니다. 다 죽고 이제는
저희 남매밖에 없습니다.」

「아비가 다르느니라.」

서기는 눈물을 뚝뚝 흘렸다.

「그래도 명이 아가씨는 제 동생입니다.」

「무슨 망발이냐. 너하고는 아무 관계도 없다. 그 애를 망치지
말거라.」

「왜 관계가 없습니까, 마님.」

「첩 없는 양반이 어디 있더냐? 그 아이는 엄연히 대감께서 낳은 아이이니, 한 점 혈육에 대한 정이 있다면 그 아이를 괴롭히지 말거라.」

「만나고 싶습니다. 만나서 제 동생이란 사실을 알리고 싶습니다.」

「씨가 다르면 같은 밭에서 나는 곡식이라도 다 다른 법이야. 밭이 한밭이면 보리가 벼가 되고, 무우가 배추 된다더냐!」

서기는 조용히 자리를 물러났다. 가슴속에서 진한 눈물이 밀려나오고 있었다.

서기는 어머니 무덤으로 갔다.

잡초가 무성했다. 서기가 돌보지 않았으니, 벌초를 해줄 사람이 있겠는가.

「어머니, 왜 제게 말씀을 안하셨습니까? 종노릇이 얼마나 힘들었는지 아십니까? 왜, 왜 숨기셨습니까? 심 대감 딸을 낳았다는 게 뭐가 그리 대죄라고…….」

서기는 어머니의 산소에서 내려와 홍성으로 발길을 돌렸다.

홍성. 그의 운명이 새로이 열리고 새 삶이 시작된 땅이었다.

16. 그 땅을 보고 인물을 보라

황토재는 말 그대로 붉은 흙 투성이였다. 한양에서부터 숨가 쁘게 달려온 지함 일행이 황토재에 도착했을 때는 이미 저녁 나절. 희미하게 남아 있던 몇 조각 노을마저 검은 어둠 속으로 빨려들고 있었다.

그러나 황토재는 그 어둠 속에서도 고집스럽게 제 붉음을 간직하고 있었다.

마을은 오십여 호쯤 되었다.

집집에서 풍겨나오는 구수한 쌀밥 냄새가 골목을 넘실거렸다. 마을 전체가 궁색하지 않은 살림살이를 꾸리고 있는 듯 집집마다 연기가 오르지 않는 집이 없었다. 여느 시골이라면 간신히 보리죽으로 때울 춘궁기인데도.

「안 진사라는 이가 제법 덕이 있는 모양이군요.」

「그걸 어찌 아는가?」

「보십시오. 집집마다 연기가 오르지 않는 굴뚝이 없고, 이밥

냄새가 진동하고 있지 않습니까? 제가 고향에 있을 때 농사짓는 이들과 가까이 지내본 적이 있습니다만 요즘이 가장 힘든 시기이지요. 제 고향은 바다가 가까이 있어 초근목피로 연명할 정도는 아니었습니다만, 고기를 잡아도 하루 두 끼를 채우기가 어려웠지요. 만석지기라면 이 동네 사람들 모두 안 진사의 땅을 빌어 부치고 있을 겁니다. 그들이 굶주리지 않는다면 안 진사의 덕이 높은 게지요.」

「그럴 듯한 얘길세. 그렇다면 우리 같은 객들도 그냥 내치지는 않겠구만.」

안 진사의 집은 금세 찾을 수 있었다.

마을 어귀의 성황당을 조금 지나자 그리 크지 않은 기와집이 나타났다. 안 진사의 집은 주변의 단촐한 농가 사이에 들어서 있었다. 사람을 위압하는 커다란 솟을대문 대신 드나들기 편한 작은 대문이 한쪽에 나 있었다. 또 다른 쪽에는 수레가 드나들수 있는 큰 사립이 있었다.

일행이 안 진사 집 대문을 두드렸다.

조금 전 지나온 부연 길마저 어느덧 어둠 속으로 완전히 가라앉았다.

「뉘십니까?」

「이분은 전국을 유람 중인 송도의 화담 선생님일세. 안 진사께 그렇게 전하게나.」

박지화가 화담을 가리키며 근엄하게 말했다.

「우선 사랑으로 드시지요.」

노비의 말씨는 아주 유순했다. 몸가짐 또한 공손했다.

지함 일행이 사랑으로 들어서기도 전에 어둠을 밟아오는 힘찬 발자국 소리가 들려왔다. 안 진사였다.

「화담 선생님이시라구요? 산골에 묻혀 사는 한낱 이름 없는 선비올습니다만 선생님의 고명은 저도 익히 들은 바가 있습니다. 이렇게 누추한 곳을 찾아주셔서 영광입니다.」

문 앞에서 머리를 조아리는 안 진사는 마흔서넛쯤 되어 보였다. 둥그스름한 얼굴, 반달 모양의 갸름한 눈. 위엄서린 선비의 모습이라기 보다는 들판의 농부처럼 소탈해 보였다.

각자 통성명을 하고 인사를 나누었다.

어느새 준비를 했는지 저녁상이 들어왔다. 만석군 살림치고는 간소한 차림이었다. 여염집보다 크게 나을 것이 없었다.

시장기가 돈 지함과 박지화는 얼른 숟가락을 집어들었다. 그러나 화담은 상을 받고도 먹을 생각을 않고 가만히 앉아만 있었다.

「선생님, 진지 잡수십시오.」

박지화가 숟가락 쥔 손을 상 밑으로 내리면서 화담에게 말했다.

「아, 아닐세. 난 생각없네. 주막에서 마신 술이 아직 거나하구먼.」

「술도 안 드셨잖습니까?」

「향이 좋으면 향기로 마실 수도 있는 게지.」

「선생님, 도력이 높으면 허기도 지지 않게 됩니까? 저는 아무리 애를 써도 배고픈 것은 이겨내기 힘듭니다.」

「맛있게 들게. 난 그저 냄새만 맡아도 배가 부르이. 어서 들게나.」

화담이 뒤로 물러나 앉으면서 말했다. 그제서야 지함과 박지화는 안 진사가 내어온 저녁을 들었다.

「안 진사께서는 전답(田畓) 말고도 하시는 일이 또 있습니까?」

화담이 안 진사에게 물었다.

「만석군이라는 소문을 들으신 모양입니다그려. 사람이란 원래 남의 살림을 부풀리기 좋아하는 법입니다만, 크게 틀린 말은 아닙니다.」

지함이 단단히 흥미를 느낀 듯 밥은 먹는 둥 마는 둥 숟가락을 든 채로 안 진사에게 물었다.

「그렇지만 미륵뜰이 모두 진사님의 손에 있다 한들 수천 석에 지나지 않을 텐데요?」

「그렇소. 난 장사를 합니다.」

「장사요? 양반이?」

입 안 가득히 밥을 문 박지화가 놀란 얼굴로 물었다.

「그렇습니다. 논에서야 고작 몇 천 석이지요. 장사로 얻는 이익이 농사로 얻는 이익보다 훨씬 큽니다. 그 때문에 이 근동 양반가에서는 저를 상종 못할 상놈으로 제쳐놓았습니다마는……」

「장사를 하더라도 그만한 이익을 남기기가 쉽지 않을 텐데 무슨 장사를 하시지요?」

장사라면 지함도 일가견이 있었다.

어머니 무덤 앞에 방죽을 쌓은 돈도 어린 나이에 소금장사를 해서 벌어들인 것이었고, 화담 산방에 갈 여비도 남대문 저자에서 나막신을 팔아 마련한 것이었다.

「장사란 결국 유통(流通)이지요. 이쪽에서는 많이 나고 저쪽에서는 안 나는 걸 이리저리 옮겨 이득을 취하는 것이 장사입니다.

장사의 이치가 그렇다는 것이고, 저는 그리 큰 장사를 하는 것도 아닙니다.」

무던하기만 해 보이던 안 진사의 둥그스름한 눈빛이 폭풍우 몰아치는 바다처럼 힘차게 일어서고 있었다.

「제가 하는 일은 고작해야 이곳 용인에서 나는 물산을 제때에 사들여 저장했다가 철이 지난 후에 파는 일이지요. 이곳 땅이 온통 차진 황토라서 땅굴을 파면 제법 좋은 창고가 된답니다.」

그건 바로 지함이 나막신을 팔 때 써먹었던 수법과 비슷했다. 일시적인 매점(買占)을 넘어서서, 제 철에 사 두어 저장했다가 철 지나 팔면 더 큰 이득을 얻는 것은 당연한 일일 터였다. 반 농반상(半農半商)의 안 진사가 만석군이 된 비결이 바로 이것이 었다.

「지금은 시작일 뿐입니다. 우리나라에서 생산되는 물산(物産) 은 우리나라에서 소비됩니다. 왜국에서 넘어오는 물산이 가끔 남쪽 부두에 닿는다고 하지만 소량이고, 명에서 건너오는 것도 보석이나 책자 정도에 지나지 않습니다. 그러므로 조선에서 쓰 는 물산은 조선에서 나는 것으로 충당해야 합니다. 적으면 적은 대로, 많으면 많은 대로 이 땅 안에서 풀어야 하는 것입니다.

바로 이런 이치로 물산을 골고루 분배하는 일이 무엇보다 중 요합니다. 내륙에 사는 백성들은 소금 한 말 사기가 하늘의 별 따기이고, 이천에서 나는 도자기는 함경도나 경상도까지 골고루 미치지 못합니다. 이렇게 막힌 상로(商路)를 잘 뚫어 놓으면 부 르는 게 값인 높은 물건값을 낮출 수 있습니다.

저는 장차 큰 유통을 생각하고 있습니다. 장사는 천민이나 가 난하고 무식한 양민이 할 일이라는 양반들의 생각이 가장 큰 문제입니다. 곡식은 농부들의 피땀없이 저절로 자라지 않으며, 생산되는 물산을 이리저리 옮기지 않으면 나라 살림을 제대로 꾸려나갈 수 없습니다. 나라도 임금도 살림이 잘 되어야 비로소 존재할 수 있는 것 아닙니까.

살림은 나라의 핏줄이올시다. 피가 돌지 않으면 사람이 죽고, 나라의 경제가 막혀 있으면 백성들이 도탄에 빠집니다. 저는 여기 황토재를 전국의 물산이 들어오고 나가는 심장부로 만들 것입니다.」

스쳐듣고 지나갈 가벼운 이야기가 아니었다. 참으로 대단한 포부였다. 지함은 안 진사의 말에 공감했다.

당시 조선에는 물산 지역 제도라는 것이 있어서 현 안에서 모든 것을 자급자족하고 있었다.

조선의 군현(郡縣) 제도란 군현마다 자급자족하는 독자적인 경제 단위였으며 생활도 마찬가지로 제약되어 있었다. 교통이 불편한 상황에서 공물(貢物), 진상(進上)도 자체에서 해결해야 했다. 그래서 산간 지역에 자리잡은 군현에서도 해산물을 구할 수 있도록 바다까지 길다랗게 경계를 지어주기도 했고, 바다 쪽에 자리잡은 군현에는 토산물을 얻을 수 있도록 내륙까지 길게 경계를 이어주기까지 했다. 그러나 이렇게 해도 군현을 관장하는 수령이 물산에 대해 관심이 없거나 무능하면 자원을 개발하지도 못한 채 사장시키는 경우가 많았다.

현마다 잘 되는 곡식이 다르고 나는 물산이 다른데도 다른 현과의 유통이 꽉 막혀 있었던 것이다. 그래서 부유한 현은 더 넉넉해지고 가난한 현은 어쩔 도리가 없이 나날이 가난해질 수밖에 없었다. 그러니 자연 유민(流民)들이 생겨났다. 이사조차 마음대로 할 수 없었기 때문에 다른 현에 가서도 제대로 붙박고 살 수 없었다. 그러니 자기 현을 떠난 이들은 이 현 저 현 떠돌아다니면서 목숨을 부지해야 했다.

현과 현 사이에 관의 이름으로 물산을 교류할 수는 없었지만 장사꾼이 물건을 사거나 파는 것은 규제하지 않았다. 즉 소시(小市)는 누구에게나 자유롭게 허용되었지만 대규모로 이루어지는 상행위, 즉 대시(大市)는 조정에서 직접 감독하고 통제하였다. 그래서 한양에서는 대규모 상가인 운종가(雲從街)를 두고 아흔한 개의 상점을 세웠다. 이들 상점에서 나오는 이익은 나라와 반분하도록 하였다. 그러나 이 상점들에게도 한 가지 품목만 지정해 주고 그 이상은 팔지 못하도록 하였다. 이러한 형태의 대시는 평양, 송도 같은 데에나 몇 개 있을 뿐 작은 군현에는 소시밖에 없었다.

이같이 유통의 제한은 여기저기에서 부작용을 일으켰다.

안 진사는 그 틈을 꿰뚫어보고 있었던 것이다.

「하지만 안 진사. 말씀이야 어떻든 결국 안 진사는 매점 매석(買占賣惜)으로 돈을 벌어들이는 것 아니오? 백성의 주머니를 털어서 얻은 재물은 아무리 많이 모은다고 한들, 결국은 백성들에게 빚을 지는 것입니다.」

화담이 정색을 하고 말했다. 듣기에 따라선 얼마든지 비난으로 들을 수도 있을 만한 말이었다. 그러나 안 진사는 전혀 흔들림이 없었다. 그만큼 그는 자신에 차 있었다.

「그 말씀은 옳습니다. 그러나 이 나라에서 몇 백 석, 몇 천 석 한다는 부자 치고 백성의 피땀을 훔치지 않은 자가 어디 있습니까? 아니, 어쩌면 양반, 상놈을 가르는 제도부터가 이미 양반의 도둑질을 눈감아 주는 것 아니겠습니까?」

안 진사의 말에는 거침이 없었다.

조용히 귀를 기울이고 있던 화담이 번쩍 고개를 들었다.

박지화는 곁에 들어서는 안 될 사람이라도 있는 것처럼 주위를 두리번거렸다. 그러나 안 진사는 그런 것에는 아랑곳하지 않고 카랑카랑한 목소리로 말을 이었다.

「어차피 세상이 불평등한 바에야 저 역시 그걸 이용해서 돈을 벌고 있을 뿐입니다. 다른 양반들은 양반이랍시고 제 몸 하나 놀리지 않고 그저 걷어들이는 것을 저는 그래도 제 머리와 몸을 움직여 벌어들이는 겁니다.

미륵뜰에 나가서 지나가는 사람을 붙잡고 한번 물어보십시오. 이 근동에서 제 땅을 빌려 농사짓지 않는 사람이 없습니다. 허나, 적어도 저는 그 사람들에게 하루 세 끼 밥은 건너뛰지 않도록 해 주고 있습니다.

그래도 제가 도적이라면 어쩔 수 없는 일이나 그래도 다른 도둑보다는 양심적이지 않습니까? 선생님께서는 뭐라 하실 말씀이 있으시겠지요. 그러나 저는 그런 도둑질을 통해 돈을 벌어 굶주리는 백성들의 허기를 채워주고 있다고 자부하고 있습니다. 제 말이 틀렸다면 말씀을 해주십시오.」

화담은 아무 말없이 안 진사의 이야기에 귀를 기울였다. 화담으로서는 대답하고 싶지 않은 물음일 터였다. 어딘지 불편한 기색마저 떠오르고 있었다. 화담의 기분을 눈치 챘는지 안 진사는 자리에서 일어났다.

「원로(遠路)에 피로하실 텐데 제가 그만 눈치없이 눌러앉았나 봅니다. 편히 쉬십시오.」

화담은 안 진사를 붙잡지 않았다. 그러나 지함은 안 진사의 뒤를 따라나섰다.

「결례가 안 된다면 창고 구경을 하고 싶습니다.」

「결례랄 게 뭐 있겠소. 따라 오시지요.」

어두운 달빛을 밟으며 안 진사는 후원을 가로질러 걸었다. 그리고 자그마한 문을 밀치고 들어섰다. 널찍한 마당 끝에 높지 않은 언덕이 있었다. 그 언덕 아래에 창고가 있었다.

창고 앞에서 체구가 큼직한 장정 서넛이 나지막한 목소리로 잡담을 주고 받다가 안 진사를 보자 황급히 고개를 숙였다.

「문을 열게.」

철커덕.

차가운 쇳소리가 긴 통로를 통해 메아리쳤다. 오래도록 소리가 울리는 것을 보니 창고가 꽤 깊은 모양이었다.

「횃불을 이리 주게.」

안 진사는 그리 큰 키가 아니었다. 그러나 횃불을 들고 앞장선 안 진사의 모습은 준마를 타고 들판을 달리는 장수처럼 듬직했다.

가운데에 웬만한 마차가 들락거릴 수 있을 만한 통로가 뚫려 있고 그 양쪽으로 창고가 줄을 지어 서 있었다. 안으로 들어갈수록 창고는 땅 속으로 점점 깊어 갔다. 서늘한 기운이 등줄기를 파고들었다.

쌀을 가득 재놓은 큰 창고를 몇 개 지났다. 몇 가마니나 되는지 셀 수 없을 만큼 어마어마한 양이었다.

「이쪽은 마늘과 인삼이라오. 용인의 특산물이지요. 마늘과 인삼은 보관이 간편하고 값이 비싸서 몇 배 이득이 남는다오.」

지함은, 입술과 눈썹이 활처럼 휘어져 웃고 있는 안 진사를 다시 한번 쳐다보았다.

대단한 배짱과 자신감이었다. 대대로 내려오는 장사꾼 집안도 아닌 양반 출신. 다른 사람들의 눈총을 무릅쓰고 이만한 장사를 하려면 안 진사의 말마따나 경제의 흐름에 대한 확신 없이는 불가능한 일이었다. 이에 비하면 화담을 찾아가기 위해 나막신을 팔았던 지함의 수단이야 초보적 재주에 불과했다.

「이쪽을 보시겠습니까? 감과 사과, 배라오. 저것들은 보관하기가 어렵다오. 내 나름대로 이런저런 시험을 해보았지만 신통한 결과를 얻지는 못했지요. 그래도 부잣집 제사에 오를 만큼은 남는다오. 부잣집을 노리고 하는 것이니 이윤이 제일 많지요. 내 장사 중에 쌀을 빼고는 헐벗은 백성의 주머니를 노리는 장사는 없다오. 이렇게 나를 위로하고 있지요.」

이야기를 주고 받을수록 지함은 안 진사의 깊이에 빠져들었다.

「이 창고를 짓는 데만도 돈이 엄청나게 들었다오. 지금은 이 창고 덕분에 몇 배 더 벌어들이긴 하지만…… 이 선비라고 하셨소? 한 잔 하시겠소?」

「좋습니다.」

두 사람은 사랑채로 건너갔다. 저녁상을 받고 만석꾼 살림치고는 너무 조촐하다 싶었는데 사랑의 세간살이 역시 여느 선비들의 방과 다를 바 없이 질박했다. 불도 많이 지피지 않았는지 방안에 기분 좋을 만큼 서늘한 냉기가 흐르고 있었다.

탁자 위에는 난초 치듯이 보리며 벼를 친 그림이 몇 장 흐트러져 있었다. 그리고 그 속에 복잡한 선이 이리저리 엉킨 그림이 섞여 있었다.

「이게 뭡니까?」

「아, 감과 사과, 배를 제대로 보관할 수 있을까 해서 이런저런 궁리를 하며 설계를 해보던 중이오.」

무슨 말인지 선뜻 와닿질 않았다. 지함의 어리둥절한 표정을 보자 안 진사는 너털웃음을 터뜨렸다.

「이해가 안 되실 게요. 몇 년 동안 물산을 저장하다 보니 품종마다 다 제나름의 온도와 습기가 있더군요. 그것을 알아내고 그에 맞는 환경을 만들어 주느라 숱하게 썩히기도 했지요. 땅을 깊이 파면 습기와 온도가 달라지지 않겠소? 혹 더 서늘하면 감을 제대로 보관할까 해서 창고를 더 파들어가려고 했던 거지요.」

그제야 지함은 고개를 주억거렸다. 아무리 뜯어봐도 서글서글한 농사꾼으로밖에 보이지 않는 안 진사가 거대한 바위처럼 느껴졌다.

「진사 어른께서 그처럼 우리나라 물산의 흐름을 훤히 꿰뚫고 있으니 배울 바가 많습니다. 또한 과실 하나하나에도 그 기가 어떠한지 파악하고 계시군요. 저도 이런 쪽에 관심이 많아서 이리저리 궁리도 많이 해보았습니다만 어르신의 높은 생각에는 미칠 바가 못 됩니다.」

「이 선비께서는 벼슬을 안하실 생각이시오?」

안 진사는 자기 얘기에 열심히 귀를 기울이는 지함에게 호감을 느낀 모양이었다.

「벼슬 생각은 버린 지 오래입니다. 집안 대대로 가문의 체통이 서서 제 조카와 아들까지 부지런히 학문을 닦는 터이기는 하나 저는 뜻을 버렸습니다. 저의 형님도 지방 군수를 끝으로 모든 관직을 떠나 홀홀히 사시기로 하였습니다.」

「허허. 무슨 까닭인지는 모르나 여기도 은자 한 분이 나셨구만. 나도 진사에 합격은 했으나 벼슬에 오를 뜻은 버렸소. 그리고 천하디 천하다는 장사에 뜻을 세웠지요. 그런데 이 선비께서는 무엇에 뜻을 세우셨소?」

지함은 그저 안개처럼 희미한 미소를 피워올릴 뿐이었다. 자신이 무엇에 뜻을 세웠는지, 너무나도 분명한 안 진사의 뜻 앞에서 갑자기 생각조차 나질 않았다. 더구나 한때는 대과에, 그것도 장원 급제한 적이 있었다는 경력조차 무색했다.

「허허. 화담 선생의 문하로 들어가셨다면 세운 뜻이 무엇인지 짐작하겠소. 그런데 학문을 하는 사람이 장사에는 왜 그리 관심이 많소?」

「학문이라는 게 대체 뭐겠습니까? 사람들이 어디서 오고 어디로 가는지 무엇을 해야 하는지를 알려주는 게 학문 아니겠습니까? 제가 경제에 관심을 갖게 된 것은 주변에 굶주리는 백성들을 보고 나서였습니다.

진사 어른의 말씀을 듣고 나니 놀라운 점도 많습니다만, 한 가지 의문이 생기는군요.」

「의문이라니요?」

「일단 물산의 흐름이 막혀 있는 데서 오는 폐단은 저도 인정을 합니다. 그러니 그 물길을 터 주어야 한다는 말씀이셨지요?」

「그렇소.」

「지금까지 말씀을 듣자니 진사 어른은 단지 돈을 벌기 위해서만 장사를 하시는 건 아닌 듯합니다. 장사를, 이 세상의 잘못을 뜯어고치는 방책의 하나로 생각하신 듯합니다. 그렇다면 진사 어른께서는 우리 백성들이 굶주리는 까닭이 무엇 때문이라고 생각하십니까?」

안 진사는 별로 길지도 않은 턱수염을 소중하게 어루만졌다. 그의 작은 눈은 먹이를 앞에 둔 생쥐처럼 반짝이고 있었다.

「세상 일이란 학문처럼 단순하고 명백한 것이 아니오. 모든 것이 뒤섞여서 나같이 미천한 사람의 눈으로 원인을 캔다는 것은 불가능한 일이지요. 나도 나름대로 이유를 생각해봤소만, 내 생각이 옳은 것인지, 그른 것인지 자신이 없다오. 이런 얘기를 꺼내기만 해도 양반이란 사람들은 풍병 난 노인네처럼 몸을 떨면서 도망치기 바쁩디다. 내 얘기를 한번 들어보시겠소?」

안 진사는 거침없이 잔을 들이켰다. 그러나 자세는 조금도 흐트러지지 않았다.

지함이야 지난날 북창 정염한테서 도가 수련을 받았으니 그렇다 쳐도, 안 진사는 타고난 술꾼인 모양이었다. 지함의 질문을 알아듣지 못했을 리 없는데 수염 위로 흘러내린 술방울을 툭툭 털어낸 안 진사는 뜻밖에도 자신의 어린 시절 이야기로 거슬러 올라갔다.

안 진사의 이름은 명진. 황토재에 몇 대째 뿌리를 내리고 살아온 함양 안씨 집안의 종손이었다. 말이 양반이지 안 진사가 향시에서 진사가 된 것만도 집안의 커다란 경사일 만큼 벼슬길에는 올라보지도 못한 집안이었다. 그의 아버지 역시 핏줄은 어쩔 수 없었는지 향시에 몇번 응시를 했던 모양이나 생원시(生員試)에 겨우 합격한 것이 고작이었다.

벼슬에 대한 꿈을 이루지 못한 그의 아버지가 매달린 것은 땅이었다. 대대로 내려오던 몇 백 석 살림에 그악스럽게 매달린 그는 땅을 늘리는 데도 억척이었다. 보릿고개만 되면 창고에 있는 쌀을 꺼내어 농민들에게 돌리는 게 일이었다. 그래 놓고는 가을이면 5부도 넘는 고리와 함께 원금을 거두어들였던 것이다. 갚을 재주가 없어 뵈는 집에서는 땅 문서를 빼앗아 왔다. 땅이 없는 집에서는 기둥뿌리를 뽑아와 집칸을 늘려가는 데 썼다. 그래서 그의 집은 기둥과 서까래의 아귀가 제대로 맞지 않아 구멍이 숭숭 나 있는 방이며 창고가 해마다 늘어갔다.

철이 들면서부터 어린 명진이의 머리 속에 콱 박히는 게 있었다. 그것은 진달래 꽃이 무성하게 피어나고 두견새 울음이 애간장을 끊을 무렵이면 되풀이되곤 했다. 그의 집으로 몰려와 쌀을 달라고 울부짖던 소작인들의 아우성. 그러나 그의 아버지는 대문조차 열어주지 않았다. 밤이 새도록 사람들은 대문을 두드리며 울부짖었다.

어느 해던가, 흉년이 들어 미륵뜰의 절반도 건지지 못했던 해였다.

어느 여인이 점심 나절부터 문을 두드리기 시작하였다. 아이에게 먹일 젖이 말라서 그러니 밥 한술만 달라는 것이었다. 그런데 그렇게 밤새워 문을 두드리던 사이에 여자의 품에 안겨 있던 젖먹이는 끝내 숨을 거두었다. 그 때문에 실성을 한 여자는 그후로 매년 두견새 울음과 함께 그의 집을 찾아오곤 했다. 한번 오면 밤이고 낮이고 아이의 이름을 애절하게 부르며 집을 빙빙 맴돌았다. 명진은 그 질기디 질긴 울음소리와 함께 봄을 맞고 나이를 먹어갔다.

「무슨 일이 있어도 과거에 급제해서 벼슬길에 올라야 한다. 가문을 일으켜 세워야지.」

아버지는 늘 이렇게 명진을 다그쳤다.

그의 집에 대대로 내려오는 상제라는 이름의 종이 있었다.

상제가 하는 일은 주로 농기구며 온갖 연장들을 만들고 고치는 일이었다.

어린 명진은 하루 종일 상제 옆에 쪼그리고 앉아 그가 일하는 모습을 지켜보며 시간을 보냈다.

상제는 일을 할 때면 곁에 명진이 있는 줄도 모를 만큼 열중했다. 그러다가 간혹 허리를 펴서 곧 눈물이 터질 듯이 젖은 눈으로 하늘을 올려다보곤 했다.

「도련님, 엊저녁에 그 소리 들으셨는가요?」

어느 날, 여느 때와 같이 일을 하다 말고 하늘을 한참 동안 올려다본 상제가 명진에게 물었다.

「무슨 소리?」

명진은 상제 옆에서 작은 막대기를 깎아 꼬챙이를 만들며 능청스럽게 되물었다. 명진은 상제가 무엇을 묻는 건지 번연히 알고 있었다. 그러면서도 웬지 그 말에 냉큼 대답하기가 싫었던 것이다.

「그 여자가 또 왔었구만요. 밤새도록 죽은 아이 이름을 부르지 않던가요?」

명진은 민망해서 먼 산을 바라보았다. 산불이라도 난 것처럼 산에는 진달래가 지천으로 피어 빨갛게 타오르고 있었다.

「도련님은 잠이 깊이 들었던가 보네요. 저는 그 울음소리 때문에 잠을 설쳤는데…….」

명진이라고 못 들었을 리 없었다. 가슴을 후벼파는 여인네의 울부짖음으로 명진도 잠을 이루지 못했었다.

　이제 겨우 열 살, 소학을 얼마 전에 끝낸 명진의 얕은 생각으로도 부모를 나쁘다 해서는 안 될 것 같았다.

　여자의 울부짖음이나 상제의 슬픈 목소리는 듣기가 싫었다. 그런 소리를 듣고 있노라면 자꾸만 아버지가 나쁜 사람으로 느껴졌던 것이다.

　「도련님은 모르실 거구만요. 이런 부잣집에서 양반님네 외동아들로 태어났으니 아실 리가 없겠지요. 저는 그 여자만 생각하면 일손이 잡히질 않아요. 가슴에 구멍이 뚫린 것처럼 찬바람이 솔솔 부는구만요. 세상에 제 자식을 굶겨 죽인 어미 마음이 오죽하것어요. 사람 사는 게 뭔지…… 저도 착하게 살면 다음 세상에는 도련님처럼 복을 타고 태어날까요?」

　그때 명진은 일부러 상제의 말을 피해 딴 얘기만 했다.

　명진은 하루 종일 시늉으로만 글을 읽고 있다가 잠시 쉬는 시간이면 상제한테 달려가곤 했다. 상제가 들일을 하러 미륵뜰에 나가 있을 때면 명진도 그리로 갔다.

　겉옷을 훌훌 벗어던지고 일을 하는 상제의 비쩍 마른 등 위로 굵은 땀방울이 흘러내렸다. 그런 모습을 보고 있자면 뭔지 알 수 없는 슬픔이 명진의 가슴을 울리곤 했다.

　손재주가 좋은 상제는 노래에도 제법 소질이 있었다. 상제의 목소리는 원래 처량한 봄비처럼 추적추적했다. 그러나 노랫가락을 뽑을 때면 봄바람에 휘날리는 수양버들가지처럼 낭창거렸다. 그러다가 홍수로 불어난 강물처럼 거칠고 요란하게 넘실거리기도 했다.

찐득 찐득 찐득아
무얼 먹고 살았나
오뉴월 염천(炎天)에 쇠부랄 밑에
디룽대룽 달렸다가
길 가는 행인(行人)이 찔끔 밟아서
꺼먼 피가 찔끔 났다네.

울뚝 불뚝 이 머슴아
무얼 먹고 살았나
양반 구멍 똥구멍에 늘어붙어서
방귀 뿡뿡 뀔 때마다
땅바닥을 뒤져뒤져
이러구러 한세상
이내 목숨 끈질기네

피를 발라 눈물 발라
방아 찧고 까불러서
누구 입에 드나 보자
천석 만석 밥도 짓고 떡도 찧어
대감 먹고, 마님 먹고, 도련님 먹고
사또 입엔 백석이오,
이방 입엔 오십석,
서생(鼠生) 입엔 열석이오
이내 목숨 질긴 목숨
머슴 입엔 빈 됫박

명진은 논두렁에 앉아 상제의 노래를 들었다. 상제의 노래를 들을 때면 명진은 자신이 양반의 자식이 아니라 천민의 자식인 듯 처량한 기분이 들었다.

장가 갈 나이가 되도록 명진의 공부는 진전이 없었다.

마침내 그의 아버지는 결단을 내렸다. 때마침 나귀를 타고 찾아온 손님에게 거래를 청했다. 멀리 경상도 안동에 사는 친척이 있었는데, 그에게 상제를 팔아버린 것이다. 명진네가 상제를 내주고 대신 받은 것은 비쩍 마른 나귀 한 마리였다. 상제가 나귀 한 마리와 맞바뀌어 팔려간 것이다.

「저녀석이 일도 잘하고 심성도 발라서 데리고 있으면 제 밥벌이는 할 것이오.」

「아무리, 그래도 일 잘 하는 나귀만 할까?」

「내 아들놈 공부 좀 시키려면 떼어놓아야 합니다. 말 못하는 나귀 한 마리가 더 필요하지, 말하는 나귀는 필요 없습니다.」

그 친척에게 아버지는 떠맡기다시피해서 상제를 팔아버렸다.

빈몸으로 떠나는 상제에게 아버지는 여비 한푼 보태주지 않았다. 상제는 다 해진 가외옷 한 벌과 부엌일하는 계집종이 아버지 몰래 싸준 주먹밥 한 덩어리를 고이 짊어지고 집을 떠났다.

「안돼. 가지 마.」

명진이 비가 내리는 마당으로 내려서서 상제의 손을 부여잡았다. 그러자 어느새 아버지의 손이 명진의 목덜미에 척 달라붙었다.

「어서 가거라. 이제 네 주인은 내가 아니다.」

아버지는 상제를 매정하게 떠밀었다. 명진은 힘없이 돌아섰다.

「아버지, 그깐 나귀가 뭐라고 사람을 나귀 한 마리에 파는 것이옵니까? 예? 아버지.」

명진이 울음을 터뜨렸지만 아버지는 눈 하나 꿈쩍 않고 팔린 마소를 돌아보듯 떠나가는 상제를 무심히 바라보았다. 그러면서 들썩거리는 명진의 어깨를 꽉 눌렀다. 그 무게를 명진은 먼 훗날까지도 잊지 못했다.

상제는 빗물이 질척하게 고여 있는 마당에 그대로 주저앉아 명진에게 큰절을 올렸다.

「도련님, 이제는 맘 잡고 과거 공부를 하세요. 도련님 혼자 우리 같은 미천한 것들을 귀히 여겨주신다고 세상이 달라지는 것은 아니구만요. 세상이 그리 돼 있는 걸 어찌하겠습니까? 멀리서라도 도련님이 과거에 급제하시기를 빌겠습니다.」

안씨 집안 대대로 내려오던 물림종 상제가 눈물을 뿌리며 명진에게서 떠나갔다.

상제가 팔려간 뒤로 명진은 기운을 잃고 아무것도 하지 못했다. 사람을 나귀 한 마리에 팔다니, 명진은 그 생각만 나면 몸서리를 쳤다. 그런데도 상제가 떠나가면서 한 말이 명진의 머리 속에 남아 윙윙거렸다. 혼자 기를 써봐야 세상은 달라지지 않는다던 상제의 말이 명진을 깊은 절망에 빠트렸다. 하기야 명진이 특별히 이런 세상을 바꿔야 한다든지, 어떻게 해보아야겠다고 생각한 것도 아니었다. 그저 상제 같은 사람과 아버지 같은 사람이 함께 존재하는 것이 답답했을 뿐이었다.

상제가 떠난 뒤 명진은 몇 해가 가도록 마음을 잡지 못했다. 그리고 잘 하지도 못하던 술을 가까이 했다. 달빛이 밝으면 달빛이 좋아서, 가을비가 내리면 비에 젖어서, 살구꽃이 흩날리면

꽃에 취해서. 명진은 아버지가 꾸짖는 소리도 듣는 둥 마는 둥 늘 술을 마시며 세월을 보냈다.

명진이 진사라는 이름을 얻게 된 것은 순전히 중풍으로 누운 늙은 아버지를 위해서였다. 되든 안 되든 죽기 전에 과거라도 한번 봐주었으면 원이 없겠다는 아버지의 청을 차마 뿌리칠 수 없었다.

명진은 스물이 넘어서야 수원에서 열리는 향시를 보러갔다.

거리에는 어디나 상제 같은 사람들로 붐볐다.

명진은 팔달문 부근의 허름한 객주집에 들었다.

명진은 독방을 청하지 않고 봉놋방에 짐을 풀었다. 잠이 오지 않아 뒤척거리고 있을 때 장사꾼인 듯 싶은 패거리가 우르르 몰려들어왔다.

「이봐, 김가야. 난 아주 폭삭했는데, 자넨 어떤가?」

「난 운이 좋았다네. 진천에서 지고 온 대추 닷말을 곱절로 이문을 남겼지. 이것 보게.」

김가라는 장사꾼이 허리춤에 차고 있던 전대를 풀어보였다. 그는 한차례 빙 돌리면서 전대를 내보이고는 이내 허리춤에 매달았다.

「자넨 왜 폭삭했다는 건가?」

「젠장, 내가 잉어 한 이십여 마리를 이고지고 오지 않았겠는가. 제기랄, 수원에는 잉어가 왜 그리 흔해 빠졌는지.」

「그걸 몰랐나? 여기서 한양이 멀지 않으니 진상하는 잉어를 모두 여기서 기른다네. 그래야 죽지 않은 싱싱한 잉어를 대궐까지 갖다바칠 것 아닌가. 그러니 이곳에 잉어를 기르는 양어장이 흔할 수밖에. 쯧쯧쯧.」

「하이고, 내가 그걸 무슨 재주로 알았겄는가. 우리 공주에서는 금싸라기보다 더 귀한 것이라서 응당 여기도 그러려니 하고 있는 돈 없는 돈 다 긁어 모아서 스무 마리나 샀는데…… 여기쯤 오면 더 비싼 값을 받을 수 있으려니 했건만…… 애고, 잉어가 다 죽어가서 헐값에라도 팔아야 하는데…… 애고 아까워라.」

장사꾼들은 국밥을 앞에 놓고 후루룩 마셔대며 손해본 사연, 횡재한 사연을 왁자지껄 떠들어댔다.

명진은 장사꾼들이 하는 얘기에 넋을 잃고 귀를 기울였다. 여기저기 고을 이름이 튀어나오고, 그때마다 특산물 이름이 나왔다. 뭐는 어디가 비싸고, 어디는 싸다는 얘기가 거침없이 줄줄 나왔다.

다음날 명진은 저자로 나가 보았다. 엊저녁 장사꾼들의 얘기에 흥미가 당긴 때문이었다. 코앞에 닥친 향시 따위는 다 잊어버리고 명진은 시장을 꼼꼼하게 훑고 다녔다. 그리고 이것저것 가격이며 산지 따위를 물어보았다. 워낙 물건값에 어두워서 잘 알 수는 없었지만 명진은 모든 게 흥미로웠다. 마늘이나 인삼 따위의 값이 용인이나 안성보다 훨씬 비싸다는 것도 알게 되었다.

그런 물산들은 대부분 장사꾼들이 등에 지고 다니는 것이었다. 그래서 명진은 달구지를 써서 대규모로 옮긴다면 웬만한 논농사보다 나을 성싶었다. 게다가 저자의 물건이라는 것이 너무나 보잘 것 없었다. 전국의 산지와 물산을 파악하고 물량을 잘 조절한다면 얼마든지 큰 돈을 벌 수 있다는 생각이 들었다.

명진은 그때 처음으로 세상이 크긴 크다는 생각을 했다. 용인에 살면서는 흉년이면 흉년인가보다 해서 덜 먹고 덜 쓰는 수밖에 없었다. 내 고장이 흉년이면 온세상이 다 흉년일 것만 같았기 때문이었다. 그러나 장사꾼들의 얘기로는 그렇지 않았다. 어느 지방에서는 어느 작물이 흉작인데 어디에서는 풍작인 곳이 있었다. 풍년이 들 때도 명진네는 그저 날이면 날마다 먹어 없애느라고 애를 썼고, 그래도 남아 썩을 것 같으면 장사꾼을 불러 헐값에라도 팔거나 빈민 구휼이랍시고 소작 부치는 사람들에게 나누어주었다.

명진은 그 넓은 세상의 여러 물산을 헤아려보았다. 모자란 건 많은 데서 가져오고, 많은 것은 모자란 데로 보낼 수가 있지 않은가. 그 일을 누가 할 것인가. 그렇게 큰일을 봇짐장수들에게 맡길 수야 없지 않은가.

그때 명진은 처음으로 장사를 해야겠다는 포부를 품었다.

과거를 어떻게 치렀는지 기억도 나지 않을 만큼 명진은 장사에만 정신을 쏟다가 용인으로 돌아왔다.

명진은 용인 구석구석을 돌아다니며 용인의 특산물과, 생활에 꼭 필요하지만 용인에서는 나지 않는 것들, 즉 소금이나 생선 같은 것들을 조사하고 다녔다. 물론 아버지는 명진이 용인의 선비들과 어울려 시나 읊으러 다니는 줄 알고 있었다.

그리고 이듬해 일 년 동안은 경기도와 충청도 일대를 돌아다녔다. 그리고 다니면서 명진은 이들 내륙 지방의 소금값이 턱없이 비싸고, 또 한양에서는 몇 배나 비싼 값에 팔리는 마늘이나 인삼이 용인에서는 헐값에 팔려 농사짓는 사람들이 겨우 입에 풀칠이나 할 정도라는 것을 알았다.

때마침 아버지가 오랜 병을 이기지 못하고 세상을 떴다. 혈육으로서 슬프지 않을 리야 없었다. 그렇지만 덕분에 명진은 오래도록 생각만 해오던 장사를 시작할 수 있었다.

「시작은 그런 뜻으로 했소만 결국은 내 주머니를 채운 꼴이
되고 말았소이다.」

안 진사는 자신의 긴 이야기를 마치면서 쑵쑵하게 웃었다. 그
러나 지함은 안 진사가 결코 자기 주머니만 채웠다고 생각하지
는 않았다. 그건 동네에 들어오면서 본 마을의 상(象)에서 이미
알아차린 일이었다.

「어쩌면 그때 생각보다 더 큰 것을 보신 것이 아닌가요?」

지함은 두 손으로 안 진사의 빈잔에 술을 채웠다. 침침한 방
안 가득 그윽한 술향기가 맴돌고 있었다.

안 진사는 껄껄 웃으며 지함의 잔을 받아 들었다. 깊은 뱃 속
에서 울려나오는 듯한 안 진사의 독특한 웃음소리는 생긴 모습
처럼 사람을 편하게 만드는 힘이 있었다.

「그렇게 봐주시니 고맙구려. 더 큰 뜻인지는 모르겠으나 새롭
게 깨달은 것은 있소. 상제 그이의 말대로였소. 나 혼자 무엇을
할 수 있겠소?」

그토록 온화하던 눈빛이 어쩌면 이렇게 일순간에 매서워질 수
있는지 신기한 일이었다. 안 진사의 눈빛은 가을밤 막 떠오른
샛별처럼 빛나고 있었다.

「나는 좀더 근본적인 것을 생각하게 되었소. 세상을 바꿔보려
는 생각이오. 처음에는 장사를 때려치우고 한양으로 가서 성균
관을 들어가든지 대과를 볼까 생각도 했지요. 그러나 차츰 장사
의 폭을 넓히면서 세상을 바꾸는 데 제일 중요한 것은 경제를
휘어잡는 것이란 생각이 듭디다. 이건 아직도 먼 훗날의 가정일

테지만 한번 생각해 보시오.

상놈들이 돈을 두둑히 번다면 어찌 되겠소. 상놈들이 양반에게 머리를 조아리는 것은 양반이 무서워서가 아니오. 목숨줄을 잡혀있기 때문이지요. 양반들에게 허리를 숙이지 않으면 부칠 땅 한 뼘 구하지 못하기 때문이오. 양반에게 굽실거리지 않아도 먹고 살 수 있는 때가 온다면 아무도 양반을 대접하지 않게 될 것이오. 당신 같은 사람들은 위에서 세상을 개혁하려 하지만 나는 아래서부터 바꾸기로 한 것이지요.」.

「세상이 바뀌리라 믿으십니까?」

그건 안 진사에게만 묻는 말이 아니라 지함 자신에게도 묻는 말이었다.

화담 계곡에서 막막한 하늘을 올려다볼 때마다 지함은 알지 못할 힘에 짓눌렸다. 그리고 인간의 왜소함에 끝없이 좌절하곤 했다.

한 인간의 힘으로 과연 이 복잡한 세상을 바꿀 수 있는 것인가? 저 광활한 우주에 비하면 인간은 개나 소와 다를 바 없는 한낱 미물에 지나지 않았다. 그러한 인간이 이 거대한 우주의 진리를 깨달을 수 있는가? 그것이 진정으로 가능한 일인가?

「그러는 이 선비는 왜 벼슬을 마다하고 떠돌고 있습니까?」

「제 견문이 얕은 까닭인지는 모르겠으나 아직은 아무것도 믿지 않습니다. 벼슬을 마다하는 것은 그것으로 아무것도 할 수 없음을 아는 까닭이지요.」

「나는 믿소. 언젠가 이 세상은 분명히 달라질 것이오. 보시오. 세상은 나날이 달라지고 있지 않소? 고작해야 육십 년을 채우지 못하는 인간의 눈에는 그 변화가 보이지 않을지도 모르나,

물이 끊임없이 흐르듯 인간 세상도 변하고 있소.」

「어떻게 변한단 말씀입니까?」

「보시오. 고려 왕조도 조선 왕조도 마치 자신들이 세상을 바꿔온 양 얘기하오. 그러나 왕조가 대체 세상의 변화에 무슨 일을 했소? 권력을 잡기 위해 무고한 사람들을 희생시켰을 뿐이오. 왕조는 바뀌어도 백성들이 살아가는 꼴은 하나도 바뀌지 않았소.」

환청일까.

지함의 귀에 명세의 낭랑한 음성이 들려오는 것 같았다.

「보게나. 왕조는 바뀌었어도 백성들은 똑같이 살아가고 있네. 그래서 사관은 왕에게가 아니라 백성 앞에 진실을 기록해야 하는 법일세……」

지함은 주위를 둘러보았다. 그러나 온화한 얼굴로 자신을 바라보는 안 진사와 그윽한 술향기, 어느 틈으론지 새어들어온 바람에 흔들리는 불빛 뿐이었다.

오래도록 잊고 있었던 아련한 추억이 봄볕 물들은 먼 들판의 아지랑이처럼 가물가물 피어올랐다.

명세, 민이……. 가슴을 쥐어뜯던 처절한 고통도 이제는 아련해지고 남은 건 막막한 그리움뿐이었다.

이렇게 세월은 흘러가는가. 남은 사람은 또 남겨진 대로 흘러가는가. 봄밤의 정취 탓일까, 가슴이 미어질 듯 온갖 상념이 지함의 가슴속으로 밀려들었다.

「백성들이 살아가는 이치가 뭐겠소? 모든 고통은 먹고 사는 문제에서 비롯되는 것이오. 백성들의 굶주린 배를 채워야 하오. 그것이 내가 생각하는 첫번째 일이오.」

지함의 기분을 아는지 모르는지 안 진사의 열띤 이야기는 계속 이어졌다.

그러고 보니 고집 센 안명세나 안 진사 모두 같은 안씨였다.

지함은 눈앞에 아른거리는 민이의 고집 센 얼굴을 애써 털어버렸다.

솥이 작아 굶어죽었다는 소쩍새의 처량한 울음소리가 달빛 교교한 봄밤을 지키고 있었다.

안 진사는 몇 시간째 술을 마시면서도 자세 하나 흐트러지 않고 갈수록 열변을 토했다.

지함은 흐트러진 옷매무새를 새삼스레 여몄다.

「물론 쉬운 일은 아닐 것이외다. 허나 의심하진 않소. 전국 방방곡곡 내 발길이 미치지 않은 곳이 거의 없을 거외다. 발이 부르트도록 천지를 뛰어다니면서 물산의 흐름을 살피고 지역마다 다른 기술을 배우고 익히고 있소이다. 내 두 눈으로 보고, 내 두 발로 직접 뛰면서 생긴 믿음이오. 전국 유람을 하는 중이라 하셨소?」

「그렇습니다.」

「무엇을 위해서요?」

「사람들, 사람들이 무엇을 생각하고 어떻게 살아가는지 보기 위해서지요.」

「그렇다면 사람들만을 보아서는 안될 것이오. 그들이 무엇을 먹고 입고 살아가는지, 경제가 어떻게 흘러가는지를 보시오. 금산에서 인삼이 나고, 한산의 모시가 유명하고, 전주에서는 한지가 많이 나오. 이천에서는 좋은 도자기가 많이 나고, 강진에서는 백자가 나지요. 풀 한 포기, 나무 한 그루도 저절로 나는 것이 아니라 땅을 보아 나는 것이오. 물산도 이럴진대 사람인들 안 그렇겠소? 그 땅을 보면 인물도 볼 수 있을 것이오. 거기에 아마도 이 선비가 찾는 답이 있을 거외다.」

어느새 부옇게 동이 터오고 있었다. 하인들이 발소리를 죽이고 마당을 오고가는 자잘한 소리들이 정겹게 들려왔다.

두 사람이 모이면 그 중 하나는 스승이라고 했다. 비록 술자리이긴 했지만 지함은 안 진사와 나눈 대화가 화담의 강의를 듣는 것과 같은 기분이었다. 지함은 안 진사의 말을 하나도 놓치지 않으려고 계속 긴장의 끈을 풀지 않았다.

「진사 어른 덕분에 궁금증이 많이 풀렸습니다. 그러면 진사 어른은 앞으로 무엇을 하실 생각이신지요?」

「한잔 더 드시겠소이까?」.

지함이 잔을 내밀자 바닥이 난 술병을 완전히 기울여 술잔을 채우며 안 진사는 말을 이었다.

「무엇보다 농사 기술을 더 익히려고 하오. 장사를 시작한 지 벌써 십여 년이 가까워오지만 장사야 앞으로의 일을 위해 배운 것일 뿐이오.」

웬일인지 말끝에 안 진사는 깊은 한숨을 내쉬었다. 얼굴에도 잔뜩 근심이 서려 있었다.

「그런데 왜 수심이 있어 보이십니다.」

「해도 안 되면 어쩔 수 없는 일이지만 해보지도 못하는 게 아닌가 싶소.」

「무슨 말씀이신지요?」

「본시 양반이란 것들이 제대로 학식이나 있으면 다행이지만 그나마도 없을 땐 남의 험담 늘어놓는 것으로 소일하지 않소?

내 장사를 시작할 때부터 말이 많았지요. 그때야 뒷전으로 흘려 버리고 말았지만 만석지기나 한다는 말이 나돌고부터는 사정이 좀 심각해졌소. 시기 정도가 아니라 모함이 따르기 시작하니까 요.」

기우만은 아닐 터였다.

세상살이란 어찌 이리 원칙이 없다는 말인가. 진실을 말하는 자는 죽임을 당하고 백성을 진정으로 염려하는 자는 무시당하거 나 모함을 당하는 세상. 이런데도 사람들은 왜 세상에 대한 미 련을 버리지 못하는 것인지……. 아니 지함 자신부터.

「이제 물러가 봐야겠습니다. 진사 어른도 잠시 눈을 붙이셔야 지요. 좋은 말씀 많이 들었습니다.」

「별 말씀을. 촌에서 늘 적적하게 지냈는데 이렇게 말이 통하 는 이 선비를 만났으니 외려 내가 감사해야지요. 내가 너무 말 이 많았나 보오. 이해하시구려. 먼 길에 피곤한 사람을 붙들고 실례가 많았소이다.」

뜨락으로 내려서자 서늘한 새벽 기운에 조금씩 달아오른 취기 가 일시에 사라졌다. 어둠이 가시고 여명이 깃들고 있었다.

갑자기 바다가 그리웠다. 홍성현에 있을 때는 신새벽을 달려 바다를 보러가곤 했었다. 기실은 바다에 대한 그리움이 아니라 민이에 대한 사무친 그리움이었지만. 바다를 보지 못한 것이 벌 써 언제 적부터인가.

새벽의 짙은 안개가 걷혀가는 잔잔한 바다, 늘 차분하던 서기 의 얼굴, 이제는 곁을 떠나버린 명세와 민이…… 그리운 얼굴들 이 스쳐갔다.

「지금껏 애기를 나눈 겐가?」

희끄무레한 그림자가 다가왔다.

화담이었다. 낯선 곳이라 잠에서 일찍 깬 모양이었다.

「벌써 기침하셨습니까? 편히 주무셨는지요?」

지함은 화담에게 아침 인사를 올렸다.

「안개가 자욱한 걸 보니 날씨가 좋을 모양일세. 이런 날은 봄이 달음박질로 오겠구만.」

「새벽 공기에서도 제법 봄냄새가 나는 것 같습니다.」

「그래. 나와 함께 동리 구경을 하지 않겠나?」

「예.」

두 사람은 안 진사의 집을 벗어나 소작인들이 사는 마을로 걸어나갔다.

「이곳엔 수기(水氣)가 많은 모양이구만.」

「강도 없고 시내도 변변치 않던데요?」

「보게나. 안개가 유독 진하지 않은가? 수기가 많은 곳에 안개도 짙은 법이지.」

성황당에 걸린 만장이 칙칙하게 바람결에 따라 흔들리고 있었다.

그곳에서 어떤 사람이 절을 하고 있었다.

「쯧쯧. 절을 한들 무슨 소용이 있다구……. 나무도 인간도 모두 기의 모임일 뿐, 그 무엇도 인간의 짐을 대신 덜어주지는 않는다네. 모두가 헛된 바람이지.」

「그러나 선생님. 그렇게 해서라도 마음의 고통이 덜어진다면 그 또한 고달픈 백성에겐 고마운 일 아니겠습니까?」

「마음의 고통이 덜어진다는 게 뭔가? 도의 흐름을 스스로 감지할 수 있을 때, 인간이 우주 만물과 하나임을 알아차릴 때,

그때 비로소 고통은 덜어지는 것일세. 그렇지 않는 한 모든 것이 헛되고 헛된 것이지.」

지함은 입을 다물었다. 가슴속에선 뭔가 끓어오르는데 표현할 길이 없었다. 언제 적부터인가 지함은 화담의 이런 태도가 늘 마음에 걸렸다. 화담의 말을 듣고 있노라면 먹고 마시고 화내고 웃고 사는 인간의 삶이 대체 무엇인지, 기가 무엇인지 더 애매해지는 것이었다. 도건 기건 인간의 사소한 삶에서 출발하는 것이 아닌가. 그 모든 것을 접어둔, 그것을 외면하고 돌아앉은 도가 무슨 소용이 있는가.

「안 진사와 무슨 얘기를 나눴는가? 안 진사의 얘기에 너무 빠지지 말게. 그가 예사 장사꾼이 아닌 것은 분명하네만 그러나 사람은 먹고 마시는 것만으로 사는 것이 아닐세. 먹고 마셔야 생명을 보존할 수 있는 것이 인간이네만 인간은 그것을 뛰어넘을 수 있기에 만물의 영장이 아니겠는가.」

「하지만 선생님…….」

「평소 자네의 고민이 많이 풀렸겠구만. 하지만 좀더 두고 생각해 보세. 백성들의 입에 고기나 물려주고 쌀밥이나 넣어주는 게 궁극은 아닐세. 난 자네가 안 진사를 통해 더 큰 것을 보길 바라네.」

「무슨 말씀이신지요? 안 진사는 굶주리고 헐벗은 백성을 위해 물산을 더 싸게 대줍니다. 적고 모자란 것은 더 많이 구해다주려고 애씁니다.」

「그 마음을 나무라는 것이 아닐세. 체(體)가 같다고 용(用)이 같은 것은 아닐세.」

「백성들이 잘 살 수 있으면 더 무엇이 필요합니까?」

「엉키고 맺힌 것은 비단 물산만이 아닐세.」

지함은 입을 다물었다.

엉키고 맺힌 것은 물산만이 아니다……. 그렇다면 무엇이 또 엉키고 맺혀 있다는 것인가.

도대체 화담은 왜 유람을 자청했단 말인가. 무엇을 보고자 하는가.

지함은 새벽 이슬에 바지를 적시며 잔풀이 돋은 논두렁을 천천히 걸었다. 발목의 서늘한 감촉이 신선하게 가슴을 적셨다. 밤 사이의 피로가 어딘가로 다 빠져나가버린 느낌이었다.

「매점매석이나 배워가지고는 쓸데가 없네.」

화담이 다시 말을 이었다.

「물산의 흐름을 바로 잡는 것이 경제라고 하였습니다.」

「그건 장사꾼의 얘기, 도인은 그렇게 말하지 않는다네.」

「그럼 뭐라고 합니까?」

「마음 장사를 해야지.」

「마음 장사라구요?」

「제 마음을 들여다보아도 맺힌 곳이 있고, 풀린 곳이 있다네.」

「갑자기 왜 장사에서 마음 이야기로 들어가십니까?」

「도인은 마음을 다스리는 사람이고 장사꾼은 물산을 다스리는 사람이기 때문이네. 어느 지방에서는 어떤 물산이 많이 난다? 옳은 말일세. 그렇다면 그 지방에서는 어떤 인물이 나는가. 그 땅을 보고 그 인물도 보라는 것일세. 그래서 물산이 이리저리 흐르면서 백성들의 생활을 윤택하게 하는 것처럼 인물도 그러해야 한다네. 물산을 잘못 유통시키면 부작용이 생기듯 인물이 너무 한쪽에 몰리거나 너무 적으면 반드시 일이 생기네. 그러나 이것은 정치를 하는 대신들이 할 일이네.」

「그렇다면 저희는 어떻게 해야 합니까?」

「마음을 살펴야지. 사람마다 그 마음을 내는 밭이 다르니 마음도 다르네. 그것이 곧 운명일세.」

「경제가 운명이라구요?」

「백성의 마음이 어디로 흐르는가를 보게. 민심이 있는 곳에 하늘이 있다네. 우리네 마음 속에는 10간이라는 하늘이 있고, 12지라는 땅이 있네. 10간에 응하여 12지가 어떤 얼굴을 하는가 살피게. 그것이 마음을 유통시키는 장사꾼이라네. 10간이 천문이요, 12지가 지리라면 그 지리에서 마음이 생산된다네. 그 10간 12지가 조화를 부려 사람을 화나게도 하고, 즐겁게도 하고, 긴장하게도 하고, 포악하게도 하고, 착하게도 하네. 마음 하나에 이렇게 얽힌 사연이 많다네.」

「어떻게 그 마음을 보리까?」

「그것을 살피게. 그 12지의 묘리를. 그래서 주유를 하는 것이고, 물산을 보는 것이고, 인물을 보는 것이라네.」

「안 진사처럼 물산을 흐르게 하듯이 마음을 흐르게 하리까?」

「아무렴. 백성이 곧 하늘이라네. 그 이치를 알면 도에 이를 수 있네.」

「천문, 지리, 물산, 인물, 하늘…….」

「자네는 마음의 장사꾼이 되게. 그래서 용기가 나지 않는 땅에는 용기를 북돋워주고, 지혜가 필요한 땅에는 지혜를 주게. 그러려면 어떤 땅에 뭐가 많고 부족한가 알아야 하네.」

「명심하겠습니다.」

「해가 돋는구만.」

동쪽 하늘이 붉게 물들기 시작했다.

태양은 거칠 것 없이 탁 트인 텅 빈 들판을 온통 붉은 빛으로 적시었다. 태양은 조금씩 조금씩 하늘로 솟구쳐 올랐다.

「산이 없어 허전한 들판을 일출이 채워주는구만. 그러고 보면 자연은 얼마나 조화롭고 넉넉한가. 무엇하나 치우침이나 부족함이 없지 않은가.」

화담이 떠오르는 태양을 지긋한 눈길로 바라보며 말했다.

평야의 일출은 산중에서보다 더 붉고 뜨거웠다. 둥실 떠오르는 태양도 훨씬 크고 넉넉했다.

「사람도 그렇다네. 생김새도 성격도 제 각각이지만 그 본성은 마찬가지일세. 오묘하지 않은가.」

지함은 궁금한 게 많았다. 화담에게 여쭐 말도 많았다.

그러나 아직은 시간이 있었다. 그리고 무엇보다 찬란한 아침 놀에 젖은 가슴이 모든 말과 감정을 잊게 했다.

새벽 안개까지도 아침 노을에 물들고, 화담의 흰 도포자락도 붉게 물들고 있었다. 아침 노을이 신선한 봄날의 아침과 묘한 조화를 이루었다. 화담은 안개가 흩어지고 아침 노을이 걷힐 때까지 움직일 줄을 몰랐다.

안 진사는 지함의 손을 붙들며 이별을 아쉬워했다. 이틀을 더 묵는 동안에 두 사람은 어느덧 형님 아우가 되어 있었다.

「아우님, 한양 가는 길에 꼭 한번 들리시게. 다음에는 아우님의 여행 얘기를 좀 들어야 하지 않겠나.」

하룻밤에 만리장성을 쌓고 정분난 남녀처럼 두 사람은 손을 놓을 줄 몰랐다.

「그만 떠나야겠네. 벌써 안개가 흩어지고 있구만.」

황토벌을 가득 메웠던 안개가 햇살이 떠오르자 어느새 사라지고 있었다. 안개가 꼬리를 흔들며 사라지는 것을 연신 들여다보며 박지화가 길을 재촉했다.

안 진사는 꼭 쥐고 있던 지함의 손을 놓았다. 그리고는 지함의 소매 속으로 돈꾸러미를 밀어넣었다.

「형님, 이러시지 않아도 됩니다.」

벌써 화담에게 노잣돈을 넉넉히 챙겨준 안 진사였다. 혹 지함이 돈을 되돌려줄까 싶었는지 안 진사는 저만큼 뒤로 물러섰다.

「사람 일이란 모르는 것일세. 선생님이 돈이라도 잃어버리는 날에는 어찌 하려는가. 성의이니 받아두게나.」

그동안 안 진사가 얼마나 외로웠는지 지함은 느낄 수 있었다. 장사꾼으로 나선 양반을 곱게 보아줄 양반이 물론 없거니와, 평민들조차도 안 진사를 괴이한 양반으로만 생각하고 있을 터였다.

「자, 그럼. 안녕히 계십시오.」

화담은 용인을 벗어나는 곳까지라도 가마를 태워주겠다는 안 진사의 호의를 끝내 뿌리쳤다.

17. 신라에서 찾아온 아내

일행은 며칠 사이 놀랍게 무르익은 봄들로 나섰다. 사람의 영혼을 홀릴 듯 아지랑이가 들녘에서 아른거렸다. 세 사람은 바쁠 것도 없었으므로 아지랑이에 흠뻑 취하며 걸었다. 길가의 꽃송이 하나까지 놓치지 않으며 더 짙은 봄을 찾아 남쪽으로, 남쪽으로 향했다.

용인을 지나자 바로 안성이었다. 사람들의 느릿느릿한 말투나 거칠 것 없는 풍경이 용인과 크게 다르지 않았다. 그러나 용인에 비해 야트막한 산들이 좀 더 많았고, 그에 따라 당연히 들은 좁았다.

「용인이나 안성은 땅빛깔에 황색이 많다네. 수(水)가 많은 게지. 이 지방은 웬만한 한발에도 먹을 물 걱정은 안할 듯하지 않은가.」

화담이 누런 황토를 한줌 집어서 부서뜨렸다.

「선생님, 흙의 성질도 저마다 다릅니까?」

지함이 의아해서 묻자 화담이 대답했다.

「아무렴. 음 속에 양이 있고, 양 속에 음이 있는 법이니 흙도 마찬가지라네. 토(土)가 토토(土土)만 있다면 질그릇은 무엇으로 만들고, 주춧돌은 무엇으로 놓겠는가. 목토(木土), 화토(火土), 금토(金土), 수토(水土)가 다 다르다네. 이 흙은 수토(水土)라 할 수 있다네. 그러니 경기미 맛이 좋고, 안성배가 별미 아닌가.」

「사람도 마찬가지겠군요. 양양(陽陽)한 남자는 너무 뻣뻣해서 못쓰고, 음음(陰陰)한 여자는 너무 가늘어서 못쓰는 이치입니까?」

「그렇다네.」

「선생님, 양음(陽陰)과 음양(陰陽)이 더불어 있는 사람은 남자입니까, 여자입니까? 혹 남자의 성기가 달린 여자가 있다고도 하는데…….」

박지화가 머리를 긁적이며 물었다.

「강양약음(強陽弱陰)의 남자라야 그 기품을 살릴 수 있고, 강음약양(強陰弱陽)의 여자라야 그 아름다움이 돋보이지. 강양강음(強陽強陰)이나 약양약음(弱陽弱陰)인 사람은 아무 구실도 못하는 법…….」

화담의 말에 박지화가 껄껄 웃었다.

「선생님, 이제 어디로 가지요?」

「예까지 왔으니 천안 삼거리를 지나 자네를 낳은 땅 홍성 좀 구경하세. 천안 삼거리는 삼남의 호걸들이 운집하고 온갖 물산이 다 모이는 길목이니 재미난 볼거리도 많을 테고, 홍성 땅은 무슨 기를 품은 땅이길래 안명세 사관이나 자네 같은 반골을 생산하는지 보고 싶네.」

「참, 선생님두. 저는 반골(反骨)이 아니라 정골(正骨)입니다.」

「아무렴. 사시(斜視)로 보면 다 비뚤어졌으니 그렇게 보는 것일 뿐. 맞네, 자네 말이 맞네. 허허허.」

일행은 해거름에 천안 삼거리에 도착했다.

주막에 들러 짐을 풀자 앳된 처녀가 밥상을 디밀었다. 열대여섯 살이 될까 싶은 어린 처녀였다. 화담이 그 처녀를 보더니 고개를 갸웃거렸다. 처녀도 화담의 눈길을 굳이 피하지 않고 가만히 서 있기만 했다.

「이곳에서 일하는가?」

「아니옵니다. 아버님이 군역을 받아 한양 가시던 길에 몸이 불편한 저를 이곳에 의탁시켜 주셨습니다.」

「아버님의 이름자를 대보게.」

「박(朴)자, 구(九)자, 전(全)자. 아홉 구에 온전할 전입니다. 소녀는 고요할 정에 구슬 옥, 정옥(靜玉)이옵니다.」

「허, 참. 알겠네. 이만 물러가 보게.」

처녀는 머리를 갸웃거리며 부엌으로 돌아갔다.

「왜 그러시옵니까, 선생님.」

「글쎄, 나도 모르겠네. 내가 망령이 난 듯하이. 갑자기 정분(情分)이 솟구치니 나도 알 수 없네. 거, 참…… 내 바람 좀 쐬고 들어오겠네.」

「아니, 진지라도 잡숫고…….」

박지화가 말을 다 맺기도 전에 화담이 문을 나섰다.

「참, 이상하네. 그렇지 않은가? 한양을 떠나면서부터는 음식을 전혀 들지를 않으시지 않던가? 지금도 굳이 마다실 이유가 없는데. 저렇게 자리를 피하시니…… 용인을 떠난 지가 얼만데.」

지함은 그제서야 퍼뜩 그 사실에 의심이 생겼다. 박지화의 말은 사실이었다. 화담은 밥상을 앞에 놓고도 계속 딴전만 피우고, 술잔도 드는 듯 마는 듯 하다가 결국 한 모금도 마시지 않고 내려놓곤 하였다.

「도력이 깊으시니까 그러신 게지. 우리나 드세.」

박지화가 어정쩡하게 결론을 내리고는 밥을 먹기 시작했다. 그러나 그렇게 쉽게 단정할 일이 아니었다. 아무리 단전 수련이 깊고 생식(生食)을 하는 화담이라 할지라도 물 한모금 먹지 않고는 견딜 수 없을 것이기 때문이었다. 소식(小食)을 하거나, 며칠 동안 절식(絕食)하는 것이야 지함도, 박지화도 능히 하는 일이었다.

「그렇다면 기(氣)만 잡숫고도 저렇게 원기왕성하신 건가?」

지함이 혼잣말로 중얼거리자 박지화가 고개를 끄덕였다.

「알 수 없지. 선생님이 도가 수련을 한 지도 40년이 넘었으니 그럴 만도 하지 않은가. 신선술(神仙術)에 다 나오는 섭생(攝生)이니 믿어두세.」

「그러지요. 그런데 아까 그 밥 나르는 처녀에게 이름은 갑자기 왜 묻고, 또 왜 허둥대시는지 모르겠습니다.」

「나이가 아무리 드셔도 젊은 처자를 보면 그럴 법도 한 게 아닌가?」

「아닙니다. 천하 절색 황진이를 만나서도 저토록 흥분하시지는 않았습니다. 흥분이 뭡니까, 목석 같지 않으셨습니까? 그런데 오늘은 참 이상하시지요, 형님?」

「그러게 말일세. 이따 여쭤 보세.」

「그러지요.」

화담은 땅거미가 짙게 깔려서야 주막에 돌아왔다.

「이제 오십니까? 어딜 다녀오셨습니까?」

박지화와 지함이 일어나며 화담을 맞아들였다.

「내가 기이한 인연을 다 겪네그려. 자네 지함이, 나가서 아까 그 처녀 좀 들어오라고 하게.」

「예? 예, 그러지요.」

지함이 남새를 다듬고 있던 정옥이란 처녀를 불러왔다.

처녀가 방으로 들어와 앉자 화담이 낮은 목소리로 물었다.

「처녀는 나를 보고 느끼는 바가 있으렷다?」

처녀는 금세 얼굴이 빨개지더니 이내 눈을 내리깔고 모기만한 소리로 대답했다.

「예, 저도 모르게 어디서 뵌 듯하고, 오랫동안 그리던 임을 만난 듯 반갑기도 하고, 한켠으론 서럽기도 하고…….」

「허허허. 나도 그러하다네. 허허허, 세상 이치가 오묘하다 하였거늘 이럴 수도 있을까. 그래, 처녀의 사주 좀 들어봅시다.」

처녀는 화담에게 연월일시(年月日時)를 또박또박 일러주었다.

화담은 붓을 들어 널찍한 한지에 사주를 옮겨 적고 생각에 잠겼다. 지함은 멀찍이 앉아서 화담이 쓴 처녀의 사주를 내려다 보았다.

庚申 戊寅 丙申 癸巳

수기(水氣)를 가진 남자가 셋이나 기웃거리고 있었다. 그것도

12년만에 차례로 바뀌는 것이었다. 주막에 몸을 둘 팔자임에 틀림없었다. 비록 미색(美色)이긴 하나 남자 손을 많이 타서 중심을 잃을지도 모르는 것이다.

「알았네. 자네 아버님이 내년이면 돌아오긴 하겠네만 오른쪽 다리를 잃겠구먼. 군역(軍役)을 나간다는 게 본디 알 수 없는 일, 그간 이곳에서 잠자코 기다리면 돌아오실 걸세.」

처녀는 고개를 끄덕이고는 수줍은 웃음을 살짝 띠며 일어섰다.

지함은 모를 일이라고 생각하며 고개를 저었다. 사주를 보았으면 짤막한 덕담이라도 해주어야 할 것을, 화담은 엉뚱한 말을 던지고는 처녀를 내보냈던 것이다.

처녀가 나가자 지함이 화담에게 여쭈었다.

「선생님, 바람 잘 날 없는 뒤웅박 팔자이옵니다.」

「인간지사(人間之事) 다 뒤웅박 신세 아니겠는가.」

「그런데 왜 그 처녀에게 유달리 마음을 쓰십니까? 미색(美色)이긴 해도 절색(絕色)은 아니옵고, 그렇다 한들 천하의 화담 선생님께서…….」

지함이 말끝을 흐리자 화담이 멀거니 천장을 올려다보며 말했다.

「여보게들, 내가 한 가지 일러둘 게 있네. 화담 산방에서 미처 하지 못한 이야기이네. 사주를 본다는 게 뭔가? 그 사람의 맺히고 풀린 것을 더듬어보자는 것 아닌가?」

「그렇습니다, 선생님. 그것은 마치 물산이 넘치고 모자란 것을 다스리는 경제(經濟)와 같은 것으로 알고 있습니다.」

「그렇지. 한산에서는 모시가 많이 나니 한산 사람들은 그 모시를 다 쓰지 못하네. 제주에서 말이 많이 나니 제주 사람들이 다 타고 다녀도 남네. 이렇게 고을마다 제각기 특산물이 있는 것이니, 그것은 곧 토질(土質)이나 기후(氣候) 때문일세. 그 고을에 어떤 기운이 많이 뭉치어 있느냐에 따라서 잘 자라는 게 있고, 잘 크지 못하거나 열매를 맺지 못하는 경우가 있다네. 이것은 단지 곡식이나 짐승뿐이 아닐세. 사람도 그 기운을 받아 품성이 달라지니 도별(道別) 인심이 다르고 성정(性情)이 다른 게 다 그 소치라네.」

「참으로 옳으신 말씀이십니다. 그 이치를 안 진사도 알고 있었습니다.」

지함이 화담에게 고개를 숙이며 말했다.

「내가 용인의 안 진사를 자네들에게 보인 것은 그 한 예를 알려준 것이네. 일국(一國)의 왕은 인재를 골고루 등용하는 것이 제일이고, 치산(治山), 치수(治水)를 잘 하는 것이 그 다음이라. 왜냐하면 물산이 잘 흐르지 않으면 곤궁한 백성이 많이 나기 때문일세. 게다가 물산이 한곳으로 괴면 돈도 함께 뭉치는데, 돈이 뭉치면 그 해악이 인명(人命)에 미치므로 경계해야 하네.」

「예, 그 말씀은 알겠습니다마는…….」

'내가 안 진사를 보인 것은'이라니? 지함은 더럭 의심이 생겼다. 안 진사는 용인으로 가면서 우연히 만난 사람에 지나지 않았다. 비록 그리고 인물을 알고 있었다고는 했으나, 그리 가자고 작정한 것은 꼴깍재 주막에서가 아니었던가. 그런데 화담의 말은 무엇인가. 지함은 뭔가 이상하다고 생각했으나 화담의 속내를 얼른 짚어내지 못했다.

「그 처녀의 일은……?」

박지화가 넌지시 화담의 말길을 틀었다. 화담은 박지화의 질문을 받고 잠시 생각하는 듯하더니 곧 그 사연을 밝혔다.

「저 아이는 지난날 나와 인연을 나누었던 여자일세.

젊은 날이었지. 나는 나이 열네살이 되어서야 비로소 학문을 시작하였다네. 집안이 무척 곤궁하였기 때문이었지. 소작을 부치는 신세였으니 한가하게 글 읽을 시간이 나지 않았지.

같은 마을에 역시 소작이나 부치는 가난한 집이 있었는데, 그 집에 한 처녀가 있었네. 나는 그 처녀와 정분이 나서 좋아 지냈지. 나이가 들어가면서 나는 주경야독(晝耕夜讀)으로 학문에 힘쓰면서 그 처녀와 필경에는 혼인하리라 작심하고 있던 터에 그만 일이 틀어졌다네.

그 집이 어찌나 가난한지 그 처녀를 송도의 권세가에게 첩으로 팔아버렸다네.」

「저런…….」

박지화가 혀를 찼다.

지함은 잠자코 귀를 기울이고 있었다.

「그런데 그 처녀는 첩으로나마 편하게 지낼 줄 알았는데, 그게 아니었다네. 머리 올린 지 닷새만에 대감이 정변에 얽혀들어 목이 날아가고 말았다네. 졸지에 서방을 잃은 이 사람, 얼마 안 가서 그 집안에 내려오는 하인하고 눈이 맞아 정을 나누었는데, 그만 일이 터지고 말았지. 아이를 생산했던 게야. 그래서 체통을 목숨보다 더 귀하게 여기는 그 가문에서 그 사람과 하인, 그리고 핏덩이를 한꺼번에 죽여버렸다네.」

「그렇게 살다 죽는 사람도 있군요.」

박지화가 혀를 끌끌 찼다.

지함은 화담의 말끝으로 올라앉은 민이를 또 생각하고 있었다. 혼사를 눈앞에 두고 역적의 가문으로 낙인 찍혀 식구들이 이리저리 찢어지고, 혼자 남은 몸으로 첩이 된 민이. 그러다가 원수와 함께 염병에 걸려 분연히 자결해버린 민이. '그렇게 살다 죽는 사람'은 화담에게만 있는 게 아니었다.

그런데 그 얘기를 굳이 왜 꺼내는 것인지 지함은 화담의 속뜻을 헤아릴 수 없었다. 도대체 그것이 지금 무슨 소용이란 말인가.

「선생님, 그렇다면 그때 그 처녀가 이 주막의 처녀하고 닮은 데라도 있다는 것입니까?」

박지화가 몹시 궁금한지 화담을 채근했다.

「닮은 게 아니라 바로 그 여자일세.」

「예?」

「예?」

이지함과 박지화가 모두 깜짝 놀랐다.

「아니, 이미 죽었다면서요? 어떻게 다시 살아났지요?」

박지화가 마치 괜한 농을 한다는 듯이 화담을 흘겨보았으나 화담은 정색을 하고 차분히 말했다.

「그 처녀의 환생이 바로 아까 그 정옥이란 처녀일세.」

「예? 전생의 여인이 돌아왔다구요?」

박지화가 놀라면서 반문했다. 지함은 그제서야 화담의 말이 어디로 가고 있는지 알아차리고는 숨을 죽이고 귀를 기울였다.

「그 처녀와 아이까지 낳았던 하인이 바로 저 사람의 아버지로 인연이 맺어졌다네.」

「처녀를 첩으로 들였던 양반은요?」

「곧 나타날지 이미 나타났는지 모르겠네. 함께 죽은 핏덩이도 다시 나타나겠지. 그렇게 세상은 돌고 도는 것이니 인생은 손해도 없고, 이익도 없는 것 아닌가. 공수래 공수거(空手來空手去), 남는 것은 오로지 정신 하나일세. 백척 간두(百尺竿頭)에서도 그 하나만 꼭 잡고 있으면 잃을 것도 없고, 얻을 것도 없다네.」

「선생님, 그걸 어떻게 보십니까?」

박지화가 아직 믿겨지지 않는다는 듯이 또 물었다.

「자네도 머지 않아 숙명통(宿命通)이 열릴 걸세.」

「선생님, 그렇다면 그 처녀와 나누었던 더 먼 옛날의 사연까지 짚으실 수 있으신지요?」

지함이 조심스럽게 물었다.

「그야 그럴 수 있지. 정옥이란 저 처녀, 내가 젊어서 만났던 이름은 가희였네만, 실은 내가 신라 적에 함께 산 적이 있었다네. 그때나 지금이나 가난은 떨어지지 않아서, 그때도 몹시 가난한 서라벌 백성으로 혼인을 했지. 고려 적 송도만큼이나 서라벌도 처녀들이 드세었지. 한참이나 좋아지내다가 겨우 혼인을 하여 몇 밤이나 잤는지, 그 여인이 그만 알지 못할 돌림병으로 횡사했다네. 그 연이 지금까지 이어져 오는 것이네. 인연이란 이렇게 질긴 것이고, 사람이 맺은 인연으로 가장 길게 이어지는 것은 연정(戀情)일세. 남녀 화합처럼 오래가는 업(業)이 없으니 이생 저생 옮겨다니면서도 울고불고 함께 가는 게 이 인연이라네.」

지함과 박지화는 아무 말도 꺼내지 못했다. 그런 그들에게 화담이 강설인지 푸념인지 모를 이야기를 계속해 나갔다.

「내가 저 아이를 보니 지난 일이 어렴풋이 짚이는 게 있었다네. 그래서 사주를 보자고 한 것이었지. 꼭 49일만에 환생하였으니 사주가 들어맞았다네. 게다가 지함 자네도 보았지만 그 애 사주에 남자 셋이 도사리고 있지 않던가. 지함 자네가 그 사주를 보면서 앞으로 어떻게 살아갈 목숨인지 살피는 동안 난 그 반대로 더듬어 올라갔네. 이 사주가 어디에서 나왔을까. 이 사주의 전생은 무엇인가. 그래서 나는 내 기억 속에 묻혀 있던 가희라는 비운의 여인을 생각해냈지.」

「선생님, 사주로 전생을 헤아립니까?」

지함이 놀라 물었다.

「그렇지 않고서야 어떻게 남의 운명을 감정한단 말인가. 그가 지나온 길이 무엇인지도 모르고 함부로 앞날을 논하면 안 되네. 어떤 사주를 놓고 운명을 감정할 때, 이렇게 하여 재물을 모으고 저렇게 하여 귀해질 것이다, 그러니 이렇게 하라 저렇게 하라, 이렇게 하는 것은 위험한 짓일세. 남의 운명을 감정하는 사람은 그 사람을 있는 그대로 살피는 데 먼저 애를 쓸 것이요, 언사(言辭)는 뒤에 풀어도 늦지 않는다네.」

「그렇습니다. 명심하겠습니다.」

「그 사람이 어디에서 온 사람인가, 전생에는 무엇을 경험했고, 무엇을 발원하던 사람인가. 운명을 감정하기 전까지는 어떻게 살아왔는가, 이 사람의 목표는 부귀인가 영화인가, 무엇을 도와줄 수 있는가를 각별히 살펴야하네. 사주(四柱)란 모름지기 업(業)을 풀이하는 것이요, 업이란 전생(前生)의 열매일세. 그 열매 속에 들어있는 씨앗이 사주라는 것일세. 지나간 생에 맺은 열매대로 다시 봄이 오고 여름이 온다네. 어떤 싹을 틔우고 어떤 잎을 피우고, 어떤 꽃을 피울지 이미 그 열매 속 씨앗이 다 갖추고 있네. 우리는 그 씨앗을 보고 이건 대추나무로군, 이건 사과나무로군, 이건 아욱이고 저건 배추로군 하면서 감정을 하는 것이라네.

그러므로 지혜로운 도사(道師)는 그런 데까지 생각을 뻗쳐야 하는 법, 자네들도 이를 명심하게. 내가 실없이 주막의 아녀자를 희롱하고자 사주를 본 것은 아닐세.」

이튿날 아침 화담은 이른 새벽부터 지함과 박지화를 깨워 길을 떠났다. 화담은 어제 만난 그 처녀를 다시 볼 생각도 하지 않고 휘이휘이 걸음을 재촉했다. 더는 인연을 이을 필요가 없다고 생각했는지 모르는 일이었다.

일행은 천안에서 온양, 예산을 지나 저녁 나절에 홍성에 이르렀다.

홍성. 지함이 태어나고, 명세가 태어나고, 민이가 태어난 땅이었다. 화담이 무슨 생각으로 홍성을 찾는 것인지 지함은 알 수 없었다.

갈림길에서 지함은 잠시 망설였다. 곧장 가면 명세의 집을 거쳐 지함의 집이 나오고, 돌아가면 좀 멀기는 하나 명세의 집을 거치지 않고 갈 수 있었다. 돌아가자는 마음과 달리 지함의 발길은 어느새 명세의 집을 향하고 있었다. 명세가 서울로 떠나기 전까지는 무던히도 드나들었던 집이었다.

멀리 기울어가는 봄 햇살에 잡초 무성한 명세네가 살던 집의 지붕이 보였다. 지함의 심장은 걷잡을 수 없이 뛰기 시작했다.

용인에서만 해도 지나가버린 고통인 줄 알았었다. 막상 명세와 함께 어린 시절을 보낸 고향집에 들어서자 그때의 상처가 조금도 아물지 않은 채 예리하게 쑤셔왔다. 잊은 듯하면 다시 살아나고, 잊은 듯하면 다시 떠오르고……. 그렇게 평생토록 찾아들지도 모르는 일이었다.

때마침 불어오는 산들바람에 새 잎이 돋아나 잡초가 지붕을 녹색으로 물들이며 물결쳤다.

역적의 집이라고 아무도 들어와 살지 않은 것일까, 명세네가 한양으로 떠난 다음부터 아무도 살지 않았던 듯했다. 버려진 집은 자신의 주인들에게 닥친 고난의 세월을 그대로 뒤집어쓴 채 허망하게 스러져가고 있었다. 민이가 늘 곁에 붙어서서 먼 산을 바라보던 자그만 후원문도 바람과 비에 삭을 대로 삭아서 간신히 형체만 유지하고 있었다.

지함이 손으로 살짝 밀치자 문은 쉽게 열렸다.

무엇엔가 이끌리듯 지함은 후원으로 들어섰다. 바닥이 훤히 드러난 연못은 그 위로 흙먼지가 켜켜이 쌓여 연못이었다는 것조차 알아볼 수 없으리만치 초췌해져 있었다. 민이가 그토록 정성을 들여 손질하던 후원에는 꽃은 간 데 없고 잡초만 무성했다.

아, 지함은 불현듯 발걸음을 멈추고 탄성을 내질렀다. 마른 연못가에 훌쩍 자란 모란이 여느해 봄처럼 고결한 붉은 꽃잎을 활짝 피우고 있었던 것이다.

어디선가 까르르 웃어대는 민이의 웃음소리가 들려왔다. 민이의 웃음소리를 따라 지함은 천천히 걸음을 옮겼다. 후원의 정자였다. 삐그덕거리는 계단을 살짝 밟아 올랐다. 바람이나 쏘일까 싶어 명세를 찾으면 명세는 언제나 이 정자에 앉아 글을 읽거나 먼 산을 바라보곤 했었다.

민이의 냄새, 청초한 들꽃 향기……

「이보게. 게서 뭐하는 겐가?」

지함은 낯선 목소리에 정신이 번쩍 들었다. 머리가 희끗희끗한 노인네가 잡초를 밟고 서서 지함을 올려다보고 있었다.

민이는 어디로 갔을까? 들꽃은? 민이가 읊어주던 옛 싯자락이 아직도 귓바퀴를 타고 돌았다.

「빈집으로 들어가더니 나올 생각을 않더구만. 예가 누구 집인가?」

낯선 노인의 모습이 점차 익숙한 형체로 다가왔다. 화담이었다. 그래도 지함은 민이를 찾는 듯 두리번거리며 주위를 살피고 있었다.

소리없이 바람이 일었다. 커다란 모란 꽃잎이 그 바람에 가늘게 몸을 흔들었다.

봄기운이 완연한 오후인데도 지함은 난데없는 한기에 몸을 떨었다.

한기를 간신히 참으며 낡은 나무계단을 내려온 지함은 모란꽃 앞에 섰다. 민이가 그토록 좋아하던 모란, 이 후원 가득 붉게 타오르던 모란……

「봐요, 오라버니. 당당하죠? 진달래처럼 수줍지도 않고 개나리처럼 요사스럽지도 않아요. 한여름의 뜨거움을 예감하는 붉음으로 저 홀로 당당하고 조용해요.」

그래. 민아. 사람은 가고 없어도 꽃은 해마다 피고 지는구나. 네가 쏟은 정이 아직 남아서 이 모란은 여전히 꽃을 피우는 것일 테지.

지함은 후원을 가로질러 대문 쪽으로 걸었다. 방마다 문살은 부서지고 찢겨진 창호지가 이리저리 굴러다니고 있었다.

처마 밑에 길게 늘어진 거미줄을 보며 지함은 마침내 참았던 눈물을 한방울 떨구었다. 기억 속에 남아 있는 명세와 민이의 모습은 생시 그대로 맑고 뚜렷했다. 그런데도 두 사람의 추억이 깃든 것들이 모두 누추하고 쇠락한 것이 지함은 서글펐다.

「선생님, 모든 기(氣)는 서로 통하고 연결되는 모양입니다. 사물과 생명 사이에도 말입니다. 잡초가 돋은 지붕, 먼지끼고 무너져 앉은 정자, 들풀이 무성한 후원, 그 모든 것들이 이 집 주인의 지나간 세월을 고스란히 담고 있습니다. 집도 그저 집이 아니군요. 사람의 얘기가 담긴 집이 어찌 그저 사물일 뿐이겠습니까?」

「그렇네. 바로 그것일세. 사람은 우주 만물과 어울려 살며 결국은 우주가 되는 것일세. 어느 하나도 저 혼자 버려진 것은 없다네. 내가 곧 우주이며 이 집 또한 우주일세.」

세 사람의 발길이 닿은 곳의 풀들이 바닥에 누워 자그마한 길이 나타났다. 언제고 지워지지 않을 지함 가슴 속의 깊은 상처처럼.

민이와 명세가 없는 홍성현은 이제 지함에게 아무 의미도 없는 고장이 되고 말았다. 지함의 어린 시절이 묻어있는 곳이긴 하지만 그 시절은 명세 남매의 죽음과 더불어 사라져 버렸다. 그 시절의 모든 꿈마저.

화담은 이런 나를 미리 보고 정옥이란 어린 처자를 보여준 것일까. 전생에서 찾아온 사람, 그 이가 이제와서 무슨 소용인

가. 얼굴도 다르고 목소리도 다르고 예전에 대한 기억조차 모두 잊어버리고 있지 않은가.

「다 제 정분을 찾아다니는 것이라네.」

화담이 지함에게 말했다. 지함은 깜짝 놀랐다. 화담은 그의 속을 훤히 들여다보고 있는 듯 했다.

「선생님…….」

「가세. 그런 정이 바로 업을 일으키는 씨앗이라네.」

화담이 지함의 등을 밀었다. 지함은 그가 살던 옛집으로 갔다.

지함은 홍성현에 뿌리를 내리고 사는 친척들에게 인사를 하기 위해 혼자 집을 나섰다.

그리움이 너무 깊으면 남아 있는 추억마저 바래버리는 것일까. 마을 초입의 늙은 느티나무며 길 가의 돌멩이 하나에 이르기까지 눈에 익지 않은 것이 없건만 꿈결인 듯 모든 게 낯설기만 했다. 너무나 서먹해서 정말 자기가 고향에 와 있는 것인지 의심스러울 정도였다.

병들어 자리에 누운 당숙 어른은 지함이 큰절을 올리는 데도 팽 돌아누워 눈길 한번 주지 않았다. 워낙 괴팍한 양반이니 너무 괘념치 말라고 당숙모가 민망해 하며 변명을 했다.

한양으로 떠나기 전까지만 해도 문중에서 지함을 가장 아끼던 당숙이었다. 생각해보면 얄팍하기만 했던 지함의 지혜를 높이 사 문중을 크게 일으켜주길 기대했으나 거렁뱅이가 다 돼 떠돌아다니는 모습을 보았으니 실망이 클 만도 했다.

그러나 당숙이나 문중을 위해 시간을 낼 수 있을 만큼 지함 자신의 삶이 넉넉하지 않은 것을 어쩌겠는가.

문중 어른들은 예전과 달리 지함을 뜨악하게 대했다. 그래도 지함은 문중 어른들을 빠짐없이 찾아뵙고 인사를 여쭈었다.

고향도 오래 있을 곳이 아니었다. 어머니의 품처럼 늘 포근하기만 하다고 여겨오던 고향이었다. 그런데 다 자란 지금에 와서 고향은 그저 낯선 고을일 뿐이었다.

「명리를 따지다보면 고향을 떠나야 되는 사람이 많이 있네. 고향의 기가 이미 충분하기 때문이지. 고향이 줄 게 없어서가 아니라 충분히 주었기 때문이라네. 더 받을 게 없으니 반가울 게 없는 게지. 고향을 원망하지 말게.」

어깨가 축 늘어진 지함을 화담이 그렇게 위로했다.

「저는 어머님, 아버님도 기억하지 못합니다. 너무 일찍 세상을 떠나셨습니다. 그래서 고향을 남달리 생각하는데……..」

「부모님도 마찬가지라네. 그분들이 일찍 돌아가셔서 자네에게 정을 주지 못한 것 같지만 자네는 이미 다 받았다네. 더 그리워하지 말게나. 사람 사는 이치를 너무 따지다보면 사람이 메말라진다네. 가야할 앞길을 두고 자꾸 지나온 뒷길을 돌아보지 말게나. 자네가 길을 가지 누가 대신 가겠는가?」

지함은 화담이 왜 홍성에 오자고 하였는지 알 수 없었다.

화담이 여행을 하는 이유가 무엇인가. 왜 나를 자꾸만 새로운 인연 속으로 빠뜨리는 것일까. 박지화는 그저 유람이나 하도록 내버려두면서 내게는 쉴새없이 이것저것 문제를 던지는 화담. 그의 속뜻이 무엇이란 말인가.

화담은 오랜만에 바다나 구경하자며 지함과 박지화 두 사람을 이끌고 바다로 나갔다.

마침 바닷가에는 고기잡이배 한 척이 출항 준비를 하고 있었다. 어부는 화담보다도 더 나이가 들어보이는 백발 노인이었는데 그 큰 그물을 혼자서 거두고 있었다. 어부가 그물을 말고 접어 배에 실었다.

「여보게들, 이왕이면 고기잡는 구경도 해보는 게 어떻겠는가? 노인장, 노인장!」

화담은 지함과 박지화에게는 물어볼 것도 없이 어부를 불렀다.

무릎 위로 바지를 걷어올린 늙은 어부가 낑낑거리며 배를 밀고 있었다.

「아니, 선생님. 뱃길을?」

박지화가 화담에게 물었다.

「뱃길 한번 가보는 것도 좋을 것일세.」

「선생님, 하루 이틀이라도 더 계시면?」

지함이 그대로 홍성을 떠나기에는 아쉬워서 머뭇거렸다.

「고향과 부모는 떠나사는 게 사람 사는 이치라네. 여보시오, 노인장!」

화담이 다시 소리치자 어부가 뒤를 돌아보았다.

「우리 좀 태워주지 않으시려우?」

「그야 맘대로 하시오만, 이 배는 멀리 떠납니다. 이곳으로 돌아오지 않습니다.」

노인의 목소리는 백발이 무색하게 우렁찼다.

「어디로 가는 길이시오?」

「전라우도 해남으로 간다오.」

「마침 잘됐습니다그려. 저희도 그쪽으로 가려던 참인데……」

화담은 있지도 않은 말까지 해가면서 지함과 박지화를 재촉했다.

화담은 서두르는 기색이 역력했다. 아쉽기는 했으나 지함은 배에 올랐다.

세 사람이 배에 오르자 노인은 서서히 노를 젓기 시작했다.

세 사람은 서로 편한 대로 자리를 잡고 각자 자신의 바다를 들여다보았다.

조금 전에 떠나온 육지가 어느새 모습을 감추어버리고 세상에는 끝없는 바다와 배 한 척, 그리고 태양뿐이었다. 흰 구름 몇 개가 천천히 흘러갔다. 자그마한 돛이 육지에서 불어오는 잔바람에 배를 잔뜩 부풀렸다. 깊이를 알 수 없이 검푸른 바다는 파도도 없이 잔잔했다. 이따금 갈매기들이 떼를 지어 날아다니며 노인의 목소리와 비슷하게 탁하고 무거운, 그러나 힘찬 울음을 토해내곤 했다.

화담이 갑자기 홍성을 떠나자고 한 이유야 어쨌든 지함은 피곤했다. 오랜만에 찾은 고향이건만 오히려 마음만 무거웠다.

봄빛이 다사롭고 바람조차 없는 바다, 지함은 까무룩히 잠이 들었다.

18. 화담이 살아 있다

서기는 부지런히 걸어서 홍성에 이르렀다. 갈 곳은 옛집밖에 없었다. 옛집에는 친구 재청이 살고 있었다.

농사채도 없이 날품을 파는 그에게 서기는 용화사로 떠나면서 전답을 넘겼었다.

「아니 서기 자네?」

「재청이 자네 여전하군.」

「이 선비하고 같이 내려온 겐가?」

「아닐세. 혼자 왔네.」

「그래? 이 선비도 지금 홍성에 와 있다네.」

「아니, 홍성에 들렀단 말인가?」

「쯧쯧. 모르고 있었군.」

「지금 이 선비는 어디 있나?」

「집에 있을 걸세.」

「가 보겠네. 내 곧 다시 옴세.」

서기는 뛰다시피 하여 지함의 옛집으로 갔다.

그러나 빈집이었다.

서기는 옆집으로 달려가서 대문을 두드렸다. 지함의 친척이 사는 집이었다.

「이지함 선비가 지금 어디 있소?」

「방금 바다로 갔습니다. 저희 집에 있다가요.」

서기는 바다로 달려갔다. 지함이 가는 바다라면 뻔했다.

두 사람은 가끔 바다로 가서 파도가 일렁이는 바다를 바라보곤 했었다. 지함은 그 바다가 그리웠던 거라고 생각하면서 서기는 부지런히 걸었다.

그러나 바닷가에는 그물을 손질하는 어부만 몇몇 있을 뿐이었다.

「아니, 어디를 갔을까?」

서기는 그물을 손질하는 어부에게 가서 물었다.

「저, 혹시 이지함 선비가 여기에 왔었습니까?」

「예. 그런데 세 분 모두 배를 타고 떠났지요. 저기, 저기 보세요. 손톱만하게 보이지 않나요?」

수평선을 타고 출렁이는 배가 한 척 있었다. 누가 탔는지는 보이지도 않았다.

「어디로 간답디까?」

「전라우도 해남이라고 하더이다.」

전라도 해남. 홍성에서는 뱃길로도 까마득한 곳이었다.

그런데 세 분? 서기는 어부가 세 분이라고 말한 게 생각났다.

「저, 세 분이라고 하셨나요?」

「맞지요. 세 분이었어요.」

「어부까지요?」

「원, 스님두. 이지함 선비, 그리고 젊은 사람 또 한 명, 그리고 노인네 한 명, 그리고 어부가 탔지요.」

「노인이라구요?」

「예. 그 노인이 자꾸 배를 타자구 해서 떠나들 갔지요.」

「······?」

일행이 셋이라? 서기는 지함이 박지화와 함께 유람을 하는 것을 알고 있었다. 그런데 그 사이 또 한 사람이 합류한 듯했다. 누구일까? 어부들이 노인이라고 지칭한 그 사람은 누구일까? 서기는 궁금한 생각이 들었다.

간발의 차이로 지함을 놓친 서기는 할 수 없이 재청에게 돌아갔다.

「만나지 못했나?」

「벌써 떠났다네.」

「급하긴. 그저 옛날이나 지금이나 마음 내키면 잠시도 기다리지 못한다니까.」

「여보게. 이 선비가 누구하고 왔었는가?」

「어떤 노인하고 젊은 사람 한 명, 그렇게 셋이었다네.」

「정말인가?」

「정말이지 않고.」

「노인의 풍모가 어떻던가?」

「하얀 도포를 입고, 머리도 하얗고, 수염도 하얀 노인이었지.」

풍모로 보면 화담과 비슷했다. 그러나 화담일 리는 없었다.

「누굴까?」

「글쎄. 난 잘 모르겠네. 그게 뭐가 그리 중요한가?」

「하긴 그렇네.」

서기는 공연히 마음이 켕겼으나 지함과 일행이 된 노인에 대한 의문을 애써 지워버렸다.

서기가 홍성에 온 이유는 따로 있었다. 이지함을 만나기 위해서가 아니라 동생 명이를 만나는 것이었다.

「저어, 재청이. 내가 자네에게 부탁할 일이 있네.」

「뭔가?」

「홍성현에 아는 사람이 있는가?」

「아전을 아네.」

「그러면 그 사람에게 말해서 내 편지 좀 전해주겠나?」

「그러세. 그 대신 그 녀석에게 술값을 좀 두둑히 내놓아야 할 것일세.」

「여부가 있나.」

서기는 서찰을 적어 재청에게 건네주었다.

현감 부인이 되어 있는 동생 심명에게 보내는 편지였다.

──그대는 내 동생이오. 알고만 있으시오. 내 말을 믿는다면 서찰을 보내주시오.

서기는 그 이유를 서찰에 낱낱이 적어 재청에게 주었다.

「난 주막에 있겠네.」

「내 집에서 묵지 그러나.」

「아닐세. 번거로울 것 없네.」

서기는 관아 근처의 주막에 여장을 풀었다.

이틀이 지나자 재청이 주막으로 찾아왔다.

「미안하이. 많이 기다렸지?」

「그래, 서찰은 전했나?」

「전하기는 했는데 답신은 아직 받지 못했네.」

서기는 그럴 만도 하다고 생각했다. 생전 처음으로 자신의 신분을 알게 되었는데 누가 선뜻 믿으려 할 사람이 있겠는가.

「어쨌든 고맙네.」

「그런데, 이 선비 말일세. 아주 거지가 다 되었더군 그래.」

「무슨 말인가? 거지라니?」

「아, 그 안명세 도련님이 참수 당하고 민이 아가씨하고 정혼했다가 깨졌다면서? 그래서 그만 머리가 돌아버렸나보지 뭐.」

「머리가 돌다니?」

「그렇지 않구서야 벼슬도 못하고 그렇게 거지처럼 쏘다니겠나?」

「자네도 참. 그이의 뜻은 워낙 깊어 나도 모른다네. 함부로 힐난하지 말게.」

「어디 나만 그러는 줄 아는가? 어려서는 신동이라고 소문났던 선비가 아닌가. 이젠 벼슬도 못하고 떠돌아다니니 홍성 사람이 다 입방아질일세.」

두 사람이 이야기를 나누고 있는데 밖에서 서기를 찾는 소리가 들렸다.

「서기 스님, 혹 계시오?」

서기가 문을 열어 보니 남궁두와 전우치였다.

「아니, 자네들 여기 웬일인가?」

「아이구, 여기서 찾게 되는구먼.」

「어서 들어오게.」

「그럼, 난 그만 가네. 답신이 오면 곧 가지고 옴세.」

「그러게. 수고해 주게. 일간 나도 한번 자네 집에 들름세.」

재청이 떠나가자 서기는 두 사람을 방으로 들어오게 했다.

「그래, 예까지 무슨 일인가? 내게 볼 일이 있는가, 아니면 우연히 들렀는가?」

「일부러 찾아왔다네.」

「무슨 일로?」

「내가 그 비결을 풀었네. 보세. 여기 있네. 하도 놀래서 보령까지 단숨에 갔다가 자네가 홍성으로 갔다는 말을 듣고 이리로 달려왔네. 주막이란 주막은 다 뒤졌네. 마침 주막에 들기 다행이지 다른 데 있었더라면 만나지도 못할 뻔했네.」

남궁두가 내민 종이에는 화담의 〈홍연진결〉을 푼 내용이 적혀 있었다.

——두 차례 병란이 차례로 올 것이니 첫째 병란에서 수백만 명이 죽을 것이요, 둘째 병란에서 또 수백만 명이 죽으리라. 임금이 한양을 버리고 도망갈 것이며, 한양의 궁궐에는 왜구가 앉을 것이다. 오랑캐의 발 아래 우리 왕이 엎드리로다.

병란은 그치지 않아서 이 두 병란보다 더 큰 난이 이어지리니……

「내가 베껴가서 푼 내용은 여기까지일세. 이 다음에는 더 큰 난이 일어난다고 되어 있었네. 그렇다면 큰일 아닌가. 어서 이지함 선비를 찾아가 이 책을 보이든가, 아니면 우리라도 읽어

풀어서 대환란에 대비해야 할 걸세. 자네는 이 책에 얼마나 엄청난 이야기가 적혀 있는지 모르네.」

남궁두가 몹시 흥분하여 떠들었다.

「두가 흥분하는 것은 나도 이해하네. 만일 이 책에 왕조의 흥망과 정세의 부침이 자세히 나왔다면 보통 책이 아니네. 그것이 또 화담 선생이 쓴 것이라면 허투루 쓰지도 않았을 것이고.」

전우치도 남궁두를 거들었다.

「그 책을 가지고 이지함 선비를 찾아가세.」

「안 되네. 화담 선생님은 내년 삼월에 전하라고 했네.」

「일부러 그때까지 기다렸다가 전하라는 말씀은 아니지 않겠는가? 그 전이라도 이지함 선비를 만나면 전해줄 수 있는 게 상식 아니겠는가?」

「그렇긴 하네만 화담 선생이 미리 전할 바에야 당신 밑에서 수학하고 있을 때 줄 수도 있었을 것이네. 그때 전해야 하는 이치가 따로 있을 것이네.」

「원, 답답한 사람. 화담이 돌아가시면서 지함이 산방에 언제쯤 온다고 한 것은 기다리면 그렇다는 것이고, 쫓아가서 주면 그게 그거 아니겠는가?」

그도 그럴 듯하다고 서기는 생각했다.

「그러세. 이 책이 그렇게 엄청난 내용을 담고 있는 책이라면 그렇게 하도록 하세. 마침 지함 형님이 이곳 홍성에 왔다 갔다고 하니 멀리 가지는 못했을 걸세.」

「혹 만나지 못한다면 시간이 많이 걸리긴 하나 우리가 풀 수 있다네.」

「안 되네. 반드시 지함 형님에게 전해야 하네. 내가 약속한 것이네.」

「알았네. 어서 이지함 선비에게 전하기로 하세.」

세 사람은 곧 의견을 모았다.

「허나 하루만 더 여기서 묵고 떠나세.」

「왜 그러나? 당장이라도 떠나지 않고?」

남궁두가 재촉하였다.

「아니네. 내 여동생을 꼭 만나고 가야 하네. 오늘은 여기서 밤을 보내세.」

세 사람은 진결 이야기로 다시 돌아갔다.

그때였다. 갑자기 포졸들이 주막에 들이닥쳤다.

「역적은 포승을 받아라!」

「이게 무슨 짓인가?」

「물을 게 있으면 관아에 가서 물으시오.」

세 사람은 오라에 묶여 관아로 끌려갔다.

세 사람을 앞에 꿇어앉힌 현감이 눈을 부릅뜨고 소리쳤다.

「너희가 진정 역적 모의를 했더냐!」

「역적 모의라니요?」

「왕이 한양을 떠나고, 오랑캐에게 무릎을 꿇어야 한다고 너희가 떠들지 않았느냐?」

아마도 주막에서 세 사람이 하는 얘기를 누가 엿듣고 밀고한 모양이었다.

「아닙니다. 우린 단지 책 한 권을 놓고…….」

「무슨 책이더냐?」

서기는 하는 수 없이 화담의 비결서를 내놓았다.

「이런 괘씸한 것들. 요망한 중과 술사들이 모여서 민심을 교란하고 있구나. 당장 하옥하라.」

서기와 전우치, 남궁두는 꼼짝없이 하옥되었다.

「도대체 무슨 벌을 주려고 이런담. 자네, 남궁두. 우리 일진 좀 짚어보게. 이러다가 역적으로 몰려 죽는 건 아닌가?」

「재수 없는 소리 말게. 난 겁이 나서 내 일진은 못 짚겠네. 그냥 기다리게.」

「젠장. 제 것은 보지도 못하면서 남의 것은 어찌 그리 잘 봐.」

「제 눈으로 제 얼굴을 보는 놈도 있나?」

이튿날 세 사람은 다시 마당으로 끌려가서 문초를 당했다.

결국 책은 빼앗기고 세 사람은 각각 곤장 열 대씩을 맞고 풀려났다.

역적 누명은 벗었지만 지함에게 전해야 할 책이 없었다.

서기는 난감했다. 책을 도로 찾아야 했지만 찾을 길이 없었다.

재청이 주막으로 왔다.

「아직도 전갈이 오질 않네.」

「그간 난 죽을 뻔했네.」

「웬일로?」

「지함 형님에게 전하라고 화담 선생이 내게 맡긴 책이 있는데 그걸 현감에게 빼앗겼다네.」

「그런가? 그 참, 이상한 일도 다 있군. 이 선비와 함께 돌아다니는 노인 말일세.」

「새삼 그 노인은 왜?」

「누군지 알아냈네. 이 선비에게 책을 전해주라고 했다고? 화담 그 양반이?」

「그렇다네.」

「이 선비와 함께 다니면서 왜 자네에게 그걸 전해주라고 했다는 건가? 잃어버려도 괜찮을 듯 싶네.」

「무슨 말인가?」

「화담이라고 말했지 않은가? 그분아 이 선비하고 함께 이곳에 왔었다네.」

「뭐라고? 화담 선생은 이미 돌아가셨다네. 내 손으로 묻기까지 했는데…….」

「허 참, 이곳 사람들에게 물어보게. 본 사람이 나만이 아닐세. 자네가 하도 이상하게 여기길래 내가 누군가 하고 알아보았더니 다들 화담이라고 하더군.」

「이보게, 재청이. 자네하고 입씨름할 시간이 없네. 어서 이 서찰을 현감 부인에게 전해주게. 이번에는 실수가 없어야 하네.」

「그러지. 그런데 자네가 왜 자꾸 현감 부인에게 서찰을 띄우는지 알 수 없네.」

「그럴 일이 있으니 전해만 주게.」

「알았네. 난 가네.」

재청이 물러가자 서기는 재청의 말이 마음에 걸렸다.

화담이 지함과 함께 홍성에 왔었다?

도대체 무슨 말이란 말인가? 죽은 사람이 무덤을 가르고 다시 나왔단 말인가? 아니면 내가 묻은 사람이 딴 사람이란 말인가? 그렇다면 그 책은 무엇인가? 그럴 리가 없었다. 화담은 분명히 죽었다. 〈홍연진결〉을 지함에게 전해주라고 이르고 세상을 뜨지 않으셨던가.

「여보게, 서기. 자네 무슨 생각으로 현감 부인에게 서찰을 보낸 겐가?」

남궁두가 걱정스럽게 물었다.

「두고 보세.」

이튿날 재청이 화담의 진결을 가지고 왔다. 그러나 서찰은 없었다.

「이게 어떻게 된 건가?」

「현감 부인이 이걸 아전에게 전하더라네.」

「서찰은?」

「그렇지 않아도 그걸 물었더니 책이나 전하라고 하더래.」

서기는 현감 부인이 그의 동생이라는 사실을 믿어 준 것이라고 생각했다. 그렇지 않고서야 화담의 진결을 빼돌릴 리가 없었다.

「편지는 받지 않아도 되네. 서로 알고만 있으면 되네.」

「무슨 말인가?」

「아니네. 하여튼 재청이, 자네. 고생 많았네. 수고해 준 그 아전하고 술이나 나누게.」

서기는 엽전 꾸러미를 재청에게 건넸다.

재청이 나가자 서기는 남궁두와 전우치에게 길을 떠나자고 했다.

「형님이 해남으로 떠나셨다네. 우리도 그리로 가세. 부지런히 걸으면 만날 수 있을 걸세.」

「어서 가세.」

세 사람은 해남을 향해 떠났다.

19. 바다를 읽는 어부

가도가도 바다는 끝이 없었다.

검푸른 바다와 하늘과 간혹 황혼 속으로 떼지어 나는 갈매기, 그 외에는 아무것도 보이지 않았다.

해가 지고 나면 배는 어둠 속으로 흘러갔다. 바람이 일 때마다 돛이 펄럭이는 소리가 위안이 되기도 했다. 그러나 바람조차 없을 때에는 소리도 빛도 없는 바다의 밤.

도인들이 말하는 무극(無極), 바로 그것이었다.

막막한 바다를 떠돌기 열흘째, 갈증보다 더 참을 수 없는 것은 뭍에 대한 그리움이었다. 민이에 대한 그리움마저 하찮은 것으로 여겨질 만큼 바다에서 느끼는 외로움은 뼈에 사무쳤다. 처음엔 갓 말을 배우기 시작한 어린애처럼 흥에 겨워 떠들어대던 박지화도 시간이 지날수록 점점 말을 잃어갔다. 은빛으로 퍼덕이는 생선을 잡아 올려 회를 먹던 짜릿한 감동도 사라졌다.

바람이 몹시 부는 날에는 배가 요동을 하여 심한 배멀미에 시달리기도 했다. 수십 년 묵은 가슴속 찌꺼기가 쉴새없이 목구멍을 타고 올라왔다.

폭우가 내리는 날이면 지함과 박지화는 아무 데라도 꼭 잡고 버티었다. 그러나 그런 중에도 늙은 어부는 아무렇지도 않다는 듯이 돛을 늘였다 거두었다 하면서 여유있게 배를 부렸다.

그런데 이상한 것은 화담이었다. 화담은 바람이 몰아쳐도, 비가 들이쳐도 놀라지 않았다. 어떤 때에는 굵은 빗줄기를 맞으면서도 피할 생각도 하지 않은 채 뱃바닥에 그대로 앉아 있기도 하였다.

지함이나 박지화는 이따금 그런 화담을 보곤 깜짝깜짝 놀랐다. 두 제자는 그래도 괜찮으시냐고 걱정했지만 화담은 늘 자네들이나 조심하게 하면서 태연했다. 그러면 제 몸 하나 추스리기도 힘에 겨워 두 사람은 더이상 묻지도 못했다.

바다는 제멋대로였다. 어떤 때는 배를 한입에 집어 삼킬 듯 으르렁댔고 그러다가도 금세 구름이 걷히기도 했다.

때로 불쑥 튀어나온 육지의 끄트머리가 거무스름하게 떠올랐다. 그렇지만 그리움은 가시지 않았다. 오히려 물을 빼앗긴 열병 환자처럼 육지에 대한 그리움이 더욱 더 깊어질 뿐이었다.

수십 년간 짠 바닷바람과 싸워온 어부의 얼굴은 파도가 일지 않은 바다처럼 잔잔했다. 화담도 마찬가지였다.

「무슨 생각을 하시오?」

지함과 박지화가 난간을 붙잡고 누런 위액을 다 토해낼 때도 본체 만체 하던 어부였다. 어부는 내내 말을 잊어버린 게 아닌지 의심스러울 정도로 고집스럽게 침묵했었다. 그런 어부가 방금 사라져버린 육지 쪽을 멍하게 바라보고 있는 지함에게 뜸벅

물어왔다.

「아무것도…….」

마침 맞게 뒤쪽에서 불어오는 바람을 가득 안은 돛이 팽팽하게 부풀었다. 무뚝뚝하던 어부가 웬일로 입가에 커다란 주름을 접으며 웃었다.

「그럴 게요. 바다에 나오면 처음엔 뭍이 그리워 미칠 지경이 된다오. 그러나 시간이 지나면 잡념이 모두 없어지지. 꼭 내가 바다가 된 것 같은 기분이라오. 그렇지 않소, 젊은이?」

「글쎄요. 아직은 그런 지경에 까지는 이르지 못한 모양입니다. 노인장께서는 늘 이렇게 혼자 다니십니까?」

「웬걸요. 과년한 딸 애가 하나 있어 그놈과 늘 함께 다니지요. 고기를 잡을 때는 같이 다니는데 이번에는 짐을 나르는 길이라 해남에 내려놓고 왔지요.」

「노인장께서는 어디 사십니까?」

「이 배가 내 집이라오.」

어부는 낡은 뱃전을 거친 손으로 어루만졌다.

「이놈도 이젠 나처럼 늙었구려. 지금은 원귀가 된 집사람을 만나 몇 년을 씨름하며 이 배를 지었는데……. 그 뒤로 한시도 이놈과 떨어져 본 적이 없소. 이놈이 나를 먹여 살렸지요. 이놈이나 나나 이제 갈 날이 머지 않은 것 같소이다만…….」

그러나 아직 어부의 어깨는 건장해 보였다. 노를 젓는 팔뚝심도 젊은이 못지않았다. 깊은 주름이 잡힌 얼굴도 아직은 혈색이 붉었다.

「무릇 생명 있는 것이 다시 어둠으로 돌아간다는 것, 그것은 모든 사물의 이치이지요.」

멀미도 하지 않고 묵묵히 앉아 바다만 바라보고 있던 화담이 두 사람의 이야기에 끼어들었다.

「그렇소. 그러니 아쉬울 것도 미련을 둘 것도 없지요. 고기를 낚는 것도 농사를 짓는 것과 같은 이치라오. 농부가 정성을 기울여 씨를 뿌리고 하늘의 도움으로 열매를 거두듯이 어부도 하늘의 도움을 입어야 하고 고기에게 정성을 기울여야 하는 것이지요. 고기를 잡아 목숨을 부지하는 것이 어부라지만 어부만큼 고기를 아끼고 바다를 아끼는 이도 또한 없을 것이오.

내 평생 부끄러움 없이 정성으로 살아왔으니 죽음인들 두렵겠소. 때로 죽음을 생각하면 오히려 마음이 편해진다오.」

어부는 뜻밖에도 달변이었다. 화담도 스승의 말을 새겨듣는 학생처럼 어부의 말에 귀를 기울이고 있었다.

「옳습니다. 죽음은 꼭 다른 생명 하나를 잉태하고 키우지요. 씨앗이 죽어 새로운 생명을 자라게 하고 고기가 죽어 사람을 살찌우듯이 말입니다.」

어부와 화담은 빙그레 미소지었다. 죽음을 앞둔 자들만이 나눌 수 있는 교감이었다.

「그래 어디를 가는 중이시오?」

「팔도를 유람하고 있습니다.」

「좋겠구만요. 나는 이 나이 먹도록 별로 가본 데가 없습니다. 물건을 실어나르느라 마포나 제물포를 몇 번 가본 적은 있지만 그런 일감도 흔치는 않지요.

내가 본 세상은 이 바다가 전부올시다. 세상이 바다인지 바다가 세상인지 요즘은 그것도 잘 모를 지경이오. 잔잔할 때나 성난 파도가 밀려올 때나 나는 그저 이 배의 난간만 꼭 붙들고 견디어왔소.

세상 사는 일이 그와 다를 바가 무어 있겠소? 누구에게나, 어
디에나 폭풍도 있고 맑은 날도 있고, 애를 쓰며 견디다 보면 한
세상 가는 거 아니겠소? 사람의 한평생이란 게 결국은 바다 위
로 떠도는 돛단뱁디다.」

화담은 미소를 빙그레 머금었다.

「바다 위에서 평생을 보내셨다더니 노인장, 수(水)를 그대로
닮으셨구료.」

「수(水), 수(水)라. 그렇지요. 그런데 이 수(水)는 좀 별납니
다. 다른 수하고 다르지요.」

「수면 수지 다른 수도 있습니까?」

박지화가 물었다.

그러자 어부가 대답하기 전에 화담이 먼저 끼어들었다.

「그렇지 않다네. 목수(木水)가 있고, 화수(火水)가 있고, 금
수(金水)가 있고, 토수(土水)가 있다네. 바다는 수수(水水)지.
순(純) 수(水)란 뜻일세. 순수(純水)는 도(道)를 닮아서 옛 현
인들은 물을 관(觀)하는 것으로 수도를 대신했지.」

「순수(純水), 참 말도 잘 지으십니다. 난 그런 말은 모르오.
단지 뭍에서 흘러드는 제 각각의 물줄기가 제 얼굴을 버리고 하
나가 되어 바다를 이룬다는 것을 알고 있을 따름이오.」

「제 얼굴을 버리고 하나가 된다, 그것이 도 아니고 무엇이겠
습니까.」

화담이 뱃전에 밀려드는 물결을 물끄러미 바라보면서 말했다.
그의 수론(水論) 강의가 시작되었다.

「물이 흘러가는 모양을 놓고 옛 사람들은 '법(法)'이라는 글

자를 생각해냈습니다. 법(法)이 무엇인가. 천지(天地) 우주(宇宙)가 흘러가는 이치올시다. 물에도 생로병사(生老病死)와 생장염장(生長斂藏)이 있습니다. 물은 비에서 생기는 것입니다. 땅속으로 스며든 물은 시내를 이루기도 하고 조그마한 샘물이 되기도 하여 마치 어린 아이가 자라는 모양과 같습니다. 강이 되기까지 자라는 것이지요. 그것이 바다에 이르러 하나가 되기까지, 바다라는 것으로 모일 때까지 염(斂)을 하는 것이지요. 장(藏)이란 바다 그 자체입니다.

물도 죽어서 하늘로 올라갑니다. 그렇다면 물은 어떻게 죽는가. 물을 그릇에 담아 햇볕에 내어놓으면 줄어들지요. 그것을 물이 죽는다고 합니다. 물이 죽는다면 영원히 죽느냐, 그것은 아닙니다. 모양이 변하는 것일 뿐입니다. 언젠가는 비가 되어 다시 태어납니다. 환생(還生)하는 것이지요. 물이 윤회(輪廻)하는 것입니다.」

「물은 살아도 죽고, 죽어도 산다? 사는 것도 아니고 죽는 것도 아니로군요. 하하하.」

어부가 껄껄 웃었다.

「그렇소이다. 사람 사는 것도 바로 그 이치 아니겠소?」

「그걸 들켰구료. 나만 그 생각을 하나 보다 했지요. 그래서 나는 어디로 갈까 그 생각을 했지요. 나는 어부이니 목숨줄이 닳으면 바다에 몸을 던질 생각이오. 바닷고기들이 나를 먹여살렸으니 이제 내 몸으로 그놈들 한끼 먹이가 될까 하오.」

어부가 그렇게 말하자 화담도 지함도, 박지화도 모두 바다를 바라보았다.

어부의 얼굴에는 바다같이 깊고 깊은 미소가 잔잔하게 떠오르고 있었다. 어부는 바다였다.

바닷바람과 내리쬐는 태양에 그을린 어부의 검은 얼굴은 바다와 같은 가없는 깊이와 고독을 담고 있었다. 어부는 불쑥 입을 열었던 것처럼 갑자기 입을 다물고 암청색 맑은 바다 위로 낚싯대를 드리웠다.

천길 낚싯대를 바다에 드리우니
한 줄기 바람에
벌떡 일어서는
만경창파(萬頃蒼波)

고요한 밤
물이 차서 고기 아니 무나니
공연히 배 한 척만 띄웠구나
빈 배 가득 달빛만 싣고
노를 저어 돌아가니
어디서 들려오나
갈매기 울음

어부가 천천히 시를 읊으면서 낚싯대를 잡았다.

얼마 지나지 않아서 줄이 팽팽해졌다. 어부는 어디서 그런 힘이 솟는지 힘차게 줄을 당겼다. 그러나 고기가 제법 큰지 낚싯대가 활처럼 휘어질 뿐 고기는 올라오지 않았다.

어부는 낚싯대를 놓치지 않으려고 안간힘을 다해서 줄을 당겼다. 기력이 쇠진해서인지 더 당길 힘을 내지 못했다.

드넓은 바다, 세상에는 오로지 땀을 뻘뻘 흘리며 낚싯대에 온 정신을 집중하고 있는 어부 한 사람뿐인 듯했다. 어부는 줄을 당겼다 풀었다 하며 고기가 지치기를 기다렸다.

아무도 감히 어부를 도울 생각을 내지 못했다.

얼마나 지났을까.

낚싯대가 무겁게 아래로 가라앉았다. 찰나, 어부는 온 힘을 모아 줄을 획 당겼다. 바닷물이 힘차게 출렁거리며 어린애 몸통만한 옥돔 한 마리가 저문 햇살에 번득이는 모습을 드러냈다.

「이놈. 제법 힘이 좋구나. 하마터면 네가 나를 잡을 뻔했어.」

어부는 손주의 엉덩이를 토닥이듯 옥돔의 몸통을 두어번 툭툭 쳤다.

「허허. 어부께서는 고기하고도 얘기를 나누시는군요. 도인이십니다.」

화담이 기분좋은 너털웃음을 터뜨렸다.

다음날부터는 견디기가 훨씬 수월했다. 멀리 육지가 바라보여도 더이상 가슴이 술렁거리지 않았다. 시시각각으로 표정을 바꾸는 바다, 그저 물을 마시고 밥을 먹는 것처럼 자연스럽게 느껴졌다.

그토록 더디 흐르던 시간이 쏜살같이 지나갔다.

정들자 이별이라더니, 겨우 바다를 느낄 만하다고 생각했는데 벌써 전라우도에 이르렀다. 해남이 지척이었던 것이다.

어부는 해안만 보고도 어디 쯤인지 금세 알아차렸다.

마지막 아침이 밝았다. 배는 날이 밝자마자 잡아올린 고기로 만선이 되었다.

멀리 해남 부두가 보였다. 수십 척의 고깃배들이 잔잔한 파도에 흔들리고 있었다.

부두가 가까워오자 어부는 돛을 내리고 노를 저었다. 부두가 큰 탓일까, 고기 썩는 냄새며 갯냄새가 섞여 묘한 냄새를 풍기고 있었다. 악취라고 하기엔 너무 살갑고 그렇다고 해서 향그럽지도 않은 냄새였다.

닻을 내리자마자 어디선가 젊은 처녀가 치맛자락을 걷어붙인 채 달려왔다. 넓은 어깨며 튼튼한 발목이 날렵했다. 바닷바람을 받고 자란 탓인지 얼굴이 검게 그을리고 키가 큰 처녀였다. 해남에 두고 왔다는 어부의 딸인 듯했다.

처녀는 어부에게 허리를 꾸벅 숙이면서 씩 웃는 것으로 인사를 마쳤다. 처녀는 별 말도 없이 싱글싱글 웃으며 어부가 잡아 올린 고기를 부산하게 함지에 담았다.

처녀는 고기를 담은 함지를 머리에 이고 왔던 길을 달려갔다.

어부는 그물을 정리하고 배를 단단히 묶은 후 지함 일행을 돌아보았다.

「신세를 많이 졌습니다.」

화담은 두 손을 맞잡고 정중하게 인사를 올렸다.

「덕분에 외롭지 않게 왔소이다. 구경들 잘 하고 가시오. 이 또한 인연이겠지요.」

일행은 아쉽게 뒤돌아섰다.

그때였다. 어부도 역시 이별이 아쉬웠던 것일까. 어부의 목소리가 일행을 불러세웠다.

「여보시오들, 화순 운주사엘 들러보시오. 천불천탑을 쌓는 이가 덕이 높다고 들었소.」

「화순이라구요?」

「예서 이틀이면 갈 수 있습니다. 사연도 기구하니 유람하는 사람들이 찾을 만한 곳이오.」

「그렇지 않아도 어디로 갈까 고심하던 참이었는데 좋은 곳을 일러주시니 고맙소이다. 부디 몸조심하시오.」

화담이 어부에게 정중하게 인사를 했다.

때마침 어부의 딸이 빈 함지를 옆에 끼고 숨을 헐떡이며 달려왔다.

「왜 이리 빨리 오느냐?」

뚝뚝한 어부의 말투는 딸에게라고 다르지 않았다.

「고기가 좋아서 비싸게 불렀는데도 금방 동이 났는 걸요.」

처녀는 전대를 꺼내 어부에게 속을 보였다.

「웬 돈이 이렇게 많으냐?」

「부르는 게 값이었는 걸요.」

딸은 아직도 가쁜 숨을 헐떡이며 신바람 난 목소리로 말했다.

「난 어부지 장사꾼이 아니다. 가서 제값만 받고 나머지는 돌려주고 오너라.」

어부의 음성은 별로 크지 않았다. 노기띤 음성도 아니었다. 딸 역시 선이 분명한 작은 입술을 샐쭉 내밀어 보이고는 이미 가버렸을지도 모르는 사람들을 향해 달려갔다.

부둣가는 생선을 사고 파는 사람들의 악다구니와 걸쭉한 웃음으로 혼잡스러웠다. 청량한 오월의 아침 햇살과 비릿한 생선 냄새가 교묘하게 뒤섞여 있었다.

「그대들은 아무래도 선생을 잘못 찾은 모양일세.」

느닷없는 화담의 탄식에 지함과 박지화는 무슨 말인가 하여 귀를 세웠다.

「저 어부 양반이 나보다 훨씬 도에 가깝지 않은가. 내가 스승으로 모셔야 할 양반일세.」

자조의 말이었지만, 말과 달리 화담의 표정은 밝기만 했다.

「어부가 권해준 대로 화순으로 가보세. 일찍이 그런 소문을 들어 궁금하던 터, 가보면 좋은 인연이 기다리고 있을 걸세.」

한낮의 해가 제법 따갑게 내리쬐고 있었다.

20. 두륜산

길은 어디로든 뻗어 있었다.

화순 가는 길을 잡자면 해남에서 강진, 장흥, 보성을 지나야
했다. 그러나 그렇게 높은 산도 없이 넓기만 한 들길은 어디를
밟아도 좋을 듯이 넉넉했다.

「힘이 하나도 드는 것 같지 않습니다, 선생님.」

박지화가 휘적휘적 팔을 내저으면서 기운차게 걸었다.

「뱃길이 몹시 지루했던 게로군.」

화담 역시 조금도 지친 내색을 하지 않았다.

멀지 않은 곳에 품이 넉넉한 산이 하나 나타나자 화담이 걸
음을 멈추고 오랫동안 바라보았다.

「선생님, 산이 좋군요.」

지함이 넌지시 화담의 의중을 떴다.

「그렇다네. 저 산은 왕조가 몇 번 바뀌어도 전란이나 변고를
겪지 않을 곳이야.」

「무슨 산입니까?」

「두류산일세. 전에 내가 지리산 산천재(山天齋)로 남명(南冥 曺植)을 찾아간 적이 있었는데, 호남의 선비들이 그렇게 자랑하 더군. 지금은 벼슬을 그만두고 낙향한 면앙정(俛仰亭 宋純), 그 리고 우리 산방을 다녀간 정개청(鄭介淸)을 그때 다 만났지.」

「남명이라면 선생님께서 젊은 시절에 법담(法談)을 나누셨다 는 그분 말씀이군요?」

박지화가 물었다.

「그렇지. 방계들끼리 어울린 거지. 그 시절에 두류산까지 와 서 밤새 말씨름을 하고 간 적이 있었지.」

「처음 오시는 곳이 아니로군요.」

「도라는 것이 본시 구름이나 물을 닮아서 그걸 구하려는 사람 또한 이리저리 흘러다녀야 하는 법인데, 난 그렇지 못했네. 겨 우 황해도, 전라도, 충청도를 돌아본 정도라네.」

「두류산에서는 무슨 말씀을 나누셨습니까?」

지함이 물었다.

「내가 남명을 만난 것은 내 나이 마흔이 훨씬 넘어서였지.」

화담은 길을 걸으면서 천천히 자신의 옛 일을 풀었다.

서경덕이 마음속으로 정혼했던 가희 처녀, 바로 천안의 객주 집에서 만났던 정옥이란 처녀의 전생. 그녀가 대갓집 첩으로 팔 려가자 서경덕은 농사도 집어치우고 혼자 끙끙 앓았다. 사랑하 는 사람을 빼앗긴 고뇌가 서경덕의 마음밭에 새로운 싹을 틔웠 다. 서경덕은 그때에서야 비로소 자기 자신을 돌아보고, 세상을 바라보기 시작했다.

서경덕은 그때 처음으로 책을 잡았다. 따로 서당에 나갈 형편이 못 되었으므로 혼자서 읽고 스스로 터득해야 했다. 혹 뜻이 막히거나 분명하지 않을 때에는 며칠이고 그 구절을 되뇌었다. 스승이 있었다면 금방 물어보고 알 수 있었지만, 스승이 없는 서경덕은 스스로 깨쳐야 했다.

그뒤 서경덕은 나이 마흔한 살이 되어 향시에 나갔다. 어머니의 간곡한 권유가 있었기 때문이었다.

서경덕은 향시의 생원과에 붙어 성균관에 입학하였다. 이때 이미 성균관의 직강(直講)이 되어 성균관생들을 가르치고 있는 면앙정 송순을 만났다.

스승인 송순은 제자인 서경덕보다 나이가 세 살이나 어렸다.

송순은 벼슬길에 일찍 들어섰지만 날개 잃은 해동청이었다. 송순은 대과에서 그를 장원으로 뽑아주고 훗날을 기다리라던 대사헌 조광조(趙光祖)의 언약을 기대하고 있었다. 조정에 파벌간의 알력이 심해서 혼자 힘으로는 벼슬길을 순조로이 걸을 수가 없었기 때문이었다. 그러나 얼마 후 조광조가 사화로 실권을 잃고 유배지에서 끝내 사사(賜死)되었던 것이다. 그후 송순은 미관 말직에 오래 머무르거나 한직(閑職)을 전전해야 했다.

성균관 학인들과는 본시 출신부터 달라서 성균관 공부에 영취미를 못 붙이던 늙은 학생 서경덕, 그리고 높은 벼슬길에 오를 생각은 언감생심 내기도 어려운 신세가 되어버린 직강 송순. 두 사람은 강의가 끝나면 스승과 제자라는 형식적인 관계를 던져버리고 동년배의 벗이 되어 다시 만났다. 두 사람은 만나기만 하면 세상을 비판하고 시류를 걱정했다.

얼마 안 가 서경덕은 기어이 성균관을 자퇴하고 송도로 가버렸다. 송순은 그런 서경덕을 말리지 않았다. 송순 역시 권력 다툼에 진저리가 나 있어 머지 않아 한양을 뜨리라 마음 먹고 있던 중이었다. 송순도 끝내 벼슬을 버리고 낙향했다.

송순은 성균관을 버리고 지리산으로 들어갔다. 지리산에는 성리학의 대가 남명 조식이 머무르고 있었다. 조식 역시 벼슬을 버리고 지리산에 산천재를 차려 후학을 지도하고 있었다. 그때 이미 조식의 고명을 들은 호남의 대선비들이 산천재에 몰려들어 있었다. 송순 역시 조식의 산천재에 머물면서 도학을 토론하였다.

송순은 조식에게 서경덕을 소개했고, 서경덕은 그 인연으로 지리산 산천재를 찾아가 조식과 학문을 논하고 법담을 나누었다. 그 이후 조식과 서경덕 두 사람은 더없는 지기가 되어 서찰을 주고 받으면서 교분을 쌓아갔다. 어떤 때는 지리산에서 나라를 걱정했고, 어떤 때는 속리산에서 만나 몇날 며칠이고 이야기를 나누기도 했다. 그러던 중 조식이 앞장선 가운데 두 사람이 두류산을 오른 적이 있었던 것이다.

「두류산에서 남명과 나눈 얘기를 다 하자면 한 달도 더 걸릴걸세. 머지 않아 그이들을 찾아갈 것이니 그때 가서 또 이야기함세. 저 산을 넘어야 해남이네.」

화담은 길을 재촉했다.

일행은 두류산 등성이에 올라섰다. 해남이 바로 눈앞에 펼쳐져 있었다. 선선한 바람이 가파른 오르막길을 걸어올라온 나그네들의 땀을 식혀주었다.

고갯마루 나무 그늘 아래 장사꾼 차림의 사내 서넛이 짐을 풀어놓고 편하게 앉아 있었다.

「어디로 가시는 선비님들이시다요?」

그들은 자기들끼리 무슨 얘기 끝엔가 웃음꽃을 터뜨리더니 낯선 사람들에게 이무럽게 말을 붙여왔다.

「화순에 가오.」

「여가 해남인게 아직 멀었구만이라. 초여름이라도 걷자니 덥지라? 근디 워디 사시는 선비님들이라요?」

장사꾼은 말끝을 살짝 말아올려 반말인지 존댓말인지 구별이 안가게 은근슬쩍 얼버무렸다.

「팔도를 떠도는 나그네올시다.」

「아따, 팔자가 좋은 양반님들이시구만요잉.」

불쑥 말을 내뱉고는 실실 눈치를 살피는 품새가 양반 앞에서 말을 함부로 했다 싶은 모양이었다. 옆 사람의 난처한 처지를 감싸주려는 듯 옆 사내가 말을 냉큼 받았다.

「참말로. 마누라고 자식 새끼고 다 팽개쳐뿔고 더도 말고 한 일 년만 이 선비님들 뒤를 쫓아가 뿔끄나 어쩌끄나.」

한많은 이 세상, 야속한 님아.
정을 두고 몸만 가니 눈물이 나네.
……

옆에서는 청승맞은 노래가락까지 뽑아올리고 있었다. 정말로 자기네 신세가 한스러운 것인지 아니면 할 일 없이 유람이나 하고 다니는 팔자좋은 양반들에 대한 야유인지 알 수가 없었다. 적의 가득한 눈길을 뒤통수에 받을 때처럼 지함의 온몸에 소름이 돋아났다.

「선비님들. 요 고개 이름이 뭔지 아시요?」

「초행이니 알 까닭이 있겠소.」

「해남 사람들은 요 고개를 아침 고개라고 부르는디, 워째서 아침 고개냐 허먼, 선비님들이 지나온 길에서 오른쪽으로 쪼매 들어가먼 화내리라고 여흥 민씨들 마실이 있다 이것이요. 여흥 민씨 세도가 월매나 쎈지 해남 현감 모가지를 좌지우지 흔다요. 그래논께 현감들이 아침이먼 새복같이 요 고개를 넘어 여흥 민씨헌티 문안을 올릴라고 쌔가 빠지게 달려간다고 혀서 요 고개가 아침 고갠디, 해남에 오는 현감마다 다 고 모양 고 짝이니 현감들이 일을 지대로 헐 수 있것소.」

「우리 양반님들 백성 다시리는 거시 다 고 모양이제 머. 워디라고 다르것는가. 내 전번에 화순으로 소금을 팔러 가다가 사람을 하나 만났는디 영광으로 굴비를 구하러 간다고 안 허것는가. 차림새를 봐헝께 영광꺼정 댕김서 고런 귀한 생선 구해 묵을 처지도 아닌디 말이여. 그래 물어봉께 공물로 바칠라고 그런다등마. 공물이란 거시 뭔가. 고 지방서 나는 특산물을 나랏님헌티 바치는 것인디 원에 앉았는 것들이 즈그 마을서 머가 나는지도 몰르고 품목을 정했단 말이 아니것다고.」

「누군지는 몰라도 그 위인 안돼얏그마이. 보나 안보나 불알 두쪽만 덜렁 찬 빈털털일 것이 뻔하던디…….」

「글씨. 그거시 내 말이시. 한마실에 떨어진 공물인디 워쩌것어. 찢어지는 살림에 마누라 머리도 팔고 여름 넘길 보리쌀도 팔고 그래 갖고 돈을 모았다대.」

「야야. 집어치거라. 그런 얘기 내동 해봤자 머리만 아피께.

힘없는 무지랭이가 워쩌것냐. 나 죽었다 글고 살아야제. 집어치고 또 가봐야 안 쓰것다고. 팔자좋은 양반님네를 만나 갖고 시간만 잡아묵었네. 자, 싸게싸게 가드라고.」

장사꾼들은 서로 앞다투어가며 와자지껄 자기네 신세를 한탄했다.

한동안 입담좋게 지껄여대더니 장사꾼들은 솜씨좋은 말만큼이나 잽싸게 짐을 꾸렸다.

「여보시오.」

지함이 느닷없이 맨 마지막으로 꾸물거리며 일어나는 장사꾼을 불러세웠다. 수염을 텁수룩하게 기른 사내였다.

「시방 지를 부르셨소?」

「그렇소이다.」

「먼 일로 그럿라신당가?」

「생년월일을 한번 대보시겠소?」

「뜬금없이 생년월일은 뭣에다 쓰실라고라우.」

「내 사주를 좀 봐드리리다.」

사주라는 말에 지게를 짊어지던 장사꾼들이 흥미가 당기는지 일손을 멈췄다.

「아니, 버젓한 사대부 집안의 서방님 같은디 사주를 다 보실 줄 아시요?」

「구미가 당기면 좀 더 머물렀다 가시구려.」

「지대로 사주만 짚을 줄 아신다면야 시간이 좀 걸린다고 한들 아깝것소?」

「허허허, 믿어 보시구려. 제대로 짚지도 못하는 걸 나서겠소? 엉터리로 봤다가 가는 길에 내 욕을 얼마나들 해댈지 뻔히 알고 있소이다.」

「웜매, 시방 이거시 되로 줬다가 말로 받는 꼴 아니드라고이. 선비 나리도 말심좋기가 구렁이 담 넘어가듯 하시요이.」

곁에 있는 양반들 들으라고 양반 욕을 실컷 했던 장사꾼들이 배실배실 웃으며 다시 자리를 잡고 앉았다.

「지부텀 봐주실라요, 선비 나리?」

「아니오. 처음 물었던 양반부터 봅시다. 걱정이 많으신 듯 하니…….」

「웜매? 사주만 짚는 거시 아니고 점도 본갑네. 쪽집게요, 쪽집게.」

본인은 정작 시름 깊은 얼굴로 말이 없는데 옆에 앉았던 점박이가 무릎을 치며 거들었다.

「아따, 쪽집게는 먼 쪽집게여. 나라도 이 친구 걱정 많은 것은 알것그만. 얼굴을 척 보라고. 시방 우리 집에 우환이 꽉 들어찼소, 그라고 안 써졌는갑네.」

팔자좋은 양반님네라며 은근히 비꼬던 자그마한 사내였다. 그는 이미 지함에 대한 배타심을 버린 다른 사람들과는 달리 깐죽거리고 나섰다.

「허허. 바로 그거요. 쪽집게가 달래 쪽집게겠소. 누구나 가만히 살피면 다 알 수 있는 일인데 남들이 무심히 스쳐 지나는 것을 침착하게 알아보면 그게 바로 쪽집게지요.」

지함이 너무 쉽게 자기 말을 인정해 버리자 사내는 좀 머쓱한지 숱이 적은 뒷머리를 긁적거렸다.

「아따, 오래 살다 봉께 쓸 만한 양반을 볼 날이 다 있네이. 선비 나리 허시는 말씀 족족이 다 명언이구만, 명언이라.」

「생년월일이 어떻게 되시오?」

「계유년 계해월 무자일 정사시그만이라.」

지함은 땅바닥에 나뭇가지로 생년월일을 써놓고 곰곰이 생각에 잠겼다.

「찢어지게 가난했구려. 기미(己未) 때 운이 돌아 치부를 하여 장차 거부가 될 상이오. 다만 화기(火氣)가 부족하여 고생할 것이니 화기를 생해주는 목(木)을 늘 곁에 두시오. 장사를 하더라도 나무나 종이를 다루는 것이 좋소.」

「아따 징하게 좋은 소리구마. 그게 참말이다요?」

「참말이오.」

「이보게나. 가야 할 때가 됐네. 좀 있으면 날이 저물겠구만.」

장사꾼들 사주를 풀어주느라 정신이 팔려있던 지함은 화담이 부르는 소리에 그제사 고개를 들었다.

그러고 보니 해가 서쪽으로 많이 기울어져 있었다. 그림자도 훌쩍 키가 커져 길게 드리워졌다. 햇살이 기운 탓일까, 어쩐지 화담의 안색이 그리 좋아 보이지 않았다.

「그러시지라. 지들도 후딱 가봐야 쓰것그만이라. 그란디 선비님들은 워디워디 가신다요? 기왕 유람 다니시는 거라믄 지가 사는 강진에도 볼 것이 많은디요. 해남에서 멀지 않지라. 묵을 것이사 변변치 못혀도 지들이 심을 모다 정성껏 대접도 해드릴 것이고. 시간이 나면 가는 길에 꼭 한번 들려주씨요이. 지 이름은 오천석이고, 강진에 사는구만요. 소금장시 오천석 하면 이름값도 못하는 장사꾼이라고 금방 찾을 수 있을 것이구만요.」

사주를 짚었던 사내가 그동안 정이라도 들었는지 아니면 고마움 때문인지 아쉬움에 미적거렸다.

「시간이 나거든 그렇게 하지요. 그러나 내 말을 마저 듣고 가야지, 그냥 가면 안 됩니다.」

「먼 말씀이시다요? 거부가 된다고 하셨응께 그걸로 다 됐지라.」

「아니오. 축기(縮氣)만 알고 방기(放氣)를 모르면 거부가 되어도 돈에 치어 죽습니다. 뭐든지 과하면 불급만 못한 것. 그게 아무리 돈이라도 많으면 해가 되는 것이오.」

「무신 말씀인지 도통 모르것네. 돈이사 많을수록 존 것이제.」

길을 가자던 화담이 잠자코 지함이 하는 소리에 귀를 기울였다.

「뭐든지 기가 과하면 부작용을 일으킵니다. 금기도 그러하니 금이 과하면 목이 죽습니다. 이걸 잘 하는 사람은 저걸 못하고, 저걸 못하는 사람은 이걸 잘 합니다. 그렇게 이것저것 꿰어맞추다 보면 누가 더 잘난 것도 없고, 누가 못난 것도 없지요.」

「고러코롬 어렵게시리 말씀허실 게 아니라 쉽게 해주시지라.」

「방기를 잘 하라는 것이오. 들어오는 돈을 꼭 잡고만 있지 말고, 잘 쓰라는 말이오. 자기에게 부족한 쪽을 메꾸는 데 쓰시오.」

「오매. 돈은 버는 것보담 쓰는 것이 더 중하다 이 말씀이시지라.」

「그렇소. 돈은 누구나 벌 수 있는 것이오. 그러나 축기를 하고 방기를 하는 것은 사람이 하는 것이오. 즉, 그것을 꼭 쥐고 놓고는 사람이 하는 것이라오. 쥐는 데 힘을 쓴 만큼 놓는 데도 소홀히 하지 마시오. 그렇지 않으면 기에 치여 오래 살지 못합니다.」

「명심하것소.」

「그것이 거부가 가는 가장 높은 길이오..」

「아이고, 선비님. 함자라도 알려주셔야 안 쓰것소.」

짐짓 내리 대하듯 하던 선비 나리란 호칭이 어느새 선비님으로 바뀌어 있었다.

「이름을 알아서 무엇하겠소. 만나야 할 사람이라면 언젠가 다시 만나게 되겠지요.」

「그래도 사람 정이 그런 게 아니구만요.」

장사꾼들은 무거운 짐까지 다 짊어진 채 이름을 알려줄 때까지 움직이지 않을 기세로 버티고 서 있었다.

「성은 이씨, 이름은 지함이오. 그럼, 잘들 가시오..」

장사꾼들은 떠들썩하니 목청을 높이면서 고개를 내려갔다.

화담이 빙그레 미소를 지었다.

「지함, 자네 제법일세.」

「그저 선생님의 기론을 이야기한 것뿐입니다.」

「그래도 돈을 벌고 쓰는 것을 축기다 방기다 하고 설명한 것은 아주 좋았네. 바로 그것일세. 백성들은 눈앞에 있는 것만 보아 모를 뿐 누구나 기를 쓰듯 하다 보면 부자도 될 수 있고 신선도 될 수 있는 거라네. 그것을 자네들 같은 사람들이 이끌어야 하는 걸세.」

화담은 처음으로 지함의 근기(根機)를 칭찬했다.

박지화는 내심 지함이 부러웠지만 화담의 말을 굳이 탓할 마음이 없었다. 다만 해가 저물어 감으로 길을 떠나자고 했다.

「선생님, 주막이라도 찾아야지, 오늘 안에는 화순에 못 갑니다.」

「그러세. 우리도 그만 일어나세.」

세 사람은 자리를 털고 일어났다. 앞서 간 장사꾼들은 어찌나 걸음이 빠른지 벌써 자취가 보이지 않았다.

고갯마루를 내려가니 해남이 한눈에 다 들어왔다.

「산은 백번을 돌고/비단을 땅에 비뚜름히 두른 듯/물은 천 굽이 굽이치네.」

지함은 저도 모르게 시 한 수를 읊조렸다. 고려 명종 때의 시인 김극기가 해남 땅을 두고 읊은 시였다.

「김극기의 시구만. 저길 보게.」

화담이 발 아래 펼쳐진 해남을 가리키며 발걸음을 멈췄다.

「땅 생김이 어떤가?」

해남은 바다가 가까운데도 사방으로 기세좋은 산이 뻗쳐 있었다. 그리고 그 산 안쪽으로 드넓은 평야가 펼쳐져 있었다. 바다에 닿아 수기를 넉넉히 받으면서, 그 수기를 적절히 조절할 목기가 버티고 있었던 것이다.

「무엇 말씀이십니까?」

박지화가 찬찬히 둘러볼 생각은 하지 않고 성급하게 물었다. 그는 이론에는 밝았지만 덤벙거리느라 천문이나 지리를 제대로 짚지 못했다.

「산 이름이야 모르겠으나 마치 옥녀가 병풍을 둘러치고 앉아 비파를 타고 있는 형세군요. 그러니까 둘러서 있는 산세를 청룡과 백호, 현무로 볼 수 있겠습니다.」

「그렇네. 그러니 연안 이씨니 여흥 민씨니 하는 세도가가 발흥하는 것일세.」

「그럴 법도 하군요.」

「모든 게 기의 얽힘일세. 어떻게 하면 사람이 그 얽힘을 훌훌 벗어날 수 있겠나?」

화담은 질문을 던져 놓고는 앞장서 갔다.

「선생님.」

지함이 앞서가는 화담을 불러세웠다.

「벗어나는 방법이 무엇입니까?」

「도를 아는 것이지.」

「저 많은 백성들이 언제 다 도를 닦아 벗어납니까? 이런 세상은 쉽게 끝나지 않을 겁니다. 지금까지도 그래왔듯이. 」

그러나 화담은 암벽 같은 뒷모습을 보인 채 대답이 없었다.

「선생님, 그렇다면 그동안 백성들은 끊임없이 고통에 신음해야 하는 것입니까?」

화담은 묵묵히 걷기 시작했다.

「이보게나. 도를 아는 것조차 어렵다네. 그러니 온 백성을 구하는 법을 어찌 당장 알겠나. 급하게 생각하지 말게. 언젠가 때가 오지 않겠나?」

버티고 서서 대답을 기다리고 있는 지함을 박지화가 잡아끌었다. 지함은 박지화의 손에 이끌려 앞서간 화담을 따라 걷기 시작했다.

앞장서서 걷고 있는 화담의 발길이 두륜산 자락을 돌아 다시 해안으로 향하고 있었다.

「선생님, 화순은 강진으로 해서 가는 게 빠릅니다. 강진으로 가려면 이쪽 길로 들어서야 합니다.」

박지화가 화담에게 여쭈었다.

「알고 있다네. 하지만, 그리 가자고 약조한 바가 있는 것도 아니니 돌아돌아 가세.」

화담은 그렇게 말하면서 길을 바꿔들었다.

「그래도 이쪽으로 가면 한참 돌아야 할 텐데요?」

「빨리 가자고만 한다면 바로 송도로 가는 게 가장 빠른 길이
네.」

화담이 두 사람의 의견은 묻지도 않고 길을 바꿔 걸었다.

「쳇, 언제는 우리 말에 귀기울인 적이 있으시던가.」

박지화가 나직한 소리로 지함에게 말했다.

「쉿. 선생님이 가자시는 대로 가보지요. 그러게 안 진사도 보
고 어부도 만난 것 아닙니까?」

「그럼 여기서 갈라질 수도 없으니 따라가지 않구. 무슨 좋은
일을 꾸미시려구 번번이 길을 바꾸시는지.」

「어서 따라가십시다.」

지함이 부지런히 화담을 따라가자 박지화도 하는 수 없이 뛰
다시피 걷기 시작했다.

그때 서기 일행은 해남 향촌 마을에 닿고 있었다.

홍성을 떠난 서기와 전우치, 남궁두는 다시 보령으로 가서 거
기에서 대천, 서천으로 갔다. 장항에서 금강을 나룻배로 건너
이리, 김제, 나주, 영암을 거쳐 해남에 들어섰던 것이다.

사람이 아무리 빨리 걸은들 빠른 배를 이길 수는 없었다. 그
래서 세 사람은 밤잠도 안 자고 부지런히 길을 걸었다.

서기 일행이 향촌 마을에 닿았을 때였다. 정자나무가 있어 전
우치가 잠시 쉬어가자고 청했다.

세 사람이 가쁜 숨을 몰아 쉬고 있는데 두륜산을 넘어온 장

사꾼 셋이 그늘로 들어섰다.

「워매, 이 양반들도 팔도 유람 나선 것이구마. 세월 참 조오
타.」

장사꾼 가운데 한 사람이 입을 삐죽거리며 말했다. 다른 사람
도 서기 일행을 힐끗 바라보면서 어깨에 메고 있던 봇짐을 내려
놓았다.

서기 일행은 지치기도 해서 아무도 그 장사꾼의 말에 대꾸를
하지 않았다.

「하이고, 말이 말 같지 않은개비요이. 남산골에서 오신 한량
들이셔서 말씀도 없으셔이.」

장사꾼이 계속 이죽거리자 서기가 하는 수 없이 한마디하고
나섰다.

「여보게, 그만 하게나. 우린 사람을 찾느라고 바쁘고 또 지금
몹시 피곤하네. 어서 길을 가야한다네.」

「바쁘기사 우리만큼 바쁘실까? 기왕지사 쉬는 길에 쪼깨 말이
나 붙여볼라구 그랬지라. 근디 워떤 사람을 찾는 행차시길래 세
명씩이나 몰려다닌당가요?」

「알 것 없소.」

전우치가 불편한 심기로 한마디 던졌다.

「하이구. 매정도하시요잉. 두륜산에서 본 선비들 하곤 영 씨
알머리가 다르구마. 안 그런가, 오천석이.」

「고만 하드라구. 이 선비님 같은 분들이 쪼매 간 거라. 원래
상놈하고는 상종도 안 허는 게 양반의 도리 아니당가.」

서기는 오천석이라는 장사꾼이 이 선비라고 말한 것에 귀가
번쩍 트였다.

「지금 이 선비라고 했소?」

「그거야 우리네 일이고마. 왜 묻는 것이요이?」

「우리도 이 선비라는 사람을 찾고 있소이다.」

「아이고, 조선 천지에 쌔고 쎈게 이 선빈디 워떤 이 선비 말씀이지라?」

「서기 스님, 그만 두고 길이나 떠나세.」

전우치가 자리를 털고 벌떡 일어났다. 그러자 서기가 장사꾼들에게 한마디 더 물었다.

「혹 두륜산을 넘어왔다면 노인 한 분하고 젊은 사람 둘이서 다니는 걸 못 보셨소?」

「그냥 가자니까 그러네. 이 사람들하고 노닥거릴 시간이 없네. 어서 가세. 이러는 사이에 다른 길로 빠지면 어쩌는가?」

전우치가 서기를 끌었다.

「아이고, 그 선비님 성미도 급혀라. 시방 스님이 말헌 게로 생각이 나는건디 조기 조 두륜산 마루에서 어떤 양반들을 만났는디 바로 그 말이라. 노인 양반 한 명, 그렇지. 선생이라고 부르더마. 그이하고 젊은 사람 둘. 그 젊은 선비 말인가비네, 자네 사주 봐준 그 선비 이름이 뭐랬더라……?」

「지자 함자라고 하지 않았던가.」

「그렇지라. 이지함 선비라고 했지라.」

「뭐요? 이지함?」

서기가 눈을 번쩍 떴다. 전우치도 걸음을 멈추고 뒤를 돌아보았다.

「그이가 지금 어디 있소?」

「이 선비를 찾는 게라우? 딱도 하셔라. 그렇다면 여그서 잠시 낮잠을 한잠 팍 자뿌리면 저절로 올거시유. 우리네 걸음이 워낙 빠르니께 못해도 한 점쯤 있으면 이리로 올꺼구마.」

「삼인행에 거 뭐시라. 필유아사라. 세 사람 가는 데에 선생 하나가 있어라. 이 말 아시지라? 정만 쪼깨 나누어 쓰다보마 이런 일도 생기는 거구마. 자, 우린 가드라구.」

장사꾼 일행은 다시 봇짐을 짊어지고 길을 떠났다.

서기는 그제야 안심을 하고 그늘에 다시 앉았다.

「다행이네. 이 선비가 멀지 않은 곳에서 오고 있다니 해안에는 만날 수 있겠네.」

「그런데 노인이라는 분은 누군가? 이 선비하고 같이 다닌다는 분 말일세.」

남궁두가 물었다.

「글쎄. 나도 모르겠네. 홍성 친구는 그이가 바로 화담이라고, 제 눈으로 똑똑히 보았다고 했는데, 나는 도무지 믿을 수가 없네.」

「그래도 혹시?」

「혹시가 뭔가? 이미 돌아가신 분이 살아계시다니, 말도 안 되는 소릴세.」

「기다려 보세. 화담 선생인지 아닌지 곧 알 수 있을 것 아닌가.」

세 사람은 그늘에 앉아 이지함 일행이 오기를 기다렸다.

전우치는 벌써 그늘에 누웠고, 남궁두는 털썩 주저앉아 다리를 뻗었다. 서기만 두륜산을 바라보면서 초조하게 지함 일행을 기다렸다.

화담이 살아 있다니…… 말이 안 되는 소리였다. 화담은 분명 자신의 손으로 직접 묻었다. 그런데 화담이 살아있다니. 이 책도 엄연히 있지 않은가. 그분이 살아계시다면 굳이 내게 그 일을 부탁할 까닭이 없잖은가.

서기는 기다리기로 했다. 이지함을 만나기만 하면 곧 풀릴 의 문이었다.

21. 해사의 여인

반도에서 뻗어내린 산맥의 마지막 자락이 남해 바다를 바로 코 앞에 두고 우뚝 솟아 먼 바다를 보고 있었다. 더 이상 갈 수 없는 땅의 끝이었다.

두륜산을 돌아 오른쪽으로 십여 리를 더 가자 관음산이었다. 산기슭을 오르던 화담은 멀리 아득히 보이는 남해 바다를 굽어보았다.

「서해를 건너면 중국이 있는데 저 아득한 남해를 지나면 무엇이 있을까요?」

「글쎄. 지금이야 누가 그걸 알 수 있겠나.」

망연한 지함의 말을 화담이 받았다.

「말 그대로 망망대해, 끝도 없는 바다일 수도 있을 테고 어쩌면 우리가 알지 못하는 땅이 있을 수도 있겠지요. 그러나 어딘가 끝은 있을 텐데 과연 어디가 끝일까요?」

「그걸 누가 알겠는가. 그러나 불경에 일체유심조(一切唯心造)

라 했으니 마음속에서 그 끝을 찾아 보게나.」

지함은 심한 갈증을 느꼈다. 모르는 세계에 대한 궁금증이 목을 타게 했다. 막막하게 넓은 세상, 끝도 모를 진리의 세계……. 지함은 마른침을 한번 꿀꺽 삼켰다. 소태를 씹는 듯 썼다.

「해가 지는군. 뜻하지 않게 바다의 황혼을 보게 되는구만.」

화담이 서쪽 하늘을 보며 말했다.

해가 지고 있었다. 그렇게 가슴 졸이며 떠올랐던 태양은 순식간에 온 천하를 붉은 빛으로 장엄하게 물들이더니 바다 속으로 허망하게 가라앉았다. 해가 지는 것이나 사람살이나 허망하기로 따지자면 다를 바가 전혀 없었다.

「저기 저 마을을 보십시오, 선생님. 음기가 무척 세군요.」

덜렁대는 박지화가 오랜만에 무언가를 짚은 모양이었다.

그의 말대로 양기라고는 전혀 없어 보이는 땅이 눈 아래 자리잡고 있었다. 지형이 흡사 여자의 음부 같았다. 불두덩처럼 둥글고 밋밋한 산이 둘러서 있고, 그 한가운데에 조그만 산이 음핵처럼 돌출돼 있었다. 그 음핵의 바로 아래에 오십여 호쯤 되어 보이는 마을이 깃들어 있었다.

「오늘밤은 저곳에 머물러야겠네. 어차피 더 멀리는 가지 못할 테고…….」

앞장선 화담을 따라 일행은 관음산을 내려갔다.

황혼이 나그네의 발걸음을 재촉했다. 얼마나 빨리 걸었던지 어둠이 내리기 전에 마을 입구에 다다랐다.

마을은 위에서 내려다보기와는 다르게 꽤 넓게 터를 잡고 있었다. 바다를 지척에 둔 어촌치고는 땅이 꽤 넉넉했다.

논일을 마친 장정들이 연장을 둘러메고 돌아갈 만한 때이건만 머리에 흰 수건을 둘러쓴 아낙네만 띄엄띄엄 보일 뿐 남자의 모습은 그림자도 비치지 않았다. 물길이 좋아 남정네들이 다들 먼 바다로 고기잡이를 떠난 것일까. 싸릿대 울 너머로 슬쩍 집안을 들여다보았으나 역시 저녁 준비에 바쁜 여인네뿐이었다.

「저기, 사내가 있긴 있구만.」

박지화의 손끝이 가리키는 곳에 예닐곱 살쯤 되어보이는 사내애 서넛이 논둑길로 소를 몰아오고 있었다.

일행은 곧게 뻗은 길을 따라 걸으며 주막을 찾았다. 그러나 주막은 얼른 눈에 띄지 않았다.

「이상하군요. 동네가 이 정도 되면 분명 주막이 있을 법한데요.」

마침 한 아낙네가 물동이를 이고 종종걸음으로 지나가고 있었다.

「죄송하지만 말씀 좀 묻겠습니다. 주막이 어디 있습니까?」

급히 멈춰서는 바람에 물동이가 찰랑거려 몇 방울 흘러내린 물이 아낙의 옥고름을 적셨다.

부끄러움도 없이 지함 일행을 뚫어지게 쳐다보는 아낙의 눈빛이 이상하게 번들거렸다.

「여그서 묵으실라고요?」

「그렇습니다.」

「왔던 길을 쪼매 돌아가셔야 쓰것는디요. 오른편으로 자그마한 길이 있는디 글로 가보시써요.」

말을 마친 아낙네는 횅하니 찬바람을 일으키며 사라졌다. 여인의 묘한 눈빛이 공연히 마음에 남았다.

과연 아낙의 말대로 조금 돌아가 오른쪽으로 꺾어지자마자 허름한 주막이 나타났다. 서툴게 주막이라고 써놓은 등이 걸려 있으니 주막인가 보다 하지, 여염집과 조금도 다를 바 없는 초가집이었다. 찾는 이가 별로 없는지 사람의 기척도 없이 썰렁했다.

인기척을 내자 밖을 내다보는 주모는 허리 굽은 백발 노파였다. 하기사 이런 마을이야 나그네의 발길도 뜸할 테고 바닷가라고는 하지만 십 리는 떨어져 있을 테니 이 마을 사람들 외에 어부들의 발길이 닿을 리도 없었다.

「주막이 맞긴 맞는 모양인데 너무 썰렁합니다그려.」

박지화가 숫기좋게 주모에게 말을 붙였다.

「손님 든 것이 서너 달은 됐는갑소. 객주집이사 객이 있어야 번창흐는 것인디 객이 없응께 그렇지라.」

「그런데, 주모. 이 마을에는 남정네들이 통 보이질 않는구려.」

「긍께 과부촌이라고 안흐요. 그걸 모르는 걸 봉께 먼디서 온 손님인게비요이. 이 마실 남정네들이 바다만 나갔다허면 영영 돌아올 생각을 안허요. 그래 이 동네 사내들은 철이 들만 허먼 다 타관으로 떠나뿌요. 남은 사람은 다릿새에 달린 것 읎는 계집들 허고 불알이 들 여문 아그들뿐이그마요.」

음기가 센 지형이긴 했지만 설마 남정네의 씨가 마를 정도라고는 생각지 못했었다. 지함 일행은 주모의 말에 입을 다물지 못했다.

「물은 쩌그 우물서 떠드시고 쪼까 기다리씨요이.」

백발의 주모는 굽은 허리로 다람쥐보다 잽싸게 사립을 빠져나갔다. 오랫동안 손님을 치르지 않은 주막이니 상 차릴 채비를 하러 가는 모양이었다.

마지막 남은 붉은 구름 한 조각이 점점 흐려지면서 어둠 속으로 빨려들어가고 있었다.

마당 한복판에 놓인 평상은 자주 쓰질 않았는지 흙먼지를 뽀얗게 뒤집어 쓰고 있었다. 평상 위에 쌓인 먼지를 툭툭 털어낸 지함 일행은 그 위에 앉았다. 바다 내음을 실은 초여름 바람이 산들산들 불어왔다.

부엌 뒷문과 뒤쪽 사립문을 드나드는 인기척이 부산했다. 저녁 준비를 하는 발걸음들인 듯했다. 단 세 사람의 손님을 맞기 위한 준비치고는 너무 소란스럽다 싶었다.

잠시 후 주모가 부엌문 틈으로 쭈그러진 얼굴을 삐죽이 내밀었다.

「일단 쩌그 앞 방으로 드씨요. 손님은 없어도 혹 몰라 쩌방만은 깔끔허게 치워놨응께.」

세 사람은 주모가 가리키는 방에 짐을 풀었다.

「어이, 지함. 우리 나가서 등목이나 하지 않으려나. 주모는 저녁 준비에 바쁠 테니 이 틈에 땀 좀 씻자구.」

「거 좋지요.」

지함과 박지화는 의기투합하여 마당가 우물로 갔다.

우물은 아득하게 깊었다. 한 두레박을 길어올리는데도 팔이 저릿저릿할 정도였다. 깊은 만큼 물은 맑고 시원했다.

「이거, 물도 온통 음기를 쓰고 있구만. 이가 다 시리네그려.」

박지화는 길어올린 물 한 두레박을 다 마실 것처럼 벌컥벌컥 들이마셨다.

지함이 다시 한 두레박을 길어올리는 동안 박지화는 웃웃을 벗고 엎드렸다. 마흔이 머지 않은 나이였지만 등이 곧고 탄탄했다.

지함은 두레박에 담긴 우물물을 박지화의 등판에 쏟아부었다.

「웃, 차거, 차거. 거 참 시원타.」

깊은 땅 속의 냉기를 뒤집어쓰고 박지화는 몸을 부르르 떨었다.

빼꼼히 열린 부엌문 틈새로 까만 눈동자들이 두 선비의 모습을 지켜보고 있었다. 물을 끼얹을 때마다 진저리를 치며 추워하는 모양을 보고는 끼들끼들 숨죽여 웃는 소리도 새어나왔다.

두 사람이 등목을 끝내고 웃도리를 걸칠 때 주모가 개다리 술상을 들고 힘겹게 부엌 문지방을 넘고 있었다.

「이리 주시오. 주모는 며느리나 딸도 없소? 상을 들기엔 너무 연세가 많으신 것 같소이다.」

주모는 토끼눈을 하고 박지화를 쳐다보았다. 하기사 남정네가, 그것도 버젓한 양반 차림을 한 선비가 상을 받아들겠다니 놀랄 만도 했다. 제정신을 가진 사내라면 그런 말을 할 리가 없다 싶었을 것이다. 남자가 부엌만 들여다봐도 팔푼이로 취급받는 세상이 아닌가.

박지화는 우뚝 멈춰선 주모에게서 상을 빼앗다시피 받아들고 뜸벅뜸벅 방으로 걸어갔다.

「식사는 쪼깨 기달려야 쓰것소.」

한참 만에야 정신을 차린 주모가 말했다.

「술이면 됐소. 힘드실 텐데 천천히 준비하시오.」

부엌에서는 연신 여인네들이 낮게 소근거리는 소리가 들려왔다. 이따금 간드러지는 웃음소리도 섞여 나왔다.

「선생님, 안 잡수시겠습니까?」

「난 괜찮네.」

「그럼 저희는 마시겠습니다.」

배가 출출했던 터라 술 한 병이 금세 비었다. 곧 밥이 오겠지 싶어 술을 더 청하지 않고 기다렸으나 주모는 함흥차사였다. 어둠이 내린 지 제법 오래 됐는데도…….

「무슨 별미를 차리시길래 이리 늦으시나. 주모, 주모.」

기다리다 못한 박지화가 빈 술병을 거꾸로 잡아들고 숨가쁘게 주모를 불렀다. 주모는 박지화의 목청이 쉴 때쯤에야 모습을 드러냈다.

주모는 무슨 못된 짓이라도 하다가 들킨 사람처럼 쭈뼛거리며 흘깃흘깃 세 사람의 눈치를 살폈다.

「밥이 늦거든 술이라도 더 마셔야겠소. 술 더 없소?」

「예. 후딱 올립지요.」

주모는 놀란 닭처럼 후다닥 부엌으로 뛰어들어갔다. 그리고 이내 술병을 들고 마당을 가로질러 뛰어왔다. 얼마나 빨리 뛰었는지 주둥이가 좁은 술병에서 술이 넘쳐 흐르고 있었다. 허리까지 굽은 노인네가 동작 하나는 열여섯 살 처녀애보다 잽쌌다.

「쯧쯧. 이렇게 급하시긴.」

좀체 남 타박이라곤 할 줄 모르는 화담이 낮게 중얼거렸다. 별로 안색이 좋아 보이질 않았다.

「선생님. 어디가 안 좋으십니까?」

「아닐세.」

「과부촌이라니 기분 좋으실 리가 있겠나?」

약방의 감초 박지화가 재빨리 끼어들었다.

「생각해 보게나…… 아, 아닐세. 괜한 걱정을 미리 할 필요야 없지. 때가 되면 다 알게 될 터이니…….」

무슨 말인지 박지화나 지함은 영문을 알 수 없었다. 그때였다.

「시방 상을 들여도 되것습니까? 때가 늦어서 시장들 하실 텐디…….」

주모 뒤에는 젊은 여인네 둘이 푸짐하게 차린 상을 들고 서 있었다. 두 여인은 주모가 열어준 문으로 상을 들여놓고는 조용히 사라졌다.

상차림이 그야말로 산해진미였다. 온갖 생선에 갖가지 나물, 그리고 어디서 구했는지 쇠고기까지 올라 있었다.

「정성껏 차리긴 했는디 입맛에 맞으실란가 모르것소이.」

「아이고. 이거 나랏님도 부럽지 않구만 그래. 어쨌든 고맙게 잘 먹겠소이다.」

「글면, 맛나게 잘 드시씨요이.」

상차림이 과하다 싶어 부담스러웠지만 보름 동안 허기졌던 배가 벌써 요동치기 시작했다.

「난 생각 없으니 자네들이나 맛있게 들게. 난 바람이나 쐬면서 기를 채움세.」

지함도 박지화도 이제는 먹을 것만 앞에 두면 자리를 뜨는 화담을 이상하게 여기지 않았다.

화담이 밖으로 나가자 박지화는 냉큼 숟가락을 집어들었다.

「금강산도 식후경이라는디 일단 먹고 보지라.」

박지화가 어느새 익힌 전라도 사투리로 익살을 떨었다.

식사를 마치고 나자 그동안 먼길에 지친 몸이 노곤하게 가라앉았다. 상만 치우면 쓰러져 자야지 하고 있는데 주모가 샐쭉 얼굴을 내밀었다. 그림자처럼 주모를 뒤따라 온 여인네들이 날 아갈 듯 한걸음에 상을 내간 후에도 주모는 방문 앞에서 머뭇거 리고 서 있었다.

「무슨 일이오?」

「저, 방을 깨끗이 치워놨는디라. 상 물린 방을 치울라면 시간 이 걸릴 텡께 딴 방으로 옮기는 거시 좋것그만요.」

「그럴 것 없소이다.」

지함이 괜찮다고 말을 했으나 주모는 막무가내로 방 앞에 버 티고 서 있었다. 별 수 없이 두 사람은 짐을 들고 주모를 따라 방을 나갔다.

「어르신께서 들어오시면 이 방을 쓰시라 하시고, 두 분은 지 를 따라 오시씨요.」

「아니, 우리 모두 한방을 써도 괜찮습니다.」

박지화가 주모를 빤히 올려다보며 말했다.

「그래사 쓰간디요. 방도 작은디 어르신께서는 여그서 편히 쉬 시는 게 좋구만이라. 두 분도 따로따로 주무셔야 피로가 깨깟이 풀리지라.」

주모는 뒤뜰로 가서 담 하나를 지나더니 이웃한 별채로 두 사람을 안내했다. 희뿌연 달빛 속이지만 별채는 제법 깔끔하고 운치있는 모습을 드러내고 있었다.

「자, 여기로 이분이.」

주모는 박지화를 바라보며 별채를 가리켰다. 그리고 지함에게 는 뒤쪽으로 가라는 눈짓을 보냈다.

「우리까지 각 방을 쓸 게 뭐 있소. 번거롭기만 하지. 우리는 같이 있겠소.」

지함이 극구 사양했지만 주모는 들은 척도 하지 않고 벌써 뒷문 쪽으로 걸어가고 있었다. 박지화는 별 거리낌없이 주모가 안내한 방에 들어갔다. 지함은 어쩔 수 없이 주모의 뒤를 따랐다. 별채 뒤쪽에도 제법 큰 방이 하나 있었다.

「아니, 주모. 이렇게까지 잘 해주실 필요가 없습니다. 숙박비도 넉넉지 못한 떠돌이 객인데.」

「아따, 선비님도 무신 말씸을 고래 정떨어지게 하신다요? 돈 더 받아묵을라고 그런다면 천벌이 내릴 것이그만요. 성의니께 맴 놓시씨요.」

떠밀리다시피 방안에 들어서자 벌써 깨끗한 침상이 곱게 깔려 있었다. 손님도 없는 주막이라더니 여느 주막에 비길 데 없이 정갈했다. 신혼방 같은 화사한 분위기마저 풍겼다.

문풍지로 젖빛 달빛이 흘러들었다.

송도를 떠나온 지 어느새 석달, 화담 산방을 나선 것이 바로 오늘 아침의 일인 듯도 하고 헤아릴 수도 없는 까마득한 전생의 일 같기도 했다. 끝없이 이어진 길에서 마주쳤던 사람들의 얼굴이 하나씩 또렷하게 떠올랐다.

늙은 어부는 지금 어느 바다 위에 떠 있을까? 고개에서 만난 장사꾼들은 어느 장터를 찾아 떠돌고 있을까? 안 진사는 오늘밤도 감 저장법을 궁리하느라 뒤척이고 있을 테지.

스르르, 기분좋게 눈이 감겼다. 가벼운 솜이불이 달빛처럼 지함의 몸을 다독였다. 지함은 아득하고 평온한 잠 속으로 빨려들어갔다.

그때였다.

방문이 후다닥 열렸다. 잠결에 지함은 벌떡 일어났다.

달빛을 등지고 우뚝 선 시커먼 그림자는 박지화였다.

「이보게, 지함.」

박지화의 음성은 격앙돼 있었다.

「무슨 일입니까?」

아쉽게 잠을 떨치며 지함이 물었다.

「사내 대장부가 머 그깟 일로 난리다요?」

박지화가 대답도 하기 전에 주모의 씩씩한 음성이 들려왔다.

「허허. 내 참.」

박지화는 말도 하지 못하고 헛웃음만 피식거렸다.

「무슨 일이오?」

잠이 완전히 달아나 버렸다. 지함은 밖으로 나갔다.

그때, 달빛 아래 저만치에 희미한 그림자 둘이 고개를 외로 꼬고 수줍게 서 있는 모양이 눈에 들어왔다.

「다름이 아니라 주무시기에 적적하시겄다 싶어 처녀를 한 명씩 합방시켜 드릴라고 했더니 저 난리시라우. 사내가 그만한 일을 갖구…….」

주모는 무안한 기색이 전혀 없었다. 오히려 그 일로 펄쩍펄쩍 뛰는 박지화를 비꼬는 듯한 투였다.

성미 급한 박지화가 발끈하고 나섰다.

「그만한 일이라니? 우리를 뭘로 보고 이러는 거요?」

박지화가 버럭 소리를 지르자 그제사 주모는 목을 자라처럼 움츠렸다.

「선비님들께서 해사 마을을 쫌 살려주시씨요이. 사내가 워낙 없응께 이런 짓까지 안 허요. 지발 씨 쪼깨 얻읍시다이.」

주모는 축축하게 젖은 눈으로 애처롭게 애원했다.

「허허. 이러니 내가 소리치지 않을 수 있겠나!」

박지화가 소리를 지르든 말든 주모는 저만치 서 있는 여인네들을 불렀다.

「이리들 오너라.」

두 여자가 잔뜩 고개를 숙인 채 다가왔다. 둘 다 젊고 뽀얀 얼굴이었다. 특별하게 몸단장을 했는지 머릿결도 곱고 예뻐 보였다. 머리를 틀지 않은 걸 보니 혼인을 하지 않은 처녀들인 모양이었다.

「이 애기덜이 선비님들 침상을 준비했그만이라. 잡수신 음식도 다 야들 손이 간 것이고라. 안즉 시집도 못 간 불쌍한 것들인디, 해사 여인네는 타지에서도 안 받아주는 것을 어쩌것소이. 시집만 갔다 허먼 서방을 잡아묵는다고 소문이 나갖고 안그러요. 암 것도 바라는 것 없그만요. 다만 씨나 좀 받자는 것이제. 마침 열흘 전에 달거리를 마친 애기들이라 씨받기에 좋은 때고……..」

주모는 청승맞은 얼굴로 끊임없이 말을 늘어놓았다. 말을 막지 않으면 밤새도록이라도 하소연할 기세였다.

박지화가 낭패한 기색으로 지함을 돌아보았다.

「알았으니 그만 하시오. 예서 잠깐 기다리시오.」

지함은 박지화와 함께 마당을 사이에 두고 떨어져 있는 사랑채로 달려갔다. 화담이 동네를 한 바퀴 돌고 돌아와 있었다.

「선생님. 잠시 뵙겠습니다.」

곧 문이 열렸다.

두 사람은 방으로 들어가 자초지종을 아뢰었다. 놀라운 애기였을 텐데 화담의 표정에는 전혀 동요가 없었다.

「그러니 어찌 하면 좋겠습니까?」

「두 사람 다 그렇게 눈썰미가 없는가? 남정네도 없는데 아이들은 어디서 생겼겠는가?」

지함은 더 들어볼 것도 없이 화담의 생각을 알 수 있었다.

「내가 한 오년 전에 이곳을 다녀간 적이 있었다네. 그때나 지금이나 무엇이 옳은지 알 수 없지만 언젠가 자네들은 알게 될 걸세. 사내 대장부 하는 일이 일마다 다 까닭이 있는 것은 아닐세. 물러들 가보게.」

지함도 박지화도 다시 한번 놀랐다.

화담은 벌써 이 마을의 풍속을 알고 있었던 것이다. 그래서 강진으로 가는 길을 버리고 일부러 이쪽 해사 마을로 들어선 것이었다.

게다가 벌써 다녀간 적이 있었다니 지함으로서는 어처구니없는 일이었다. 도대체 무엇을 가르치려고 이런 곳, 이런 기이한 인연 속으로 제자들을 이끄는 것인지 알 수 없었다.

화담은 아무 일도 아니라는 듯이 돌아앉아 좌정에 들었다.

후원으로 물러나오면서 박지화가 투덜거렸다.

「우리 보고 어쩌라는 말인지 알 수가 없구만. 도대체 다 알고 계시면서 왜 이런 마을로 우릴 데려오셨단 말인가?」

「우리 생각대로 하라 하시지 않았습니까?」

「자네는 선생님 말씀을 그렇게 받아들였나? 난 그와 정반대로 생각했네만.」

「스승님 뜻이 따로 있겠지요. 이 동네 내력을 이미 알고 계셨던 것이라면 저희더러 그 뜻을 읽어내란 말씀이시겠지요.」

「그럼, 자네는 저 여인들을 받아들이겠단 말인가?」

잠시 생각에 잠겼던 지함이 단호하게 말했다..

「예. 저는 받아들이겠습니다. 사람의 처지가 범절보다 더 중요합니다. 사람의 처지를 돌보지 않는 범절이 어찌 범절이겠습니까?」

「하긴, 듣고 보니 그 말도 맞긴 하네. 해사 여인들 처지가 안되긴 안됐네. 하지만……」

박지화는 아직도 마음을 굳히지 못한 모양이었다. 그러나 정이 많고 따뜻한 사람이라, 딱한 운명에 매여 있는 여인을 매정히 내치지는 않을 것이 분명했다.

지함은 고민하는 박지화를 두고 먼저 성큼 걸음을 옮겼다.

지함이 방으로 들어서자 잠시 후 밖에서 인기척이 들렸다. 지함은 잠시 날짜를 짚어보았다.

칠월 스무 하루.

「여자를 만나게 되어 있구만.」

화담이 일부러 해사 마을로 인도하지 않았어도 이미 예정되어 있는 일이었다.

「내 인연, 내가 받을 운명이라면 내 스스로 뛰어들리라.」

방문이 열리면서 한 처녀가 조심스레 들어섰다. 소매깃이 파르르 떨리고 있었다. 등뒤에서 주모가 문을 닫아 주고는 도둑고양이처럼 소리도 없이 사라졌다.

처녀의 볼이 빨갛게 상기되어 있었다.

지함은 찬찬히 처녀의 얼굴을 살펴보았다. 선이 굵고 분명했다. 콧등이 오똑하게 일어서서 제법 고집이 셀 것 같은 인상이었다. 내리뜨고 있는 눈동자가 방안 분위기를 엿보는 것인지 살짝 들릴 때마다 검은 눈동자가 고혹적으로 빛났다.

이것도 업인가? 몇 날 밤 같이 지내지도 못한 부인을 제외하고는 지함이 가까이 겪은 여자마다 비슷한 인상이었다. 영원히 지함의 가슴 속에 묻혀 있을 민이도, 기생 선화도, 지금 눈앞에 있는 이 여인도 모두 비슷비슷했다.

민이……. 세상이란 참으로 가혹하다. 민이의 얼굴을 볼 때마다 얼마나 가슴이 뛰었던가. 그 긴 손가락에 입맞추고 광대뼈가 보기 좋을 만치 불거진 뺨에 얼마나 볼을 부비고 싶었던가. 그러나 살내음 한번 제대로 맡아보지 못했는데, 민이는 운명에 밀려 지함의 곁을 떠나가고 말았다. 그런데 꿈도 꾸지 않았던 이 낯선 여인이 자신의 처녀를 바치기 위해 지함의 앞에 다소곳이 서 있는 것이다.

「후우.」

지함은 한숨을 길게 내쉬었다.

민이의 얼굴이 눈앞에서 어른거렸다. 돌탑을 쌓으면서 잊고 또 잊고, 버리고 또 버렸건만 아직도 미련이 남아 있었단 말인가. 그 진한 그리움을 화담이 알아차린 것일까.

「저, 절 받으시옵소서.」

떨리는 처녀의 음성에 지함은 퍼뜩 정신이 들었다.

「절……?」

그러는 사이에 처녀는 공손한 자태로 큰절을 올렸다.

처녀는 다리를 모으고 일어섰다. 그리고는 입술을 깨물면서 가만히 서 있었다. 한참 만에야 지함은 처녀가 그의 말을 기다리고 있음을 알았다.

마을의 오랜 풍습에 따라 제 발로 남자를 찾아온 여자이긴 하지만 그녀에게서는 단 한번도 남자를 겪지 못한 처녀의 수줍음이 엿보였다.

「앉으시오.」

그제사 처녀는 자리에 앉았다. 첫날밤을 맞은 새색시처럼 지함을 등지고.

그게 무슨 뜻인지 지함은 한참 생각했다. 별로 기억에도 남아있지 않은 자신의 첫날밤을 기억하고서야 비로소 지함은 그 의미를 알아차렸다.

이 처녀에게는 이 밤이 혼인인 것이다. 그래서 신부가 하듯이 몸단장을 하고 절을 올린 것이 아닌가.

그러나 지함은 자신이 어떻게 해야 좋을지 아직도 망설이고 있었다. 처녀의 어깨가 잔잔하게 들먹거리더니 숨죽인 흐느낌이 들렸다. 처녀는 오래도록 그렇게 흐느끼며 앉아 있었다.

지함은 그녀가 제풀에 지칠 때까지 내버려 두었다. 그런 슬픔은 남의 위로로 가시지 않는다는 것을 지함은 잘 알고 있었다.

어찌 슬프지 않겠는가. 제대로 예도 갖추지 못하고 길 가는 나그네와 첫밤을 보내야 하는 운명이.

이 눈물이 이 처녀와 이 마을에 내린 서러운 운명을 걷어가 버린다면 얼마나 좋을까. 그러나 처녀의 순결한 눈물로도 운명은 바뀌지 않는다. 세상이란 그런 것이다. 희망한다고 모든 것이 이루어진다면 이미 고통은 고통이 아니리라.

얼마나 지났을까? 그야말로 장구한 세월이 흐른 듯했다.

별빛도 오랜 어둠에 지쳐 졸고 있을 만한 시간, 차츰 처녀의 울음이 잦아들었다.

「싫으시면 그냥 주무셔도 됩니다. 소녀, 이대로 있겠습니다.」

자기 운명에 대한 마지막 반항일까?

민이도 그랬다. 자기 운명 앞에서 절대로 무릎 꿇지 않았다. 스스로 죽음을 택할지언정.

「뭐라 부르오?」

「이름은 알아 무엇하시겠습니까? 하룻밤 바람처럼 스쳐가는 인연인 걸요.」

처녀는 의외로 꼿꼿했다. 말을 받아치는 것이 민이의 당돌한 성품 그대로였다.

「그 말은 맞소만 사람의 일은 알 수 없는 것이라오. 난 떠밀려서 하고 싶지는 않소. 말해 보시오.」

처녀는 잠시 망설였다.

「희수라고 부릅니다. 기쁠 희(喜)에 빼어날 수(秀)이옵니다. 선비님 함자를 여쭤도 되겠습니까?」

「이지함이라 하오. 고향은 홍성현이오. 처자의 성씨는 무엇이오?」

「본 성씨는 모르옵니다. 어머니의 성이 강씨라 어머니를 따르옵니다.」

본 성씨를 모른다? 그녀의 어머니도 그녀처럼 지나가는 사내에게서 아이를 받았는가?

「희, 수, 예쁜 이름이오. 이곳 풍습이 그러하여 부지불식간에 한방에 앉아 있기는 하더라도 이름은 알고 싶었소. 나이는 몇이오?」

「올해 열일곱이옵니다. 며칠 전 생일을 지났습니다. 단옷날이 제 생일이지요.」

지함은 눈을 감고 희수의 사주를 떠올렸다.

열일곱, 오월 오일.

「태어난 시는?」

「사주를 보시옵니까?」

「그저 알고 싶을 뿐이오.」

「이른 새벽닭이 울었다 하옵니다.」

지함은 한동안 침묵에 잠겼다. 희수의 사주와 자신의 사주까
지 짚어보는 중이었다.

어린 처녀라 금세 슬픔을 잊었는가, 희수는 조금 전의 부끄러
움과 눈물을 잊고 신기한 듯 지함을 빤히 지켜보고 있었다.

戊辰 戊午 戊戌 甲寅

선친과는 인연이 박한 사주였다. 가족이 구성조차 될 수 없는
것이다. 게다가 남편도 둘 수 없는 데다가 남자의 손을 타지 못
하는 고독한 운수를 타고 났다.

거기에 떠돌이 기운이 있어 한 곳에 오래 머물지 못하는 방
랑기까지 있었다.

화담처럼 처녀의 전생까지 볼 수 있다면 얼마나 좋을까.

지함은 무슨 영문으로 이렇게 만나야 하는지 먼 사연들이 궁
금했지만, 아직 먼 전생까지는 꿰뚫어볼 수가 없었다.

「그대는 아들을 낳고 싶소, 딸을 낳고 싶소?」

지함의 엉뚱한 질문에 희수는 얼굴을 붉혔다. 그러나 이내 또
렷하게 대답했다.

「아들이옵니다. 이 마을 사람들은 아들을 별로 좋아하지 않아
요. 이 마을에 있으면 어차피 죽을 테고 그렇지 않으면 어미의

품을 떠나야 하니까요. 하지만 저는 딸은 싫어요. 저처럼 사는
것 보담야 비록 부모 그늘을 떠나 살더라도 세상을 훨훨 날아다
니는 편이 낫죠. 거렁뱅이 신세가 되더라도…….」

제법 다부진 말이었다. 지함은 희수의 똘망똘망한 말을 듣고
나니 마음이 더 아팠다.

땅의 음기가 성해 견디지 못하는 남자들이야 땅을 떠나면 되
지만, 이곳 여인네들은 다른 지방 어디서도 받아주지를 않아 마
을을 뜰 수도 없는 신세였다.

그래서 이 불쌍한 해사 마을의 처녀들은 오로지 평생에 한번
하룻밤 인연을 기다리며 살아가고 있는 것이다. 그렇게라도 해
서 대를 이으며 불행한 운명을 지고 살아가는 것이었다. 단 한
번의 교접으로 아이를 잉태할 뿐, 남녀간의 애틋한 정도 음양
화합의 기쁨도 모르는 채.

지함은 떨리는 손으로 희수의 옷고름을 잡아당겼다. 솜씨 좋
은 아낙이 맨 듯 고름은 수월하게 풀렸다. 단 한번도 사내의 눈
길이 닿지 않은 순결하고 희디흰 가슴이 드러났다.

아름다웠다. 그러나 이 아름다운 가슴은 탐욕의 대상이 아니
었다. 새로 태어날 아이의 편안한 휴식처일 뿐.

인간으로서 운명을 어찌할 수 없다면, 이들에게 잉태란 가장
소중한 삶의 과정이리라.

지함은 부드러운 치맛자락을 따라 허리를 감아들었다. 희수가
스스로 허리띠를 풀었다. 대담한 것까지 어쩌면 그렇게 민이를
닮았는가.

지함은 자신의 품에 안겨 있는 여자가 민이가 아닌가 하고
몇 번이나 희수의 얼굴을 들여다보았다.

지함은 고개를 세차게 흔들며 끝없이 따라붙는 민이의 상을 떨쳐버렸다. 이 여자는 민이가 아니다. 희수이다. 민이가 아니다.

희수는 슬며시 몸을 비틀어 남은 허물을 마저 벗었다.

등이 고왔다. 미끈하게 뻗어내린 등이 곱게 흘러내려 우아한 엉덩이로 이어졌다. 까만 머리칼 사이로 드러난 귓볼은 도톰하고 똑 떨어질 듯 매끈했다. 그 아래로 불그스레한 홍조가 입술께까지 번져 있었다.

실로 오랜만에 대하는 여체였다. 그러나 지함에게는 지난날과 같은 색에 대한 탐이 사라지고 없었다. 단지 잉태를 위하여, 대를 잇기 위하여 두 사람은 정성스런 마음으로 서로의 몸으로 다가섰다.

멀리서 첫 닭이 울었다. 토실한 어깨를 이불 밖으로 내놓고 잠들어 있던 희수가 닭소리에 벌떡 몸을 일으켰다.

지함은 짐짓 잠든 체하며 미동도 않고 눈을 감고 있었다.

사그락거리며 옷 입는 소리가 환청처럼 들려왔다.

옷을 다 입은 희수는 슬픈 눈으로 지함을 내려다보았다. 커다란 눈에 맑은 눈물이 차올랐다.

일생 단 한번의 남자, 단 한번의 인연. 그러나 그 남자는 잠시 후에 떠나버릴 것이다. 언제 다시 보자는 약조도 없이.

지함은 더 이상 그대로 누워 있을 수가 없었다. 자리에서 일어나 반듯이 앉았다. 뭔가 이별사를 하지 않고는 그 자신이 견딜 수 없었다.

「원대로 아들을 낳게 될 것이오. 아들을 낳거든 규철(圭澈)이라 부르시오. '맑은 물가에 홀로 서 있다'는 뜻이오.」

희수가 맥없이 지함의 품으로 무너졌다.

「누가 아이의 성을 묻거든 이씨라고 하시오.」

지함의 다음 말에 희수는 기어이 울음을 터뜨렸다. 울음소리
가 나진 않았지만 가냘픈 어깨가 들먹였다.

「우리가 언제 다시 만나게 될 지 알 수는 없으나 당신을 잊
지는 않겠소.」

지함은 큰 손으로 희수의 눈가를 닦아주었다.

「아니, 우리는 다시 만나게 될 것이오. 그렇지 않다면 지금
왜 이렇게 마주 앉아 있겠소……?」

지함은 자기의 말을 자신할 수 없었다. 단지 희수를 위로해
주고 싶었던 것이다.

좀체 눈물을 그치지 않던 희수는 얼마 후 눈물을 깨끗이 닦
아내고 살며시 일어섰다. 그리고 지함에게 공손히 큰절을 올렸
다.

희수는 문을 열고 밖으로 나갔다.

미처 닫히지 않은 문틈으로 서늘한 새벽 바람이 새어들었다.

희수는 뒤돌아보지도 않고 마당을 빠져 나갔다. 그것이 희수
의 마지막 모습이었다.

아침 일찍 화담과 지함, 박지화 세 사람은 주막을 나왔다.

해사 마을을 다 빠져나가도록 누구도 간밤에 겪은 일에 대해
말을 꺼내지 않았다.

화담 일행은 초여름 산들바람이 불어오는 강줄기를 따라 오르
기 시작했다.

들마다 모를 심느라 박자를 맞추는 구성진 노랫가락이 울려퍼

지고 있었다.

평양감사, 전라감사가 최고라는 말이 나올 법하게 호남 땅은 너르고 기름졌다. 유난히 맑은 강 가에는 군데군데 소들이 한가로이 풀을 뜯고 있었고 쇠꼴을 뜯기러 나왔을 아이들은 떼를 지어 강물을 첨벙거리고 다니며 고기떼를 쫓고 있었다.

한나절을 부지런히 걷자 등줄기가 후끈한 게 땀이 줄줄 흘렀다.

「어이구, 선생님. 숨 좀 돌리고 가시지요. 사약을 받는다 해도 저는 좀 쉬어야겠습니다.」

해사 마을을 떠난 뒤 박지화가 처음 입을 열었다.

「그러시지요. 선생님. 선생님은 어디서 그렇게 힘이 나시길래 지치지도 않으십니까?」

지함도 화담에게 쉴 것을 청했다.

「앉을 자리를 살펴보게.」

화담의 명을 받자마자 박지화는 얼른 들 복판에 서 있는 소나무 숲에 들어가 털썩 주저앉았다. 농부들이 일하다 잠시 쉬려고 만들어놓은 소나무 그늘이었다.

「선생님, 좀 눕겠습니다. 제발 선생님도 좀 쉬십시오.」

박지화는 양반 차림이고 뭐고 가릴 것도 없다는 듯 봇짐을 베고 덜렁 누워 하늘을 올려다보았다. 화담이 못 이기는 척 눕는 것을 보고난 뒤 지함도 그 옆에 팔을 베고 누웠다.

그늘이 닿지 않는 쪽으로 누구의 것인지 제대로 손질도 되지 않은 무덤이 오두마니 자리잡고 있었다. 아마도 배를 태워준 노인처럼 평생 땅 한 평 갖지 않고 살았던 누군가의 무덤일 것이었다. 그래서 죽어서나마 너른 들을 품에 안은 듯 누워있는지도……

마을 쪽 논두렁으로 자기 몸집만한 함지를 이고 한 손에는 오지병을 든 여인네들이 줄을 지어 숲으로 왔다. 해를 보니 벌써 점심때였다.

「어이. 밥 왔네. 어여 한술들 뜨고 일허소.」

허리가 굽기 시작한 반백의 할멈이 늦가을 참새를 쫓던 카랑카랑한 목소리로 외치자 모를 심던 농부들이 흙투성이 손을 바지에 썩썩 비벼 닦으며 나와 숲속 지함 일행의 바로 곁에 자리를 잡았다. 시커먼 꽁보리밥이 군침을 돌게 했다.

「선비님들, 한 술 드실라요? 꽁보리밥이제만 시장하시면 한술들 뜨시요.」

그들이 권해오자마자 지함 일행은 염치불구하고 그들 쪽으로 돌아앉았다. 젓갈을 듬뿍 넣고 갓 담근 김치가 입에서 살살 녹았다. 호남 맛이 제일이라더니 빈 말이 아닌 모양이었다. 찬이라곤 김치 한 가지에 넘쳐 흐른 된장국이 고작이었지만 그 어느 때보다 맛난 점심이었다.

「니미럴. 쌀 한말도 못 얻어왔는갑네. 창고서 썩는 쌀인디 좀 주면 어쩐다고 시커먼 보리쌀이여?」

땅딸막한 키에 다부진 몸을 가진 젊은이가 불퉁스런 말을 내뱉었다. 나이 지긋한 노인네가 지함 일행을 곁눈질하며 입 다물라고 옷자락을 슬그머니 잡아당겼다. 그래도 젊은이는 아랑곳하지 않았다.

「그것도 그냥이나 주간디? 작년에 갖다 묵은 것이나 갚으라고 난리를 치는디 갚을 것이 있으면 뭐한다고 빌리러 갔것어. 아침나절 내동 손이 발이 되게 빌었그만. 그나저나 올해는 풍년이 들어야 빚도 갚고 그럴 것인디. 빚은 눈뎅이같이 불어가고 우쩨

살어야헐지 모르것네.」

밥 먹으라고 외치던 할멈이 아들인 성 싶은 사내의 말에 맞장구를 쳤다.

「아따 풍년이 들먼 뭐 우리한테 떡고물이라도 돌아온답디여? 풍년이먼 풍년이랍시고 싹 쓸어갈 것인디…….」

불평을 늘어놓는 젊은이 옆에서 노인이 자꾸 젊은이의 옆구리를 찔벅거렸다. 화담 일행이 영 껄끄러운 모양이었다. 하기사 누가 봐도 양반 차림이었으니 노인이 켕겨 하는 것이 당연했다.

서슬 푸른 양반이라면 젊은 사내의 말을 듣고 가만 있을 리가 없었다. 관청으로 끌고가 치도곤을 내도 찍소리하지 못할 불충스런 말이었던 것이다.

「아따, 아부지는. 시방 내가 틀린 말 했소? 뼈 빠지게 일하먼 뭔 소용이냐 말이요.」

젊은이는 아버지에게 심통을 부렸다.

「괜찮소이다. 양반이긴 하오만 양반임을 자랑스레 내세우고 살아본 적이 없는 사람들이올시다. 괘념치 마시오. 그나저나 여긴 들이 제법 넓은데 그래도 살기가 피곤하신 모양이지요?」

화담이 노인에게 말을 건넸다.

「들이 넓으면 뭐한다요? 일만 많고 뺏기는 것만 많제. 차라리 나는 것이 적으면 굶는 것이사 하늘의 뜻이려니 허고 체념이나 할 텐디 가을걷이 때 한번 와보씨요. 달구지 수십 대가 줄줄이 들 서갖고 쌀을 실고 가는디 그걸 보는 우리 맴이 어떻것소. 불이라도 확 싸지르고 싶어진당께요. 봄에 빌어묵은 보리쌀 몇 말이 가실에는 쌀 한 가마로 둔갑을 허는 것도 미칠 일이제만 이자는 고래 받아 쳐묵음서 소작료라고 주는 것은 쥐새끼 오줌만큼도 안 된다요. 빌어묵을!」

「어느 세상에는 안 그랬드냐. 세상살이가 다 고역이제. 부자고 가난뱅이고 양반이고 쌍놈이고 다 마찬가지다.」

노인은 잡초가 무성하게 웃자란 무덤을 덧없이 바라보았다.

「노인장의 말이 옳소. 양반이나 상민이나 무어 다르겠소. 똑같이 흘러가는 강물일 뿐.」

「양반이시라 멀 모르신갑는디 양반과 상민은 하늘과 땅 차이요. 뭐가 똑같다요? 양반은 따신 이밥에 호의호식허고 상놈은 실컨 일하고도 두 끼 밥도 챙겨먹기 어려운디 뭐가 똑같소? 선비님도 한번 배를 곯아보시오. 이놈의 세상이 똑같이 보이는가.」

젊은 사나이가 매처럼 날카로운 눈을 번득이며 화담의 말에 쏘아부치고는 그 지긋지긋하다는 일을 찾아가버렸다. 화담의 눈가에 잔잔한 주름이 잡혔다.

「미안허요. 피가 끓는 나이라 불퉁거려 쌓지만 심성은 고운 애니 이해하시구려.」

「아닙니다. 외려 제가 속끓는 말만 했나 봅니다.」

화담은 여전히 그늘진 기색으로 봇짐을 챙겼다.

「덕분에 점심 잘 했습니다. 그럼 고생들 하십시오.」

꽁보리로 헛부른 배를 문지르며 농부들은 다시 못줄을 잡거나 허벅지까지 걷어붙인 차림으로 논에 들어섰다. 화담은 선이 분명한 두툼한 입술을 꾹 다물고 길을 재촉했다.

오월의 바람은 제법 선선했지만 태양만은 한여름처럼 뜨겁게 타올랐다. 수양버들이 휘들어진 가지를 흔들고 있는 너른 들 사이 길이 아스라히 이어져 있었다.

22. 미륵불이 가사를 벗어던진 사연

벌써 땅거미가 내렸다.

「아니, 아직도 안 오셨나?」

남궁두가 낮잠을 실컷 자고 나서 하는 말이었다.

「안 오셨네.」

서기는 가슴을 졸이며 계속 두류산 쪽을 바라보고 있었건만 지함 일행은 끝내 나타나지 않았다. 아무리 걸음이 늦어도 장사꾼들이 지나간 지가 벌써 얼만데 나타나지 않을 리가 없었다.

「아무래도 길이 갈린 것 같네.」

「뭐라고? 그럴 리가.」

남궁두가 낭패한 얼굴로 말했다.

전우치도 자리를 털고 일어났다.

「이제 어쩌는가? 만나기는 아주 틀렸는가?」

「아니네. 방법을 찾아보세.」

「그래도 하룻밤은 여기서 지내보세. 혹 아는가. 늦게라도 이

길을 지나가실지.」

서기가 미련을 버리지 못하고 더 기다리자고 하자, 두 사람도 따르기로 했다. 내일부터 걸어도 크게 늦을 일이 아니었다. 노숙을 하기에도 별 무리가 없을 성싶은 초여름 날씨였다.

밤새 서기가 눈을 붙이지 못하고 길손을 일일이 살폈으나 지함은 이튿날 날이 밝도록 지나가지 않았다.

「틀렸네. 다른 길로 가신 게 틀림없네.」

전우치가 아쉬워하는 서기에게 말했다.

「그러니 이제는 어쩌겠는가? 어디로 갔는지 무슨 재주로 안단 말인가?」

서기가 낙담을 하여 두 손으로 머리를 감쌌다.

그러자 남궁두도 손으로 턱을 괴고 곰곰이 생각했다.

그렇게 이것저것 생각을 하던 남궁두가 손뼉을 딱 하고 쳤다.

「됐네. 만약 그 노인이 화담 선생이시라면…….」

「화담일 리가 없네. 여기 책이 있지 않은가?」

서기가 남궁두의 말을 자르면서 진결을 꺼내보였다.

〈홍연진결〉겉장에는 틀림없이 화담이 이지함에게 준다는 글이 적혀 있었다. 그러고 보면 서기가 화담이 살아 있다는 것을 믿지 않는 것도 그럴 만한 것이었다.

「내게 좋은 수가 있네. 화담 선생님이 틀림없다면 다음에는 분명 지리산으로 가실 걸세.」

남궁두가 자신있게 말했다.

「무슨 근거로 그렇게 예상하는가?」

전우치가 묻자 남궁두가 대답했다.

「화담 그분하고 지리산 산천재의 조식 선생하고는 막역한 친구 사이라네. 두 분이 어찌나 친한지 한번 만났다 하면 밤이 되는지 해가 뜨는지도 모르고 이야기를 나누셨다네. 그것도 모자라서 지리산에서 한번 만나고, 그 다음에는 속리산에서 한번 만나고 그런다네. 그러니 화담이 여기까지 왔다면 지리산에 가지 않을 까닭이 없네. 거기 가서 기다리면 만날 수 있을 걸세.」

세 사람은 지리산으로 가서 화담 일행을 기다리기로 했다.

서기는 이지함과 함께 다니는 사람이 화담일 리가 없다고 생각했으나 별 다른 수가 없어 남궁두의 말을 따르기로 했다. 그렇게 해서라도 지함을 만날 수 있다면, 그래서 이 엄청난 내용이 적힌 화담의 진결을 전할 수만 있다면 그런 것은 상관없었다. 화담이야 아직 눈으로 확인한 것이 아니지만, 화담이 지함에게 준다는 글이 적힌 책이 엄연히 있는 바에야 그런 것은 따질 필요도 없었다.

어부의 말로는 이틀이면 갈 수 있다고 한 화순이었다. 그러나 해사 마을을 돌아오느라 꼬박 하루 반이 더 걸렸다.

화순 땅은 그저 평평한 지세였다. 높지도 낮지도 않은 산들이 동서남북을 걸쳐 병풍처럼 두르고 서 있어서 더 아늑해 보였다. 지금까지 거쳐온 강진이나 보성과는 달리 평야라 부를 만한 변변찮은 들조차 보이지 않았고 어디나 고적한 산 속 같았다.

산은 제법 웅장하고 험준해 보였지만 그렇다고 사람을 위압할 정도는 아니었다. 사람이 깃들어 살기에 마침 맞은 정도였다.

험준한 고개를 몇 개 넘어 능주현에 도착한 것은 점심때가 약간 지나서였다. 고적한 뻐꾸기 울음소리 사이로 드문드문 돌 쪼는 소리가 들려왔다. 천불천탑을 깎는다는 스님이 내는 소리인 모양이었다.

산이 질박한 것처럼 절도 대웅전 하나에 요사채 하나만 있었다. 별로 높지 않은 대웅전이 저물어가는 하늘을 떠받치듯이 머리를 쳐들고 있었다.

「스님. 스님.」

운주사 일주문을 지나 경내에 들어선 일행이 몇 번 스님을 불러 보았지만 응답이 없었다.

지함 일행은 대웅전으로 들어섰다. 쓸쓸한 향내가 가득한 법당엔 자그마한 미륵불 한 좌가 고적한 어둠을 지키고 있었다.

무심코 미륵불을 쳐다보던 지함은 이상한 생각에 눈을 크게 뜨고 다시 바라보았다.

여느 사찰에서는 보지 못한 특이한 불상이었다. 가사도 걸치지 않은 알몸이었다. 가사는 미륵불이 깔고 앉은 범종 위에 얹혀 있었다. 자비가 철철 넘치는 다른 불상들과 달리 얼굴을 반쯤 찡그리고 있었고, 그 얼굴 가득 세상사 번뇌를 담고 있었다.

「선생님. 미륵불인 것 같은데 좀 이상하지 않습니까? 처음 보는 형상인데요.」

「흠. 그렇군.」

열린 문 사이를 간신히 비집고 들어온 햇살이 미륵불의 고뇌에 찬 얼굴을 정면으로 비추는 바람에 미륵의 고통이 더 선연히 드러났다.

「언젠가 이 불상에 대해 들은 적이 있는데, 예서 만나게 되는구만. 내 기억이 틀리지 않다면 이건 신라 때 만들어진 금동미륵반가사유상일세. 석가불 다음에 세상에 나타나 도탄에 빠진 중생을 구제한다는 미륵불이지.」

화담이 미륵불을 지그시 바라보며 입을 열었다.

「미륵불은 세상을 구제하겠다는 크나큰 뜻을 세우고 이 세상에 내려왔지만 그만 절망하고 말았다네. 내가 미륵불이다 하면서 도탄에서 건져주려 했더니 외려 중들은 미륵불을 알아보지 못하고 달려들어 죽이려 한 것일세. 그러니 미륵불은 이리저리 도망다니는 신세가 되고 만 거지. 그래 화가 치민 미륵불은 온갖 절에서 아침 저녁으로 자기를 불러내던 범종을 종각에서 끌어내렸다네. 그리고는 미륵의 형상인 가사를 벗어 종 위에 얹어 놓고 그 위에 다리를 꼬고 올라앉았지. 도대체 이 불쌍한 중생들을 어찌 구제해야 하나, 그렇게 고민에 빠져있는 모습을 형상화한 것이 바로 이 미륵불상일세.

어떤가? 신라적 조상들의 상상력도 상상력이지만 그 생각의 깊이가 천길 만길 깊지 않은가? 타락한 불교를 이렇게 한눈에 알아볼 수 있게 꼬집을 수 있다니 가히 놀라운 기지일세.」

성리학자인 화담은 지금껏 단 한번도 불상 앞에 절을 하거나 고개를 숙여본 적이 없었다. 그러나 지금 화담은 정중하게 옷깃을 여미고 향통에서 길다란 향을 세 개 뽑아 불을 붙인 뒤 허리를 굽혀 세 번 예를 올리고 향로에 꽂았다.

화담이 사른 향은 짙은 향기를 뿜으며 타올랐다.

지함도 고뇌하는 미륵불에 대한 진한 애정으로 절을 올렸다. 도가 통하지 않는 세상, 구원을 거부하는 중생을 포기하지 않고 미륵은 깊은 고뇌로 새로운 길을 찾고 있었다. 중생이 거부하는 도란 이미 도가 아닌 것을 미륵불은 알고 있는 것이었다. 이미 세상의 도를 얻은 자임에도 불구하고 새로운 도를 찾아 고뇌하는 모습, 무릇 도를 찾는 이의 자세란 이러해야 하지 않겠는가.

어제 점심 때 만난 젊은 농부의 불퉁스런 말이 떠올랐다. 그
는 화담이 수십 년간 닦은 도를 말하자 단 한마디로 깔아뭉개버
렸다. 모든 기는 한 뿌리이며 평등한 것이라는 화담의 말이, 하
루하루 차별을 느끼고 살아가는 그 젊은이에겐 한낱 한가한 탁
상공론에 지나지 않았던 것이다.

「선비님도 굶어보시오.」

이 말로써 그 사내는 화담을 비웃기까지 하였다. 그러나 화담
은 이미 그런 속세의 고뇌 쯤은 예전에 떨쳐버린 사람이었다.

지함이 산방에 있을 때 다른 학인에게서 들은 말이 있었다.

어느 날 강문우라는 학인이 쌀을 짊어지고 산방에 갔다. 그
날도 화담은 하루 종일 낯빛 하나 흐트리지 않고 강설을 했다.
강의가 끝나 쌀을 내어놓으니 화담이 빙그레 웃으면서 '너 본
지가 언제더냐' 하고 물었다. 화담은 벌써 나흘 째 끼니를 잊고
있었던 것이다.

율곡을 가르친 허엽도 그런 화담을 본 적이 있다고 했다.

갑자기 장마비가 내려 학인들은 산방에 갈 수가 없었다. 계곡
의 물이 불어서 감히 건널 엄두가 나지 않아 아무도 계곡 건너
에 있는 산방을 찾지 못했던 것이다.

장마는 엿새나 계속되었다. 비가 그쳐 허엽이 산방에 가니 화
담은 엿새 동안 끼니를 잊고 혼자서 거문고를 타고 있었다.

그런 화담이었다. 그런 화담이 오늘 미륵을 만나고 있는 것이
었다. 부처도 공맹도 아닌 미륵을.

지함은 조용히 법당을 나왔다. 자그마한 법당 뜰엔 가꾸지 않
아도 제 스스로 자라는 들꽃들이 흐드러지게 피어 있었다.

문득 민이가 내밀던 꽃다발 향기가 코끝을 스쳐갔다. 민이는

늘 들판에 지천으로 피어나는 들꽃을 부러워했었다.

집안에 갇힌 여인네의 암담한 처지에 대한 반항이었을까. 들꽃의 자유를 그리던 민이, 누군지는 모르나 산을 울리며 돌을 쪼는 저 스님도 민이처럼 자유를 그리워하는 사람일 것이다. 스님은 무엇에 갇혀 있어 자유를 꿈꾸는 것일까.

지함의 혼잣말에 응답이라도 하듯 정소리가 뚝 그쳤다.

벌써 해가 서쪽으로 많이 기울어 있었다. 저녁과 더불어 산사에 휴식이 찾아온 것이다.

잠시 후 자박거리는 발소리와 함께 정 소리를 내던 중이 산을 내려왔다. 그는 무거운 연장이 든 걸망을 짊어지고 긴 그림자를 늘어뜨리며 나타났다.

노승의 얼굴이 점점 또렷하게 보이기 시작했다. 하루 종일 돌을 깎기엔 너무 연로해 보이는 중이었다.

노승을 마주 한 지함은 저도 모르게 두 손을 모아 합장을 올렸다.

보는 사람으로 하여금 스스로 겸허의 마음이 우러나게 하는 위엄이 서린 얼굴이었다. 아니 그보다는 법당에 외로이 놓인 미륵불과 마찬가지로 짙은 고뇌에 잠긴 표정이 너무도 절실해서 고개를 숙이지 않을 수가 없는 얼굴이었다.

「지나던 길손이온데 하룻밤 묵기를 청하고자 합니다.」

노스님 역시 조용히 두 손을 마주 모았다.

그리고 걸망을 내려 다시 쓸 연장들을 갓난애 다루듯 조심스레 꺼내 꼼꼼하게 챙겨놓았다.

그때였다.

「아니, 이게 뉘시오?」

법당에서 나오던 화담이 우뚝 걸음을 멈춰섰다.

노승이 천천히 화담을 돌아보았다. 그리고는 화담의 놀란 목소리가 무색하게 담담한 목소리로 말을 받았다.

「화담 선생이시군요. 우리 인연은 정말 질긴가 보오. 이렇게 다시 만나게 되다니……. 안으로 드시지요.」

두 사람이 안으로 들고 나서 지함은 묘한 표정을 짓고 있는 박지화의 옷깃을 붙잡았다.

「뉘신데 선생님이 저렇게 놀라십니까?」

「지족 선사일세.」

「예? 작년에 송도에서 사라졌다는 그 지족 선사 말씀입니까?」

「그렇다네. 참 세상은 넓고도 좁구만 그래.」

지함은 늦게 화담 산방에 입문했던 터라 지족 선사를 만날 기회를 얻지 못했지만 지족과 황진이에 얽힌 그 유명한 얘기만큼은 잘 알고 있었다. 황진이 때문에 삼십 년 공든 탑을 무너뜨리고 송도에서 자취를 감추었다는 지족이 이곳 운주사까지 와서 천불천탑을 조성하고 있을 줄이야.

「선비님들도 안으로 드시지요.」

저녁 종소리처럼 투명하고 적막한 지족의 음성에 이끌려 두 사람은 법당 안으로 들어갔다.

「땅은 넓어도 죄인이 도망칠 곳은 없다더니만. 세속 말이 다 일리가 있는 모양입니다그려. 지족을 버리고 이름없는 석공으로 새 도를 쌓기 시작했는데……. 이렇게 지족이라는 부끄러운 이름을 다시 만나게 하는 사람들이 나타났으니…….」

「손님치고는 달갑지 않은 손님이겠군요.」

「허허허.」

지함의 짓궂은 말에 지족은 너털웃음을 터뜨렸다. 말로는 과거를 부끄러워하고 있는 듯했지만 실제로는 전혀 그런 것 같질 않았다.

「아니오. 오히려 고마운 손님이올시다. 다른 사람은 나를 비추어 볼 수 있는 거울이지요. 손님들을 통해 내가 과연 지족을 버리는데 성공했는지 확인할 수도 있겠지요. 그러니 여러분은 부처의 현신인 셈이지요.」

지족은 이미 과거의 지족이 아니었다. 천불천탑을 쌓는 거대한 원을 세운 석공으로서 그들 앞에 앉아 있었다.

「그나저나 시장하실 텐데 좀 기다리십시오.」

운주사에는 밥 지어주는 보살도 불목하니도 없었다.

하루 종일 돌을 쪼다 온 지족은 자그마한 부엌으로 나갔다. 지함과 박지화가 따라나서려 했지만 지족은 굳이 마다했다.

무슨 생각을 하는 것일까. 뜻밖에 지족을 만난 화담은 눈을 내리감은 채 어둠과 같은 침묵에 잠겨 있었다.

지족 선사는 송도에서 이름높은 선사였다. 그 높은 이름 때문에 지족은 황진이의 첫번째 표적이 되었다.

황진이는 제 스스로를 송도 삼절 가운데 하나라 일컬을 정도로 오만하고 도도했다. 원래 송도 관기의 딸로 누군지 이름도 알 수 없는 양반의 씨를 받아 태어났고, 장성해서는 제 어미를 따라 관기가 되었다.

조선 사회에서 기생이란 백정이나 장인과 다를 바 없이 천한 신분이었다. 종과 다름없는 그가 스스로를 송도 삼절이라 해도 누구 하나 그 말을 과하다고 탓하지 않았다. 그만큼 황진이는 뛰어난 여자였다. 사내들의 뼈를 녹이는 방중술만으로 대접을 받은 것이 아니었다. 수려한 미모도 그렇거니와 천상의 선녀를 연상케 하는 춤솜씨를 갖추었고, 내노라 하는 선비들도 혀를 내두를 정도로 학식이 깊었으며 시심(詩心)은 고개를 절로 숙일 만큼 탁월했다. 만약 남자로 태어났더라면 비록 종의 신분이더라도 무엇인가 세상을 위해 큰일을 이루어낼 만한 인물이었다. 그러나 그는 남자도 아니었고 양반도 아니었다. 여자로 태어났으며 더욱이 몸을 팔아야 하는 기생 신분이었다.

비록 기생이었지만 황진이는 한낱 사내의 노리개에 머물기를 거부했다. 소문난 명기 황진이를 첩으로 앉혀보려고 명문 사대부들이 금은보화를 싸들고 줄을 이어섰지만, 황진이는 그들을 모두 물리치고 스스로 기생으로 남았다.

사람이란 손에 잡히지 않는 것에 대한 욕심이 더 크다는 말이 맞긴 맞는 듯했다. 좀처럼 얻기 어려운 황진이의 마음을 사로잡기 위해 전국 각지의 사내들이 송도로 모여들었다. 황진이의 집 앞은 늘 그런 사내들이 장사진을 이루고 있었다. 황진이가 송도 장사치를 모두 먹여살린다는 말이 항간에 파다하게 퍼질 정도였다.

황진이는 기생이면서도 기생이 아니었다. 황진이는 남자의 부름에 쉽사리 응하지 않았다. 여자인 황진이 마음대로 남자를 청하고 놀이를 즐겼다.

그런 황진이가 야심한 밤에 지족을 찾아갔던 것이다.

비 내리는 밤이었다.

도롱이도 받쳐입지 않고 우산도 쓰지 않은 한 여인네가 빗속을 더듬어 계곡을 오르고 있었다. 여인네의 얇은 비단 저고리는 비에 흠뻑 젖어 여인의 고운 몸을 감춤없이 내비쳤다. 한발자국 떼어놓을 때마다 여인의 부드러운 살집이 물결치듯 탄력있게 출렁였다.

밤늦은 술시(戌時), 송악사 스님들은 이미 깊은 잠에 빠져들어 있었다. 고색창연하게 비를 맞고 있는 송악사도 함께 깊은 잠이 들어 있었다.

황진이는 몸에 착 달라붙은 저고리의 물기도 짜내지 않고 방 장문을 두드렸다.

잠시 후 선정에 들어 있던 지족 선사가 발을 제치고 나타났다. 모두 잠든 그 시간에 지족은 홀로 철야 정진 중이었다.

황진이는 지족의 얼굴을 단 한번도 본 적이 없었다. 그렇지만 아직도 소년처럼 피부가 투명한 노승의 얼굴을 보고 그가 지족임을 단번에 알아차렸다. 지족은 청아한 얼굴이었지만 눈빛만큼은 단 한 치의 틈도 없이 매섭고 날카로웠다:

「야심한 시간에 웬 아낙이오?」

기생의 신분으로는 감히 쳐다볼 수도 없는 큰스님이었다.

「저어, 길을 잃고 헤매다가 그만……」

황진이는 젖은 머리카락을 쓰다듬으면서 말했다. 그리고 속살이 다 드러난 몸을 오들오들 떨었다. 젖은 옷 사이로 살색 투명한 육체가 관능적으로 흔들리고 있었다.

「들어오시오.」

송악산에 여자가 밤 늦게 들어올 일이 없었다. 길을 잃을 일이 없는 것이다. 황진이가 한 눈에 지족을 알아본 것처럼 지족 역시 황진이를 금세 알아보았다. 몸으로 달려오는 이 여인네가 그 유명한 황진이임을 몰라볼 리 없었다.

황진이가 방 안으로 들어서자 지족은 그에게 낡은 가사 한 벌을 내주었다.

「입으시게.」

가사를 받아든 황진이는 지족 앞에서 젖은 옷을 훌훌 벗기 시작했다. 희디흰 여체가 희미한 등불 아래서 춤을 추듯 움직였다. 전 속력으로 달리는 말의 탄탄한 엉덩이를 닮은 몸이었다.

황진이가 스스럼없이 옷을 벗어던졌다. 지족은 난생 처음 여자의 몸을 바라보았다.

황진이는 춤을 추듯 요염하게 몸을 틀며 천천히 가사를 걸쳤다. 얇은 가사도 무르익은 여자의 몸을 가리지는 못했다.

「스님, 춥사옵니다.」

황진이는 바들바들 떨며 무릎걸음으로 지족에게 다가왔다. 황진이의 입술이 새파랗게 질려 있었다. 작고 도톰한 입술에서는 묘한 신음소리가 흘러나왔다. 추위에 견디지 못하는 신음소리 같기도 했고 절정에 다다른 여인의 교성 같기도 했다.

처음에는 지족이 담담하게 황진이를 바라보기만 했다.

얼마만일까. 지족은 벌떡 몸을 일으켜 세워 이불 한 장을 내려 황진이에게 주었다. 그리고 벽을 향해 가부좌를 틀었다.

「시자야! 요사채 빈 방에 불을 지피고 이부자리를 마련하거라.」

지족이 흔들리는 음성으로 시자를 불렀다.

「불을 지피고 나면 방이 따뜻해질 것이고, 그러면 몸도 따뜻해질 것인즉 건너가 편히 쉬게.」

여전히 벽을 향해 앉은 지족의 말이었다.

「저를 겁내시는 겁니까? 도가 높은 스님께서 겁내시는 것도 있습니까? 부처님께서는 세상의 모든 악도 다 스승이라 하셨거늘 스님은 무엇을 겁내고 소녀를 내쫓으시려는 겁니까?」

당돌한 대꾸에 지족이 놀랐다. 문득 몸을 돌려 황진이를 바라보았다. 두 사람의 눈길이 허공에서 불꽃을 일으키며 부딪쳤다.

가사 앞섶이 벌어지면서 황진이의 가슴이 그대로 내비쳤다. 그런데도 황진이는 여밀 생각을 하지 않았다. 오히려 지족의 눈길을 피하지 않고 빤히 응시했다.

지족의 부름에 잠이 깬 시자가 문 앞에서 어른거렸다.

「됐다. 들어가 자거라.」

법랍 사십 세, 속세의 나이로는 쉰인 지족, 열 살 때 입산한 이후로 여자를 가까이 해본 적이 없는 지족이었다. 경전을 읽고 염송을 하면서 색(色)은 이미 오래 전에 떠나보낸 것이었다. 젊은 한때에는 밤마다 끓어오르는 육체의 욕망에 잠 못 이룬 밤도 많았다. 그래서 탐진치(貪瞋癡) 세 가지 독을 버리기 위해 끊임없이 글을 읽고 염불을 했던 지족이었다.

그런데 느닷없이 비내리는 산사에 찾아든 이 여인.

여인은 소문대로 천하절색이었다. 하늘이 내린 만유 중에 가히 최고라고 할 만한 게 여자 아닌가. 지족도 그런 생각은 하고 있었던 것이다.

지족은 선정을 접고 촛불을 껐다. 그리고 황진이가 누운 이부자리 윗목에 누웠다.

지족은 눈을 뜨고 태초와 같은 어둠을 보았다. 다 끊어냈다고 믿었던 욕망이 몸 깊은 곳에서 꿈틀거리기 시작했다.

지족은 눈을 감았다. 그러나 눈을 감아도 욕망은 더욱 거세게 타올랐다.

대체 여자란 무엇인가? 이 질긴 욕망은 어디에서 오는 것인가?

참담한 절망 속에서 지족은 욕망의 불길을 잠재우기 위해 생각을 가다듬었다. 일찍이 고려 스님 진각 국사가 공안 1700가지를 모아 선가(禪家)에 전했지만 여자 문제는 그 속에 전혀 없었다.

뜨거운 여자의 몸이 가까이 다가오고 있었다. 욕망의 사슬에 휘감긴 지족은 꼼짝달싹할 수 없었다.

불덩이같은 손길이 지족의 몸에 와 닿았다. 순간 모든 생각이 일시에 사라지고 뭐라 형언할 수 없는 전율로 지족의 몸이 떨려 왔다.

지족은 왜 몸이 꿈틀거리는지 알 수 없었다. 머리 속에서는 온갖 부처의 명호가 날아다니고 온갖 화두가 들락거렸지만 몸은 따로 있었다.

황진이는 남자의 전율이 무엇을 의미하는지 잘 알고 있었다. 황진이는 더욱 부드러운 손길로 지족의 떨리는 몸을 쓸어내렸다.

그러나 황진이의 가슴 속은 허망하기만 했다.

대체 그것이 무엇이길래 이 이름 높은 지족까지 무너지고 마는가. 차라리 예서 그만두고 지족이 자신의 도를 지키게 하고 싶다는 생각도 했다. 그렇지만, 황진이의 골수에 깊이 박힌 절망이 자신을 벼랑으로 내몰고 있었다.

「스님, 소녀는 처녀도 아니옵고 지어미도 아니옵니다. 뭇 남자들이 왔다가 지나가는 그저 기생일 뿐이옵니다. 스님께서 저

를 가까이 한다고 해서 아무것도 달라지지 않으니 죄 짓는다는
생각은 조금도 마옵소서.」

「아!」

지족의 입에서 끈적끈적한 탄성이 터졌다.

황진이의 그 말이 왜 그토록 살갑게 들리는지 모를 일이었다.
황진이는 지족의 품 안 깊숙히 파고들어 지족의 가사 고름을 풀
고 있었다.

여인이여, 당신의 업은 오로지 당신에게 달려 있는 것이오.

지족은 다시 눈을 홉뜨고 어두운 천장을 쳐다보았다.

이 여인은 제 입으로 기생임을 밝히며 색에서 자유롭다고 말
한다. 그러면 나는, 내가 수십 년간 이루어온 것은 무엇인가.

「스님. 부처님께서도 야수다라비와 꿈같은 밤을 나누었답니
다. 그러니까 아들도 낳았겠지요. 어디 그뿐이겠어요? 명색이
황태자였는데, 어떤 여인인들 겪어보지 않으셨겠어요?

부처님이야 이미 온갖 종류의 색을 경험해 보시고 나서 한
말씀이지만, 스님께서는 한번 겪어보시지도 못하고 부처님이 저
놈이 적다 하고 정해 놓은 것을 누군지 알아보지도 않고 나쁜
놈이라고 하고 계시다니. 스님 몸으로 직접 겪으시고 정말 계율
로 다스려야 할 것이라면 그때 가서 다스리십시오. 저는 후회도
않고 미련도 안 가집니다. 날이 새면 그저 떠날 뿐입니다.」

오, 어찌 내게 비수를 들이대는가.

허공, 오로지 뜨거운 여인의 숨결만이 허공을 메우고 있었다.
지족의 가슴에 올려놓은 황진이의 고운 손에서 피가 송긋송긋
뛰었다. 지족은 사십 년 동안의 수도가 와르르 무너지고 있음을
느꼈다.

「내가 이미 네 이야기를 듣고 있었다. 설법 중에 경계하는 말을 할 때 네 이름을 들어 말한 적도 있었느니라.」

「저도 중생입니다. 스님께서 저를 안아주시면 저 또한 깨달음의 길로 갈 수 있는 인연을 짓는 것이겠지요. 아무리 누추한 집이라도 왕이 한번 거처하면 귀한 집이 된다고 하지 않습니까? 스님 같은 대덕의 손길을 한번 받으면 소녀같은 기생도 불심(佛心)을 가질 수 있을 것입니다.」

그러나 지족은 황진이의 마음이 그렇게 열려 있지 않음을 알았다. 황진이는 자신의 재주로 세상을 비웃고 시험하는 것일 뿐이었다.

「무엇이 더러운지 한번 말씀해 보십시오. 여자란 더러운 것입니까?」

이 말에는 한 가닥 진실이 배어 있었다.

그렇구나. 여인이여. 무엇이 당신을 괴롭히는지 알겠소. 그러나 각자의 몸이란 전생의 업이오. 뿌리칠 수 없는 것, 당신이 몸부림친다고 벗어날 수 있는 것이 아니오.

「아닐세. 나 역시 남자일진대 어찌 여자를 더럽다 하겠는가.」

지족은 가슴에 놓인 황진이의 손을 가만히 쥐었다.

가슴이 금시 터질 듯 부풀어 올랐다. 고행을 하다 간간이 작은 깨우침을 얻을 때 느끼던 희열은 비교도 되지 않을 만큼 야릇한 흥분으로 온 몸이 긴장되었다.

지족은 더 이상 자신의 몸을 스스로 주체할 수가 없었다.

무너져 보리라. 알 수 없는 이 욕망의 정체가 무엇인지 무너져 보리라. 설령 무(無)밖에 남는 것이 없다 할지라도 내 발로 끝을 향해 걸어가 보리라.

교접술이란 태초에 인간의 몸과 함께 주어진 것일까. 어디서 배우는 것도 가르치는 것도 아니었다. 그런데도 지족은 경험 많은 뭇사내들과 마찬가지로 자연스럽게 손을 놀렸다.

지족은 여자의 몸을 취하고 있었다.

쓰다듬다 보면 머물러 만져야 할 것이 저절로 솟아 있었다.

남자와 여자의 뿌리는 서로를 강렬하게 끌어당겨 다음 단계로 넘어갔다.

황진이는 지족의 손길을 기다렸다는 듯 거침없이 받아들였다. 뭇사내가 스쳐간 몸이지만 더없이 고결하고 순결한 처녀처럼 부끄러움과 자랑으로 빛나고 있었다.

황진이의 숨소리가 점점 거칠어졌다. 그의 몸은 언제나 본능적으로 남자를 원했다.

그렇지만 지족은 역시 사십 년을 선만 닦아온 큰스님다웠다. 그는 조금도 서두르지 않았다. 누구보다 깊고 그윽한 손길로 작은 기쁨 하나도 놓치지 않았다.

지족은 황진이를 쓸고 닦았다. 평생 단 한번의 교접에서 자신의 모든 것을 내던질 것처럼. 지족은 서서히, 그리고 집요하게 희열의 극으로 달려가고 있었다.

빗소리는 끈질기게 문풍지를 두드렸다.

아침이 밝았다.

지족은 황진이의 얼굴을 바라보았다.

황진이의 얼굴은 그대로 완전했다. 그렇게 지족의 눈에서 살아 움직였다. 세상에서 더없이 평화롭고 맑고 정결했다.

황진이는 여느날과 다름없이 일찍 일어났다.

지족은 뜬 눈으로 밤을 지새다가 새벽송으로 반야심경을 독송

했다. 새벽송을 따라도는 동자승들이 키들거렸다. 늦은 밤에 웬 여인이 방장에 들어간 것을 보았던 것이다. 그렇지만 지족은 아는 체도 하지 않았다.

지족이 방장으로 돌아왔을 때 황진이는 이미 떠나고 없었다. 이불도 어제 그 자리에 정갈하게 개켜져 있었다. 황진이가 다녀간 흔적은 어디에도 남아 있지 않았다.

후— 지족은 긴 한숨을 내쉬었다.

지족은 바랑을 꺼내 짐을 꾸렸다.

지족이 떠난 뒤 송도에는 지족의 소문이 무성하게 퍼졌다. 아니다, 그럴 리가 없다. 도력 깊은 지족 선사가 무너졌을 리 없다. 아니다, 그때 충격을 받고 절을 떠났다. 그게 아니다, 파계한 스승을 수좌들이 내쫓았다. 아니다, 황진이를 찾아나선 것이다. 소문은 들불처럼 번져나갔다가 속절없이 스러졌다.

김치에 나물 한 가지뿐인 단출한 식사가 끝나자 부산하게 밖으로 나간 지족은 술상을 차려왔다.

「웬 술입니까?」

「허허. 일이 워낙 고돼서 입에 대기 시작했소. 지금은 꽤 늘었습니다.」

술이 한 순배 돌았다.

「화담 선생님도 한 잔 드시지요.」

지족이 화담에게 술잔을 건네었다.

「아니오. 난 술은 안 할라오.」

「저, 선생님은 아무것도 잡숫지 않습니다. 스님께서 한 잔 더 하십시오.」

지함이 얼른 술잔을 잡아 지족에게 권했다.

　박지화와 지함은 황진이와 지족의 일을 생각하고 있었다. 그러나 아무도 입을 열지 못했다.

　「선사께서 천불천탑을 쌓고 계실 줄이야, 정말 뜻밖이외다.」

　「아니올시다. 내가 일으킨 일이 아니올시다. 내가 이곳에 들렀을 때 그분은 이미 세상을 뜨고 없었소. 소승도 소문이야 익히 들어서 알고 있었지만. 우연히 들렀다가 절을 지키는 이도 없이 비바람에 스러져 가고 있길래 소승이 뒤를 이었을 뿐이지요.」

　「처음에 쌓던 분은 돌아가셨군요.」

　「글쎄요. 그렇다고 하는 말도 있고, 중도에 어디로 가셨다는 말도 있고…….」

　박지화는 지족의 얘기에 별로 관심이 없어 보였다. 황진이 얘기를 꺼내고 싶어 미적거리는 게 역력했지만 너무도 담담한 지족의 태도에 어쩌지 못하고 있었다.

　「그러면 저 불사는 언제나 끝나게 됩니까?」

　「그 분이 구백불구백탑을 쌓았으니 제 몫은 백불백탑입니다. 난 이미 기력이 쇠해가고 있소. 여생 동안 끝을 낼 수 있을는지 모르겠소이다. 우둔한 머리로 금생 성불(成佛)은 이미 때를 놓쳤으니 내생 인연이나 지어놓고 떠날 생각입니다.」

　「선사께서 그처럼 불사에 노심초사하니 반드시 이루어내시겠지요. 설령 못하신들 또 어떻습니까? 누군가 선사의 뒤를 잇겠지요. 그런데 구백불구백탑이나 쌓은 분은 누구시길래 저런 엄청난 불사를 일으켰답니까?」

　화담이 계속 말꼬리를 이어갔다.

「가난한 농사꾼이었답니다. 땅만 파서 먹고 사는 무지렁이 백성이었지요. 그런데 어느 해 겨울 이 운주사 뒷산에 땔나무를 베러왔었지요. 그때 미륵의 현신(顯身)을 만났답니다.

미륵이 지금 법당에 모셔져 있는 불상을 툭 던져놓고는 이렇게 말씀하시더랍니다. '내 이미 신라 적에 이 땅을 다녀갔다. 그렇지만 불법을 받을 중생이 없어 헛수고만 하고 돌아갔었느니라. 여태껏 내가 어떤 모습으로 세상에 나가야할지 생각만 하다가 하도 답답해서 내려왔다. 그런데 자네 뜻이 금강같고, 끈기가 강물같아서 내 맡길 일이 하나 떠올랐다.'」

「미륵이 나타나셨다……. 거 참 신기한 일이로군요.」

「미륵이야 이미 여러 차례 세상에 났었지요.」

「그래요?」

「여러 모습으로 여러 세상에 나셨지요. 하지만 지혜를 지키려는 중생의 힘이 너무 약했지요. 그래서 미륵을 알아보기는 커녕 때려서 내쫓거나 죽이려고 덤벼들기나 하더랍니다. 그래서 나무꾼에게 나타나 천불천탑을 쌓으라고 했지요. 미륵이 세상에 나오도록 바라는 중생의 염원을 모으라 한 것이지요. 석가의 도수(度數)가 시작되어야 할 때인데 아직 미륵의 시대도 열지 못했으니 미륵의 마음이 급하셨던 게죠. 미륵이 오지 못하면 석가의 시대도 없고 중생은 도탄에 빠지고 업장은 더욱 두터워져 극락정토의 꿈도 꾸지 못할 테니까요.」

「그래서 자꾸 선비들이 떼죽음을 당하는 건지…….」

박지화가 혀를 찼다.

「그래서 그 나무꾼이 천불천탑을 쌓기 시작했군요. 벌써 선천후천이 얘기되고 있었군요.」

화담이 고개를 끄덕이며 말했다.

「하필이면 미륵은 왜 무지렁이 농사꾼을 골라 현신하셨을까요?」

지함의 물음에 지족은 빙긋 웃음을 머금었다.

「생각해 보십시오. 미륵의 현신을 바라는 중생의 마음을 모으는 일인데 무지렁이 농사꾼만큼 적격이 어디 있겠습니까? 저도 절밥을 먹어보았습니다만 중생의 마음을 제 마음처럼 헤아리는 스님들이 많지 않지요.

중생 스스로 새로운 세상을 만들고 준비하라는 미륵의 깊은 자비 아니겠습니까?」

지함은 그제사 고개를 끄덕였다.

「알겠습니다. 법당에 놓인 미륵 불상이 그래서 그렇게 중생과 같은 고뇌에 잠겨 있는 거로군요. 벌써 저 먼 신라적부터.」

「그럴 테지요. 그 미륵불이 바로 미륵이 농사꾼에게 던져준 불상이랍니다. 선사는 미륵이 현신한 터에 법당을 짓고 천불천탑을 쌓기 시작했지요. 언젠가 미륵이 오실 날을 위해서 말입니다.」

토정은 사화가 끊일 새 없는 조정을 보고 분기를 토출하던 것이 갑자기 부끄러웠다. 벌써 천 년 전에 그렇게 고민하고 걱정하던 사람들이 있었던 것이다. 그것이 미륵이든, 한 석공이든 그네들은 이미 중생에 대한 사랑이 그렇게 깊었던 것이다.

그것이었다. 화담이 이곳 운주사로 지함을 데려온 뜻은.

「그런데 저, 선사께서 송악사를 떠나신 후 들리는 말이 하도 여럿이라서 도무지…….」

박지화였다.

박지화가 잠시 말이 끊긴 틈을 타 번개같이 물어왔다. 그는 천불천탑 얘기보다 지족과 황진이에 얽힌 소문에 관심이 쏠려 있었다. 지함도 화담도 궁금한 이야기이긴 했다. 그렇지만 지족 의 묵은 상처를 건드릴까 싶어 모르는 체 했던 것이다. 그러나 궁금한 것은 어떻게든 알고 지나야 발을 뻗고 잠을 자는 박지화 가 그만 눈치없이 물어버린 것이다.

지함은 자못 긴장하면서도 호기심을 어쩌지 못하고 지족을 응 시했다.

「허허. 오늘 아무래도 못된 손님을 치르게 된 것 같습니다. 기다리시지요. 과실이란 저절로 익어 떨어지게 마련이고 꽃도 시들면 지게 마련이랍니다.」

지족은 고작 일 년 전부터 배웠을 술을 제법 능숙하게 들이 켜고는 손가락으로 김치 한 조각을 집어들었다.

「무엇을 알고 싶으신 게요? 설마 고명한 화담 선생의 제자께 서 세속 사람들의 호기심으로 묻는 것은 아닐 테지요.」

곧바로 치고 들어오는 말에 박지화의 얼굴이 시뻘개졌다. 재 미 섞인 호기심이 없지 않았던 지함까지도 얼굴이 붉어졌다. 화 담이 말 한마디 잘못했다가 곤욕을 치르고 있는 박지화를 보며 빙그레 웃었다.

「세속 사람들의 입방아가 아마 대부분 옳을 것이오. 자, 무엇 을 더 알고 싶으시오?」

박지화는 여전히 상기된 얼굴로 말을 꺼내지 못했다.

「사람의 호기심이란 다 이유가 있는 법이오. 내 말 한마디에 중죄인처럼 쩔쩔 맬 것 없소. 설령 그대가 단순한 호기심으로 물었다 해도.

호기심이란 무엇이요? 진실을 알고 싶어하는 욕망이 아니겠소? 내 그대에게 자신을 의심할 기회를 잠시 준 것뿐이오.」

지함은 술 몇 잔에 조금 흐트러진 자세를 바로 잡았다. 저녁 어스름을 등지고 나타났던 지족의 그림자만 보고도 손을 모았던 것처럼.

「그렇소. 내 입으로는 누누이 색즉시공 공즉시색(色卽是空 空卽是色)을 되뇌어 왔지요. 막상 색을 눈 앞에 대하고 나니 사십 년 수도가 그야말로 공(空)이었소. 그 아이가 내게 말합니다. 당신은 부처가 누군가를 가리켜 도적이라 하면, 알아보지도 않고 그를 손가락질부터 하겠느냐고. 그것이 옳고 그른지 당신 발로 직접 걸어보라고 합니다. 내가 사십 년 수도를 통해서도 깨닫지 못한 것을 한낱 기녀인 그 아이는 알고 있었던 게지요. 내가 육체의 욕망 때문에만 무릎을 꿇었던 것은 아니오. 그쯤이야 뿌리칠 수도 있었소. 그 아이의 말이 내 가슴을 찌릅니다. 부처가 색즉시공이라고 했을 때는 나처럼 색 앞에 눈을 감으라는 뜻은 아니었을 게요. 색을 색으로 볼 줄 아는 것도 진리가 아니겠소? 색을 색으로 이겨보려고 했던 거지요. 그러나 남은 건 외려 공입니다. 나는 그날 그 아이를 통해서 공즉시색 색즉시공의 의미를 처음으로 깨달은 것이오.」

호기심으로 빛나던 박지화의 눈빛이 어느새 무겁게 가라앉았다. 그리고 그도 나직한 지족의 말에 쏠려들고 있었다.

「내가 떠난 뒤 무슨 말이 오고 갔는지는 모르지요. 그러나 그게 무어 그리 중요하겠소. 어쩌면 나는 그 아이를 찾아 떠난 것인지도 모르오. 그 아이의 육체가 아니라, 그 아이가 눈뜨게 해 준 진리를 찾아서 말이오.」

지족은 마지막 남은 술 한 방울까지 쥐어짜듯 아낌없이 털어 마셨다. 마치 부처가 내린 감로수라도 마시듯 정성스레 들이켰다.

「때로 나는 그 아이야말로 미륵의 현신이 아닌가 하고 생각하기도 하오. 그 아이가 아니었다면 나는 헛된 미망에 사로잡혀도 아닌 도를 좇아 평생을 허비할 뻔 했소. 그 아이가 내게 온 것은 아마 부처님의 높으신 뜻이었을 거외다.」

지함은 문득 화담을 찾아왔다 홀로 화담 계곡의 적막을 밟아 가던 황진이를 머리에 떠올렸다. 그 쓸쓸한 웃음이 아직도 잊혀지지 않았다.

지족은 색인줄 알면서 그녀를 받아들였다. 화담은 그날 황진이를 기로 다스렸다. 황진이의 색을 받아들인 지족은 환골탈태(換骨脫胎)하는 변신을 했다. 완전히 새로운 모습으로 운주사의 천불천탑을 쌓는 석공이 된 것이다. 그리고 화담, 그는 황진이가 다녀갔어도 언제나 그렇듯 조금도 변하지 않았다.

지함은 그 차이를 분명하게 이해할 수 없었다.

색이 곧 이 혼란하고 어지러운 세상 아닌가. 사람이란 색에 끌리고 집착하면서 평생을 보낸다. 그 색이 곧 공임을 깨닫는 것, 그것은 공허한 말이 아니다. 색을 극복하는 곳에 있는 것이다. 사람이 색을 알지 못하고 어찌 공을 알 수 있겠는가. 색 없는 공은 그야말로 헛된 공일 뿐이다.

「황진이도 선사께서 떠나시고 얼마 후 송도를 떠났습니다.」

황진이의 이름이 나와도 지족의 표정에는 별로 변화가 없었다.

황진이가 화담에게 들렀었다는 얘기를 더 꺼낼까 했으나 지함은 입을 다물었다. 지족과 화담의 차이를 아직 지함은 확연히 구분할 수 없었다.

「그 아이는 내게 머물며 나를 깨우쳤소. 정작 도를 깨쳤다는 나는 그 아이에게 준 것이 없소이다. 그 아이는 자신의 신분 때문에 어쩌는 수 없이 색을 통해 세상을 보고 있었소. 그 아이만큼 절실하게 진리를 찾는 이도 없을 것이오. 그 아이의 뜨거운 몸짓은 색이 강해서가 아니었소. 그것을 통해 무언가를 찾아보려는 몸부림이올시다. 혹 모르지요. 그 아이도 나를 통해 색의 무상함을 느꼈는지……. 그렇기를 바라고 있소만…….」

지족의 표정이 점점 법당의 미륵불을 닮아갔다.

지함은 둔중한 쇳덩이로 머리를 한 대 얻어맞은 것처럼 아찔했다. 그 충동이 지함의 온몸 구석구석을 짜릿하게 훑어내렸다.

그렇다. 고통없이 어찌 공을 알겠는가. 무릇 세상사란 고뇌의 덩어리다. 도를 얻으려면 천길 나락같은 고뇌 속을 헤매지 않으면 안 된다. 고통없이 얻은 도는 단지 도의 그림자, 허상일 뿐……. 고뇌하는 미륵불, 고뇌하는 지족의 모습은 바로 모든 사람의 모습이다. 그만큼 진실하고 아름답지 않은가?

「그러고 보니 송도에서는 사람다운 사람이 다 빠져나갔군요.」

무엇을 생각하는 것일까. 화담은 시선을 먼 곳으로 향한 채 아득하게 정신을 놓고 있었다.

「그 아이가 나를 찾아왔습디다. 선사가 떠나신 뒤 얼마 후였을 겝니다.」

화담 역시 황진이를 머리 속에 떠올리고 있었던 모양이었다.

「참으로 절색이더군요. 나야 불가와 달리 교접을 계로 삼고 있지는 않습니다. 그렇지만 그 아이를 그냥 돌려보냈습니다. 저도 그 아이가 단지 색을 밝히는 계집이 아니라 무언가를 절실하게 갈구하고 있음을 느꼈습니다. 그래서 기를 나누었지요. 그 아이가 넘쳐나는 기로 허덕이는 것을 제가 다른 기로 꺼주었습니다.」

「기로 끄시다니요?」

「불을 다스리는 데에는 두 가지 방법이 있습니다. 하나는 물을 끼얹어 끄는 것이고, 다른 하나는 맞불을 일으켜 그 불을 쇠하게 하는 것입니다. 나는 늙어 물을 길어낼 기운이 없어서 맞불을 일으켜 그 아이의 불을 끈 것이지요.」

「허어. 화담 선생께서는 그렇게 해서 그 아이의 색을 다스리셨군요. 내 색은 그 아이가 깨뜨렸건만 정작 그 아이의 색은 화담 선생님이 깨주셨군요……. 아프오이다. 가슴이 아프오이다.」

「선사께서도 그것을 깨지 못한 것은 아니오. 오히려 정으로 그 아이를 도닥거려 주신 거지요.」

촛불이 일렁거리며 검은 그을음을 남겼다. 문이 닫혔건만 어디로 바람이 새들어오고 있었다.

술이 떨어진 지 벌써 오래 되었다. 밤은 깊어만 갔다. 그러나 누구도 침묵을 깨뜨리려 하지 않았다. 아무도 자리에서 일어나지 않았다.

「지족 선사님. 그래서 그 뒤로 어디를 다녀오셨습니까?」

성질이 급해 오래 참지 못하는 박지화가 또 나섰다. 답답한 침묵의 무게를 견디지 못하고 먼저 입을 연 것이었다.

「지족이라니……. 그가 누구요? 나는 그를 알지 못하오이다.」

또 한방을 얻어맞은 박지화는 꽁하게 입을 다물어 버렸다.

「송악산을 내려온 순간 지족은 이미 이 세상에서 없어졌소이다. 그저 땡초 하나가 이 절 저 절로 떠돌며 불목하니로 지냈지요. 그러다 예까지 흘러와 석공으로 인연을 맺게 된 거지요. 여기 앉아 있는 사람은 이름없는 석공일 뿐이오.」

화담이 소리없이 밖으로 나갔다. 잠시 후 지함도 화담의 뒤를 따랐다.

화담은 뜨락에 내려서서 하늘을 바라보았다. 달맞이꽃이 달빛을 머금고 활짝 피어나 있었다.

「무엇을 보고 계십니까, 선생님.」

「내 별을 보고 있었다네. 저기 태사성이 보이지 않는가?」

어느새 태사성은 훨씬 어두워져 있었다. 자세히 눈여겨 보지 않으면 눈에 띄지도 않았다.

「어쩐지 쓸쓸해지네그려. 대체 나는 무엇이었던가. 내가 잡으려 했던 도는 무엇이었던가. 사는 것이 다 이런 것이려니…….」

운주사 계곡에서 밤벌레 우는 소리가 들려왔다.

화담의 쓸쓸한 모습에 지함은 잠시 말을 잊었다.

희디흰 달빛이 폭포처럼 쏟아지고 있었다.

「선생님!」

지함은 무엇에 이끌리듯 화담을 불렀다. 그러나 지함은 그만 할 말을 잃었다. 굳이 무슨 말을 하려는 것이 아니었다. 그저 갑자기 늙어버린 성싶은 스승이 안타까웠다.

화담은 지함의 속내를 알아차린 듯 두어 차례 고개를 끄덕였다. 그리고 또다시 하늘을 바라보았다.

지함은 발소리를 죽여 자리를 물러났다.

잠깐 눈을 붙였다 뜬 듯 싶었는데 벌써 이른 새벽빛이 창호지에 발갛게 젖어들었다. 아직은 어둠이 다 가시지 않은 아침이었다.

범종이 울린 지는 꽤 오래 되었다. 이 산사에 중이라곤 지족 밖에 없으니 그가 기침했던 것이리라. 그런데 벌써 정소리가 들려오고 있었다.

「자, 우리도 이만 화순을 떠나보세. 가까운 담양에 만나볼 사람이 있네.」

어느새 일어났는지 화담이 짐을 꾸리고 있었다.

「아직 식전인데요?」

박지화가 잠기가 가시지 않은 목소리로 말했다. 그는 유달리 아침 잠이 많았다.

「가난한 절 살림 우리가 축내서야 되겠나? 어제 우리를 대접한 것만도 얼만가. 지족 선사가 앞으로 며칠은 굶어야 할 걸세. 그냥 떠나세. 배가 차면 사람이 게을러지는 법이라네.」

화담 일행은 짐을 꾸려 운주사를 떠났다. 주인에게 온다간다 말을 고하지도 않았다.

멀리 돌을 쪼는 지족의 뒷모습이 보였다. 신새벽, 지족은 흡사 어둠을 깨고 있는 듯했다. 망치질을 할 때마다 낡은 가사자락이 펄럭였다.

세 사람의 발자국 소리가 제법 요란하게 적막을 깨뜨렸다. 지족은 그들의 발자국 소리를 들었을 법도 했다. 그러나 지족은 뒤를 돌아보지 않았다.

화담 일행은 무거운 걸음으로 운주사 계곡을 벗어났다.

지족의 정소리는 계곡 끝까지 아침을 밝히며 뒤따라 오고 있었다.

23. 날개 잃은 해동청

화담은 담양 가는 길로 들어섰다.

지함과 박지화는 그대로 화담의 뒤를 따랐다.

두 사람에게는 모두 낯선 길이었다. 그렇지만 화담은 이미 가 보았던 길인 것처럼 거침이 없었다.

한나절을 꼬박 걷고만 있던 화담이 다음 목적지를 말했다.

「이번에는 면앙정(俛仰亭)에 가세. 만난 지가 너무 오래 되어 기억이 가물가물하군.」

「면앙정이라면……?」

박지화가 오랜 침묵으로 근질근질해진 입을 열었다.

「송순을 일컫는 말일세.」

「조광조 대감이 발탁했었다는 송순 그 사람 말씀이십니까?」

「그렇다네. 전에 얘기하지 않았었나? 내가 성균관에서 공부할 때 직강으로 있던…….」

「예. 그뒤 낙향하여 산천재에 머물렀다고 하셨지요?」

지함도 끼어 한마디 여쭈었다. 길만 오래도록 걷는 것도 따분하기 그지 없는 노릇이었다.

「지금은 면앙정이라는 정자를 지어놓고 자연과 세월을 음유하고 있다더군. 호도 면앙정이라 붙이고…….」

벌써 초여름으로 접어든 날씨는 잠시 머물러 쉬기엔 안성맞춤이었다. 그래도 막상 걸음을 떼기만 하면 등허리에 땀이 배어나왔다.

일행은 어느 마을 입구에서 다리를 뻗고 넉넉하게 쉬었다. 지함과 박지화의 콧잔등에 땀이 송송 배어 나왔다. 그런데도 화담은 땀 한 방울 흘리지 않았다. 지함은 화담의 도력이 깊어서 그러려니 하고 생각하였다. 그러면서도 여전히 미심쩍게 생각되는 구석이 있기는 하였으나, 달리 알아볼 도리도 없었다. 한양을 떠난 이래 벌써 여러 차례 본 것이라서 이제는 그리 큰 의심조차 들지 않았다.

나그네를 반기는 듯 느티나무가 연록색 잎을 살랑거렸다. 밑둥이 장정 열 사람은 있어야 다 두를 만큼 큰 나무였다.

조광조(趙光祖), 중종을 앞세워 연산군을 몰아낸 유신(儒臣)의 한 사람이었던 이학(理學)의 거두. 그가 막강한 권력으로 급진 개혁을 주도한 것이 오히려 화근이었다.

무오, 갑자 두 해의 사화로 영남 지방의 사림들이 날개를 잃었을 때여서 자연 조광조를 위시한 기호 출신 사림들이 세력을 잡았다. 이때 지함의 형 지번도 벼슬길에 나갔었다.

조광조가 이끄는 기호 사림들은 정주학(程朱學)에 지나치도록 충실하였다. 이 말을 반대 입장에서 해석하면 정주학 아닌 다른 분야에 대해서는 아예 무지했다는 이야기가 되는데, 바로 이 점이 조광조를 실각시키는 요인이 되었다.

정주학에 심취한 그는 절의(節義)보다 인의(仁義)를 존중했다. 그래서 향약(鄕約)을 실시하고 소학(小學)을 널리 보급했다. 균전제(均田制), 공납제(貢納制)를 실시하여 경제 정의를 실천해나갔다. 그리고 하은주(夏殷周) 3대를 이상으로 하는 왕도 정치를 구현하기 위해 군주의 교화에 역점을 두었다.

조광조는 왜 급진 개혁을 서둘렀던가. 그것은 연산군 시절, 타락할 대로 타락한 사회와 군주상에 그 원인이 있었다. 연산군의 포악성은 말할 것도 없고, 국가의 토지가 훈신에게 편중되어 빈부의 차가 격심했다. 또한 나라가 어지러우면 으레 세제(稅制)가 문란하기 마련인데 이때 더욱 극심했던 것이다.

그러나 율곡의 지적에 따르면 조광조는 지나친 이상주의자였다. 그는 하은주 삼대라는 이상을 너무 급히 실현하려 조바심을 내었다. 그리고 반대하는 사람과 당파를 무조건 소인배라고 몰아붙이는 독선에 빠져 있었다. 언론, 학술의 중요성을 지나치게 강조하면서 육조(六曹)의 기능과 재상(宰相)의 역할을 무시했다. 또 이학(理學)을 지나치게 존중하였다. 이황 같은 이가 이학을 존중한 것에 비할 바가 아니었다. 화담과 화담 산방 출신 학자들과는 여러 모로 생각이 달랐다. 그래서 대명(對明) 외교에 필요한 사장학(詞章學)이나 부국 강병(富國强兵)에 필요한 기술학을 천시하고 배척하였다. 게다가 여진과 왜구가 자주 출몰해 백성들을 유린하는데도 대책을 전혀 세우지 않았다. 오히려 그들을 기습 공격하는 것은 정도(正道)가 아닌 궤도(詭道)라고 하며 이를 반대할 정도로 현실 감각이 없었다.

만나기만 하면 왕도가 어떻고 무엇이 어떻고 사변을 늘어놓는 조광조를 중종은 몹시 피곤해 했다. 중종은 차츰 훈신들의 동조자가 되어갔다. 결국 남곤, 심정, 김안노 같은 훈구 대신들이 들고 일어났다. 이것이 기묘사화이다. 이로써 조광조를 비롯한 기호 사림이 죽음을 당하거나 오지로 유배되었다.

이 문제는 벌써 안명세가 지함을 만나기만 하면 끝을 낼 줄 모르고 떠들어대던 이야기였다.

이 조광조와 송순은 어떤 관계였던가.

송순은 스무 살 나던 해에 대과에 급제하였는데, 그때 조광조가 송순의 글을 보고 감탄하여 나중에 크게 쓰리라고 약조하였다. 그래서 처음에는 승문원(承文院), 예문관(藝文館)을 거쳐 성균관(成均館)에서 직강(直講) 노릇을 했다. 그런데 조광조는 그가 그토록 아끼던 송순을 제대로 요직에 기용하지도 못하고 그만 죽어버렸던 것이다.

미관 말직에서 훗날을 도모하던 송순은 그만 앞날이 아득해졌다. 그런 대로 버틴다고 해도 자리에서 쫓아낼 사람은 없었다. 그러나 조광조의 총애를 받았다는 사실만으로도 송순은 죄인이나 마찬가지였다. 게다가 조광조에게 사약이 내리도록 사주한 김안노(金安老)의 전횡은 참기 어려웠다. 그런 속에서 묵묵히 일에 빠져보려고 애쓰던 송순은 끝내 낙향하고 말았다.

그때 성균관 학생이었던 화담과 직강 송순이 만났던 것이다.

「면앙정은 수재 중의 수재라네. 그런데 그만 조광조 대감이 사사(賜死)되고 나서 세상 인연이 박하다고 수십 년 동안 은둔 중이라네. 자네같은 사람이지.」

따지고 보면 화담이 굳이 벼슬을 마다한 것도 이러한 사화에 진저리가 났기 때문이었다.

「그야 지화 형님도 그렇고 선생님도 그렇지 않습니까?」

「허허. 그런 얘기는 그만두세. 오히려 전화위복 아닌가? 세상 인연이 박하지 않았더라면 어찌 이런 풍류를 누릴 수 있었겠는가. 아첨하고 모함하는 정상배 속에서 그 모진 갈등을 이겨내느라 번민하고 있었을 걸세.」

태양은 다사롭고, 흰구름은 뭉게뭉게 일어나 하늘을 유유히 흘러갔다.

바람이 끊임없이 불어왔다. 어디선가 사각사각하는 소리가 들려왔다. 토끼가 풀을 갉아먹는 소리 같기도 하고 적막한 산사에 눈 쌓이는 소리로 들리기도 했다.

지함은 낯선 소리에 귀를 기울였다. 어디서 나는 소릴까?

지함은 일어서서 한낮의 단조로운 침묵에 잠긴 들판을 둘러보았다.

멀리 대나무 숲이 우거져 있었다. 그 이상한 소리는 대나무 숲에서 들려오고 있었다. 대나무 잎사귀들이 바람결에 작고 곧은 몸을 조금씩 뒤척이고 있었다. 대나무 숲이 일렁거리는 소리도 한여름의 매미소리처럼 가슴 속에 시원하게 젖어들었다.

대숲 사이로 길이 길다랗게 나 있었다. 일행은 그 길을 따라 천천히 나아갔다.

까투리 한 마리가 힘차게 땅을 박차고 허공으로 날아올랐다. 노곤한 햇살에 잠이 들었다가 사람의 발소리에 놀라 달아난 것이었다. 까투리가 날아오르자 대나무 몇 그루가 탄력있게 몸을 흔들었다. 대잎들이 갓 잡아올린 생선비늘같이 반짝이는 햇살을 털어냈다.

대나무 잎의 울음을 들으며 걸은 지 한참 만에 대숲이 끝났다.

곧 길고 낮은 돌담이 이어졌다. 오래도록 손질을 하지 않은 듯했다. 담장의 기와에 돋아난 파란 이끼, 돌틈을 비집고 뿌리 내린 잡초가 무성했다.

돌담을 지나자 자그마하고 정갈한 정자가 나타났다. 정성을 들여 가꾼 흔적이 없었다. 오히려 거친 재목에 손을 대지 않은 것이 정자를 더욱 멋스럽게 하는 듯했다.

정자 한가운데에 체구가 작은 선비가 혼자 앉아 있었다. 그가 들고 있는 합죽선이 느릿느릿 움직였다.

「면앙정이 면앙정에 홀로 있구만.」

화담은 중얼거리며 정자 위로 올랐다. 그러고 보니 정자에 걸린 현판에 조촐한 글씨로 면앙정이라 씌어 있었다.

화담이 인기척을 냈다. 그러고 한참이 지난 후에야 송순이 화담 일행을 돌아보았다.

「아니, 이게 누구시오?」

화담을 본 송순이 반색을 하며 손을 잡았다.

「어쩐 일로 이 누추한 곳까지 다 찾아오셨소?」

「죽기 전에 팔도 유람이나 할까 싶어 돌아다니던 중에 담양까지 오게 됐습니다그려. 예까지 와서 면앙정을 안 보고 갈 수 있습니까?」

「여하튼 반갑소. 이게 얼마 만이오. 그래, 나보고는 조정에 남아 계속 일을 하라고 떠밀어 놓으시더니, 홀로 유유자적하고 다니시니 좋으십디까?」

「허허. 사람이란 다 제 쓰일 곳이 있는 법입니다. 아무튼 고생이 많으셨소이다. 그래, 저를 원망하며 세월을 보내시던 중입니까?」

화담과 송순은 서로 마주보며 파안대소했다.

「허허허, 그럴 리가요? 날씨가 하도 기막히게 좋아서 그냥 보낼 수 있어야지요. 외진 곳이라 친구도 없고 오늘따라 찾아오는 이도 없길래 나 혼자 신선 흉내를 좀 내본 것이지요. 아침 나절에 까치가 울어 반가운 사람이 오려는가 보다 했지요. 그런데 화담 선생이 오실 줄이야…… 정말 뜻밖이외다.」

「우리 산방의 학인들이올시다.」

화담의 소개에 지함과 박지화가 송순에게 고개를 숙여 절을 했다.

「화담의 제자라니 저으기 두렵소이다. 허허허.」

두 사람은 비슷한 연배로 뜻도 통하는 사이였다.

그러나 두 사람이 걸어온 길은 사뭇 달랐다. 출신만 따져도 송순은 화담에 비할 바가 아니었다. 양민이긴 했으나 가난한 농부의 자식으로 태어난 화담, 그리고 지체있는 양반집 자제로서 어려서부터 과거라는 말을 귀에 못이 박히도록 들으면서 자란 송순. 벼슬을 향해 가는 길만으로 보면, 송순은 태어나면서부터 벌써 화담보다 절반은 앞선 것이나 다름없었다. 송순이 서당에 앉아서 과거 공부를 하고 있을 때 화담은 아침 저녁으로 논밭의 이슬을 털며 오갔던 것이다.

송순은 체구는 작지만 다부졌다. 그리고 달변인데다 번득이는 눈이 예사로 보이지 않았다. 지함은 그 눈길에서 세속에 대한 열망을 읽어내었다.

송순의 말소리는 이따금 도전적으로 들렸다. 아마도 오랜 야인 생활 때문에 그러리라고 지함은 생각했다.

그러고 보면 지함에게도 그런 면모가 있었다. 특정기 사건을 겪고부터 일어난 변화였다. 벼슬아치들이 혐오스러워지자 그 사이로 그런 반발심이 스며들어 뿌리를 깊게 박고 있었다.

「팔도유람이라면 금강산으로 묘향산으로 소문난 곳이나 찾으실 것이지, 이 머나먼 남쪽까지 어인 걸음이시오?」

「지리를 보고, 물산을 보았으면 그 다음에는 인물을 보아야지요. 아무리 빼어난 경치라고 한들 사람 좋은 것만 하겠소?」

「허허. 화담 선생도…….」

송순의 얼굴에 화색이 돌았다.

「그래, 이렇게 한적한 초야에 묻혀 계시는데도 한양 소식이 들립니까?」

「발없는 말이 천리간다고 하지 않습니까? 들을 건 다 듣고 있답니다. 이따금 산천재에 들르면 천하 소식을 다 듣게 되지요.」

「야인들끼리 조정을 무참히 짓밟고 있겠소이다.」

「조정에서 호남 선비라면 무조건 박대합디다.」

그 옛날 백제 땅이었던 호남. 신라가 삼국을 통일한 후에도 끝까지 저항을 멈추지 않아 통일신라의 눈에는 미운 가시같은 존재였다. 백제를 그리며 늘 반역을 꿈꾸는 자들을 통일신라에서 요직에 등용할 리가 없었다. 그 악습이 고려를 거쳐 조선 왕조까지 이어지고 있는 것이었다. 견훤이 후백제를 세웠을 때 가장 늦게까지 고려 왕조에 저항한 것도 바로 이 호남 사람들이었다.

「귀양지 많기로는 호남이 으뜸이지요. 야인도 많구요.」

지함이 한마디 거들었다.

「어디 나쁜이겠소. 전라도 땅 곳곳에 귀양살이 하는 사람들이라오. 공부를 마치면 야인이고……. 젊은이 이름이?」

「이지함입니다.」

「이 선비 말대로요. 이곳에 귀양살이 온 사람들은 이곳 백성들의 환대에 곧잘 마음이 풀리지요. 그래서 서당도 열고 이런저런 일들을 벌이지요. 때로는 귀양살이가 풀려도 고향으로 돌아가지 않고 눌러사는 사람들도 있다오. 서로 한이 깊어 잘 통하는 것인지도 모르지요.」

「이보게, 지함.」

화담이 두 사람의 대화에 끼어들었다.

「면앙정의 사주를 한번 짚어보게.」

지함 혼자 역학 공부를 꾸준히 해온 것을 아는 화담이었다. 그러나 이렇게 직접 풀어보라고 시키는 것은 처음이었다. 해남 고개에서 장사꾼들 사주를 보아주자 화담은 지함의 행동에 시큰둥한 태도를 취했었다.

「지금 면앙정 이 사람, 인종이 물러나고 명종이 왕위를 이었으니 다시 세상 밖으로 용트림을 해볼까 어쩔까 고민이 많을 걸세. 면앙정, 평생 일을 해야 할 팔자이니 당장 올라가라고 하고 싶소만 일단 사주를 한번 봅시다.」

「허허, 이 사람. 남의 속을 다 읽고 계시는구만. 다음부터는 마음 문에 빗장을 걸고 만나야 되겠소이다그려.」

「그대가 그토록 싫어하는 김안노가 이제 한양에 없소이다. 이미 마음을 돌려놓으시고는 시치미는…….」

송순이 껄껄 웃었다. 화담이 그의 속마음을 제대로 짚어낸 것이었다.

그제야 지함은 붓을 들었다. 송순이 사주를 부르자 지함은 오행도 맞추고 운성(運星)도 뗐다.

이윽고 지함이 고개를 들었다. 지함은 빙그레 웃었다.

「어떻소? 내 나이 벌써 쉰이 넘었는데 무엇을 더 할 수 있다고 나옵니까? 무엇을 해야 할 팔자인 게요?」

「그렇습니다. 아주 좋은 길이 열리고 있습니다. 앞으로 탄탄대로이니 어서 한양으로 올라가십시오.」

지함의 말에 송순은 너털웃음을 터뜨렸다. 하긴, 환갑이 지난 나이는 덤이라고 했다. 환갑을 넘어 살기가 어려운 시절, 송순의 나이 이미 쉰을 넘기고 있었다. 비슷한 연배의 화담 역시 죽음을 앞두고 있는 상태가 아닌가.

「여보게. 늙은이를 놀리지 말게나. 내가 살면 앞으로 몇 년이나 더 산다고 그러나. 기껏 한두 해 어디 말단에서 봉직하다 세상을 뜨면 그걸로 족한 것을, 탄탄대로라니…….」

송순은 지함의 말을 그저 기분 좋으라는 덕담으로만 여기는 듯한 태도를 취했다. 그런데도 몹시 기분이 들뜨는 것이 표정에 역력히 나타났다.

「화담과 달리 출세를 꿈꾼 적도 있었네. 김안노가 죽고 나서 고개를 북으로 돌려보긴 했지. 세상이 흉흉하여 이를 바로잡으려면 나라도 한양으로 올라가야 된다고 생각을 했었다네. 허나 그렇게 큰 욕심을 내기엔 너무 늦었다는 생각이 이어지더군. 이젠 아예 꿈도 꾸지 않는다네.

자네, 제법 배포가 크구만그래.」

「무슨 말씀이십니까? 면앙정 선생께서는 저보다도 더 오래 사실 분이십니다.」

「점점……. 아예 이 늙은이를 망령난 사람으로 몰아가는구만.」

「허허허. 오래 산다는 데 뭐가 그리 싫으신가?」

화담이 껄껄 웃으며 끼어들었다. 화담이 유쾌하게 말을 받았지만, 지함은 괜한 소리를 했다 싶어 후회가 들었다.

「이보게, 화담 선생. 내 환갑 넘어 산 노인치고 망령들지 않은 노인을 보지 못했네. 창창한 이 선비보다 내가 더 오래 산다니 나보고 망령이나 들으라는 얘기가 아니고 뭔가 그래?」

자그마한 정자가 무너져내릴 듯 웃음꽃이 피었다.

지함은 정색을 하고 말을 이었다.

「분명히 아흔을 넘도록 천수를 누리실 겁니다. 되도록 말에 치이지 않도록 조심하십시오. 말(馬)은 양화(陽火)이니 선생님의 음수(陰水)와는 상극입니다. 허나 어쨌든 천수를 다 누리시고 떠날 것입니다.」

「거 듣기에는 좋은 소리구만. 그러나 사람 목숨 긴들 어디에 쓰겠소?」

「아닙니다. 선생님의 일은 이제부터 시작됩니다. 지금까지는 일을 할 길을 닦아오신 것뿐입니다. 이후에 한번쯤 귀양갈 일이 생길지 모르겠으나 큰 고생은 하지 않으실 겁니다. 명종과 썩 어울리는 사주여서 대체로 왕과 가까이 있게 될 것입니다. 그때 저희를 모르는 척이나 마십시오.」

「자네를 잠룡(潛龍)이라 이르는군. 너무 오래 기다린 용이 급하지나 않을까 걱정이군. 허허허.」

화담도 송순도 껄껄 웃었다.

그러나 사람의 일을 어찌 알겠는가. 운명이란 느닷없이 찾아

와서 사람의 일생을 완전히 뒤바꿔 놓는다. 제 하고 싶은 대로, 제 생각대로만 살아가는 사람은 아무도 없다. 불시에 찾아오는 운명을 대비하는 것, 그것이 바로 지함이 사주를 짚는 이유였다.

「하여간 좋은 덕담을 들었으니 내 선물을 하나 함세.」

송순은 정자 한 켠에 놓여있던 가야금을 집어들었다. 송순의 손가락이 고왔다. 그 손가락이 줄을 타자 고운 음률이 잔잔히 흘러나왔다.

뒤란 댓잎이 가야금 음률을 타고 바스락거리는 듯했다. 돌담의 이끼 하나하나까지 기나긴 잠에서 깨어날 듯했다.

어디선가 두루미 한 마리가 날아와 연못가에 사뿐히 내려앉았다. 두루미는 목을 길게 빼고 정자쪽을 돌아보았다.

바람도 멎고 세월도 멎고 모든 것이 움직임을 멈추고 가야금 소리에 귀를 기울였다.

일행은 하룻밤을 송순의 처소에서 지냈다.

서기와 전우치, 남궁두는 부지런히 길을 걸어서 지리산으로 조식을 찾아갔다.

조식은 산천재(山天齋)에 있었다.

「선생님, 저는 자성이라는 중이옵니다만 혹 산천재로 화담 선생이 오지 않으셨는지요?」

「화담의 제자요?」

「그렇지는 않으나 화담 선생의 제자를 압니다. 화담 선생께서 돌아가시면서 그 제자에게 전해주라는 책이 한 권 있는데, 아직 전하질 못했습니다.」

「화담이 죽었단 말이오?」

「예. 지난 봄에 그만 세상을 떠나셨습니다.」

「그런데 화담이 여기에 오지 않았느냐고 묻는 건 또 무슨 말이오?」

「예. 화담 선생님을 뵈었다는 사람이 있어서…….」

「이상한 일이로군.」

「저도 그게 이상하여 여기까지 찾아온 것입니다.」

「하여튼 아직은 이곳에 오지 않았소. 그런데 죽은 사람을 찾아 왔다? 거참, 이상하군. 도대체 스님이 무슨 말씀을 하는 건지 난 알아들을 수가 없소.」

「허나 해남에서 며칠 전에 묵으셨다고 하니 근일에 이곳에 오실 것입니다.」

「그렇다면 산천재에 묵으면서 함께 기다립시다. 화담이 온다면야 내가 더 반가울 일이고.」

그렇게 해서 서기 일행은 산천재 한 켠에 짐을 풀었다.

이튿날 조식이 서기를 불렀다. 서기가 조식의 서재로 들어가자 조식은 서찰 한 통을 내보였다.

「어젯밤 늦게 이 서찰이 왔소이다.」

서기는 조식이 내미는 서찰을 읽어보았다.

―자네에게 가려다가 몸이 몹시 불편하여 한양으로 올라가네. 인연 닿는 대로 다시 옴세. 화담.

서찰은 분명히 화담이 보낸 것이었다.

화담이 살아 있다는 것인가. 그럴 리가 없었다. 그렇다면 이 서찰은 무엇인가, 정말 화담이 보낸 것이란 말인가.

「보시오. 화담이 보낸 편지요. 스님 말이 틀린 것이오.」

「아닙니다. 틀림없이 제가……..」

그러나 서기는 말을 더 잇지 못하고 입을 다물었다. 그것은 틀림없이 화담이 보낸 서찰이었다.

서기는 하는 수 없이 남궁두와 전우치에게 그 말을 전했다.

「우린 인연이 없는가 보네.」

남궁두와 전우치는 화담을 만날 기회가 없어졌다는 사실에 몹시 서운해 했다.

「아니, 그런데?」

「왜 그러나?」

「누가 내 바랑을 만졌나?」

「글쎄, 모르겠네. 우리가 자는 새에 누가 들어왔었나?」

서기는 얼른 바랑을 집어들어 안을 살펴보았다. 이게 웬일인가? 〈홍연진결〉이 없었다.

「〈홍연진결〉이 없어졌네.」

「무어라고? 〈홍연진결〉이 없어졌다고? 그렇다면 누가 훔쳐갔단 말인가?」

「그렇지 않고서야…….」

「이걸 어쩌나? 홍성에서도 그 고생을 하고 다시 찾았는데…….」

서기의 눈시울이 금세 붉어졌다.

「가세. 빨리 한양으로 가세. 화담 선생이 한양으로 간다고 했으니 일행은 틀림없이 가회동 지번 형님 댁으로 갈 것일세. 가서 빨리 전하세. 화담 선생이 살아 있다면 그분에게 알려야 하네. 그래야 책을 찾든지 다시 쓰든지 할 게 아닌가.」

서기가 두 사람을 잡아끌었다.

「잠깐. 침착하게 생각해 보세. 남명 선생께 이 사실을 말하고 도움을 청하는 게 순서 아니겠나?」

「그러세. 그러면 학인들을 탐문해서 혹 찾아낼 수 있을지 아는가?」

그래서 세 사람은 조식에게 책을 도둑맞았다고 고했다.

「책을 잃어버렸다?」

「예. 화담 선생이 이지함 선비에게 전해주라는 책입니다. 〈홍연진결〉이라고 합니다.」

「이지함이라면 화담 하고 함께 다닌다는 선비 말이오?」

「그렇습니다.」

「예끼, 이 사람들. 늙은이를 놀리지 마시오. 이제 보니 영 정신이 나간 사람들이로군. 아니 화담이 그 선비와 함께 다닌다면 구태여 책을 당신들한테 전해 달랄 게 뭐가 있소? 자기가 직접 주면 될 것을…….」

「화담 선생님이 돌아가시면서 제게…….」

「그만들 두시오. 어서들 나가시오. 머리만 혼란스럽소. 이거 원, 도깨비 장난하자는 것도 아니고…….」

조식은 역정을 내며 서기 일행을 물리쳤다. 서기 일행은 하는 수 없이 산천재를 물러나왔다.

서기의 머리 속은 의구심이 가득 차 터질 지경이었다.

「뭔가 있네. 그렇지 않고서는 이럴 리가 없네. 당장 한양으로 달려가세. 가서 알아보세.」

서기는 진실을 꼭 밝히고야 말리라는 오기가 솟구쳐올랐다.

「그러세.」

세 사람은 또 허탕을 치고 산천재를 떠났다.

이튿날, 화담 일행은 송순과 함께 산천재로 향했다.

지리산 산천재는 호남의 선비들이 모여 시론(時論) 도담(道談)을 나누는 곳이었다. 그곳에 주석하는 남명 조식은 이미 기대승(奇大升)과 더불어 호남의 거유(巨儒)로 통하고 있었다. 송순도 이곳에 가끔 들러 한양에서 흘러내려온 소식을 들었다. 기대승 같은 이도 도반이 그리우면 찾아왔다.

화담 일행이 산천재에 오르자 조식은 깜짝 놀라서 뛰어나왔다.

「아니, 몸이 불편해서 한양으로 간다더니?」

「괜찮아졌다네. 예까지 와서 자네를 못 보고 가려니 억울해서 발걸음이 떨어지질 않더군. 그래 억지로 걸음을 옮겨 보았네.」

「하여튼 잘 왔네. 자네들 잠깐 여기 있고, 화담 자넨 잠깐 이리로 와 보게.」

조식은 화담의 소매를 잡고 그의 처소로 들어갔다.

「어제 어떤 중이 여기에 왔다 떠났는데, 자네가 죽었다고 하더군. 자기 손으로 시신을 직접 파묻었다는 걸세. 도대체 어찌된 일인가?」

「남명, 소미성(少微星)은 안녕하신가?」

「왜 딴 소리인가?」

「소미성도 보아 하니 때가 되어 가더군.」

「소미성을 보고 예까지 내려온 게로군. 나도 태사성을 보았다네.」

「저런, 하늘을 손바닥으로 가릴 수 없다더니 이렇게 들키고 마는군.」

「허나 소미성은 아직 살아 있지만 태사성은 이미 빛을 다 잃었네. 그렇다면 자네 이 몸이 환영(幻影)인가?」

「남명은 천문만으로 수를 누리시는가? 내겐 천수(天壽)에 지수(地壽)까지 있다네. 허허허.」

화담과 조식 두 사람은 한참 동안 껄껄 웃으면서 이야기를 나누고는 산천재로 나왔다.

조식이 지함과 박지화를 불렀다.

「허허허. 들어오시오. 우리 호남의 걸출한 인재들이 다 모여 있소. 면앙정, 자네도 어서 들어오시게.」

화담 산방에 비하면 산천재는 시설이 훌륭했다. 청기와 지붕에 반들반들한 마루, 시원한 발에 이르기까지 산천재는 여러 사람이 드나들기에 부족함이 없을 만큼 번듯번듯했다.

화담이 먼저 지함과 박지화를 조식에게 소개했다. 뒤이어 조식은 산천재 학인들을 차례로 소개했다.

「선생님, 그간 별고 없으셨는지요?」

조식이 한 사람 한 사람 소개하는 중간에 홍안의 선비가 앞으로 나서면서 화담에게 안부를 여쭈었다.

「그래, 고맙군.」

「서찰은 받아서 잘 처리했습니다.」

「무슨 서찰을 또 보냈나?」

조식이 화담에게 물었다.

「자네에게만 서찰을 띄울 수 있나. 정개청, 이 사람이 내 제자 아닌가?」

「저런, 그랬었지.」

정개청(鄭介淸)은 기축년(己丑年, 1529년) 생, 이제 열여덟이었다. 나주 금성산 아랫마을에 살면서 아전 노릇을 했다. 초시에 합격하기도 했으나 벼슬길이 열리지 않아 아예 세상을 등졌다.

그는 제주로 건너가 한라산에 토굴을 파고 용맹 정진하였다. 그러다가 머리를 삭발하였다. 중이 된 것이다. 그뒤 여기저기 떠돌면서 풍수지리를 익혔는데 팔도 지리를 모르는 곳이 없을 정도였다.

그러던 중 보성에서 한 여종을 만나 가사를 벗어버리고 장가를 들었다. 그때부터 다시 유학에 뜻을 두어 기대승을 찾아갔다. 그러나 기대승은 이학보다 기학에 기울어 있는 그를 받아들이지 않았다. 그 뒤 그는 박순을 찾아갔다. 박순은 화담을 찾아가 보라고 일렀다. 그래서 화담 산방에 입실, 두 해를 머물다가 산천재로 내려온 것이었다.

정개청이 고개를 숙이면서 뒤로 물러났다.

「이 사람은 서치무, 역술에 관심이 많답니다. 주역에 푹 빠져있지요.」

조식은 마지막으로 서치무를 소개했다. 역술, 주역에 관심이 많다는 말에 지함은 서치무를 자세히 보았다. 기골이 장대한 젊은 선비였다. 텁수룩한 수염에 부리부리한 눈이 사내다웠다. 선비라기보다 힘깨나 쓰는 장사같아 보였다.

조식이 한양 이야기를 꺼내면서 화담, 송순, 박지화, 지함이 함께 이야기를 나누기 시작했다. 대화가 점점 무르익어가자 지함이 한마디 나섰다.

「남명 선생님. 이 좋은 산천재에서 학인들과 더불어 계시니 재상이 부럽지 않겠습니다.」

「무슨 말인지 알겠네. 화담이 호랑이 한 마리를 끌고다니는 군. 솔직히 고백함세. 내가 세상에 나가지 않는 것은 세상이 싫어서가 아닐세.」

「임천(林泉) 선비께서 한양 이야기에 귀를 기울이시는 것은 어떤 이치입니까?」

지함은 한양 이야기만 나오면 귀를 세우는 조식과 산천재의 학인들을 비웃었다. 그들은 조정의 더러운 벼슬 다툼 따위에는 전혀 관심이 없는 듯 고고한 학처럼 굴었지만 내심으로는 늘 한양 생각을 놓지 못하고 있었던 것이다.

「이거 늘그막에 할퀴고 찢기고 상처만 나게 되었구려.」

화담이 조식에게 농을 던졌다.

「변명을 하지 않으면 큰일나겠구먼. 나는 내 학문이 완성되었다고는 생각하지 않네. 그래서 이렇게 산천재를 열고 팔도의 유생들을 초청하여 이야기를 듣는 것이라네. 내가 강의를 한다고 하나 그것은 내게 강의를 하는 것이오, 내가 무엇을 말한다고 하나 내게 하는 말에 지나지 않네.」

「아직 공부가 덜 된 때문이옵니까?」

「아무렴. 그러니 지리산에서 속리산으로 자네 스승과 어울려 쏘다니기도 하지 않았겠는가. 아직은 나 하나 깨우쳐내기도 어렵네. 그게 임천하는 우리네의 속사정이라네. 그러다 보니 한양에서 들려오는 소식에도 귀를 기울이는 것이네. 왜냐하면 한양도 늙은 내 몸이 살고 있는 내 나라땅이기 때문일세. 자네도 그렇지 아니한가?」

「그만 하세. 거유 남명이 그렇게 변명하지 않아도 흠날 것 없다네.」

다시 화담이 나서서 논쟁을 말렸다.

그러나 지함은 모를 일이었다.

지함, 화담, 송순, 조식, 남명, 정개청, 서치무……. 다 벼슬길을 뒤로 하고 임천에 뛰어든 사람들 아닌가.

지함의 길은 숲이나 계곡 같은 곳에 있지 않았다. 그의 길은 백성 사이로, 제 목숨 하나 부지하고 살기에도 버거운 사람들 사이로 나 있었다.

산천재에서는 화담과 조식의 토론이 사흘이 지나도록 끝나지 않았다. 학인들도 자리를 뜨지 않고 대학자들의 도화 법담에 귀를 기울였다.

한양에 올라간 서기 일행은 가회동으로 달려갔다.

「지번 형님, 혹시 지함 형님이 돌아오지 않았습니까?」

서기는 지번에게 인사를 할 사이도 없이 지함이 왔느냐는 물음부터 던졌다. 지번과는 홍성 시절에 만나고는 처음 만나는 것이었다.

「아니, 자네 서기로군. 언제 입산했는가?」

「몇 해 되었습니다. 그런데 지함 형님은?」

「급하긴. 지함이는 왜 찾는가? 유람 떠난 지가 벌써 언젠데?」

「제가 해남으로 지리산으로 찾아다녔습니다. 지리산에서 화담 선생이 몸이 안 좋다고 한양으로 오셨답니다.」

「하여튼 화담이든 지함이든 아무도 안 왔네.」

「우리가 너무 빨리 온 모양일세.」

남궁두가 지친 목소리로 말했다.

「지함이 오기로 했다면 사랑에 묵으면서 며칠 기다리게나. 걸음이 늦어도 하루 이틀이면 도착하겠지. 그런데 지함이는 왜 그렇게 찾아다니는가?」

「예. 화담 선생이 돌아가시면서…….」

「화담 선생이 돌아가시면서라니? 그게 무슨 말인가?」

「제가 금강산에서 나와 송도에 가보니 화담 선생이 돌아와 계셨습니다. 몸이 불편해서 그냥 돌아오셨다구요. 그러다가 얼마만에 돌아가셨습니다. 사월 초닷새 청명일이었습니다.」

「무슨 소릴 하는 겐가? 청명일이라면 그때는 화담 선생이 우리집 별당에 계셨다네. 한 사흘인가 내방객도 모두 물리치고 그 방에 혼자 계시면서 수도를 하셨다네.」

「혼자 계셨다구요? 그런 다음에는요?」

「사흘 만에 별당에서 나오셔서는 수원 쪽으로 길을 떠나셨다네. 그땐 이미 청명일이 지난 때지. 그러니 자네 말이 이상하지 않은가?」

「허 참. 저 역시 무슨 영문인지 모르겠군요. 답답하기만 할 뿐입니다.」

「답답하긴 이 사람아. 내가 답답하네그려. 화담을 본 이가 어디 나뿐이던가?」

서기는 머리 속이 뒤죽박죽된 듯했다.

「형님, 가겠습니다.」

「아니 지함이를 만나야겠다면서 가긴 어디를 가나?」

「송도로 가겠습니다. 가서 화담 선생의 묘를 파 보겠습니다. 화담 선생의 묘를 열어 제 눈으로 직접 확인을 해 보겠습니다.

제가 묻은 분이 화담 선생이었는지 아니면 다른 사람이었는지…….」

서기는 씩씩거리며 숨을 가쁘게 몰아쉬었다. 그 답답함을 아무도 알아주는 사람이 없었다. 전우치도 남궁두도 반신반의하는 얼굴로 답답해하는 서기를 물끄러미 바라볼 뿐이었다.

「그래도 참게나. 며칠 있으면 이리로 올라온다면서? 그때 만나서 화담인지 아닌지 얼굴을 직접 들여다보면 될 게 아닌가?」

「그러세. 서기. 그게 좋겠네. 아, 도를 닦는다는 스님이 그렇게 흥분하면 되겠는가? 마음을 가라앉히고 기다려 보세.」

하는 수 없었다. 기다리면 모두 밝혀질 일이었다. 답답한 마음 같아서는 당장이라도 송도로 달려가고 싶었으나 서기는 참고 기다리기로 했다.

서기, 남궁두, 전우치 세 사람은 지번과 세상 이야기를 나누면서 사랑에서 화담 일행이 도착하기를 목이 빠지게 기다렸다.

24. 돌림병

송도를 떠난 지 어느새 반 년이 지나고 있었다.

길은 산비탈을 돌고 강을 건너며 끊어질 듯 말 듯 끝없이 이어져 있었다. 대기가 한여름 막바지 더위로 후끈 달아올라 한 걸음 옮기는 것이 천근 만근 태산덩이를 들어옮기는 것 같았다.

그러나 화담은 전혀 지친 기색이 없었다. 오히려 더위에 지친 지함과 지화를 다독거리며 길을 재촉했다. 해남에서 순천으로, 순천에서 지리산을 휘감아도는 섬진강을 따라 하동으로 진주로 사뭇 달리다시피 강행군을 해온 사람 같지 않게 씩씩한 발걸음이었다. 죽음을 앞둔 마지막 투혼일는지도 몰랐다.

「선생님은 땀도 안 흘리십니까?」

화담은 여름 땡볕에 몇 십 리를 걸으면서도 땀 한 방울 흘리지 않았다. 숨을 헐떡이며 묻는 박지화의 옷은 아랫도리까지 땀에 흠뻑 젖어 있었다. 비틀어 짜면 물이 뚝뚝 떨어질 정도였다.

화담은 잠시 뒤돌아보며 미소를 던졌다. 그리고는 다시 말없이 내달리듯 빨리 걸었다.

여름이라서 좋은 낮으로 객을 받아들이는 집이 거의 없었다. 양민들 집에는 이미 보리마저 다 떨어진 뒤끝이라 피죽 한 그릇 얻어먹기도 힘들었다. 여름 손님은 죽어 뱀이 된다는 속담이 괜한 말이 아니었다. 어쩌다 한양 소식에 굶주린 가세 좋은 양반 집이나 만나면 간신히 배를 채울 수 있을 뿐이었다.

지함과 박지화는 살이 내려 그야말로 뼈다귀에 살가죽으로 도배만 한 형상이었다. 그러나 화담은 먹는 것이 거의 없는데도 떠날 때 모습 그대로 화색이 돌았다.

밤이 저물었다.

조금 전에 지나쳐 온 마을에서 비어 있는 헛간이라도 빌렸으면 지친 다리를 쉴 수 있었을 터였다. 그러나 기어이 더 걷자는 화담의 말을 쫓다보니 인적도 없는 산중에서 밤을 만나고 만 것이었다. 천황산과 가지산이 잇닿아 있는 태백산맥의 마지막 자락, 가지산의 남쪽 끝부분인 밀양재 부근이었다. 지리산만큼 깊지는 않아도 높이가 천미터에 가까운 재 꼭대기에서 밤을 만났으니 오도가도 못할 처지였다.

호랑이가 자주 출몰한다는 밀양재, 나그네들이 대낮에도 혼자서는 넘지 못하는 고개였다. 그래서 이곳 사람들은 일행이 스무명쯤은 될 때까지 주막에서 기다리다가 고개를 넘어가곤 했다.

이런 말을 미리 들었으니, 아무리 담대한 대장부라도 간담이 서늘해질 판이었다. 나뭇잎 바스락거리는 소리에도 지함은 머리카락이 쭈빗쭈빗 섰다.

어디선가 늑대가 울었다. 여운을 남기듯 울음소리를 길게 끌면서. 그에 화답이라도 하는 듯 이름 모를 산새들이 음산하게 울어대었다. 어두운 숲이 산짐승들의 울음소리에 일렁였다.

맨 뒤에서 걷는 지함은 자신의 발자국 소리조차 섬뜩섬뜩하게 느껴졌다. 발자국 소리가 자신을 뒤따라오는 인기척 같아 자꾸만 뒤를 돌아보기도 했다. 그때마다 컴컴한 어둠이 매번 낯선 얼굴로 지함의 두려움을 키웠다.

그동안 집요하게 지함의 마음 한 구석을 차지하고 있던 희수라는 여인, 해사에서 보낸 하룻밤 기억이 씻은 듯 달아났다. 지함은 언제 공격을 받을지 모르는 연약한 짐승이 되어 온몸이 팽팽하게 긴장되었다.

박지화도 마찬가지였다. 지함이 뒤를 돌아보느라 잠시 걸음을 늦출 때마다 지화도 두려움으로 핼쑥해진 얼굴로 뒤를 돌아보았다.

「선생님, 이렇게 밤새 걸을 수는 없지 않습니까? 어디 바위 밑에서라도 잠시 쉬지요.」

마침내 박지화가 화담에게 청했다.

내처 걸을 것만 같았던 화담은 웬일인지 박지화의 청을 쉽게 받아들였다. 화담은 주위를 두리번거리며 둘러보더니 길을 조금 벗어나 산비탈을 오르기 시작했다. 캄캄한 어둠 속인데도 덩굴이 우거져 있는 숲을 헤치며 나아갔다. 익숙한 길을 가듯 거침없는 발걸음이었다.

얼마 후 세 사람이 간신히 밤이슬을 피할 수 있을 만한 작은 바윗굴에 다다랐다.

굴에 들어선 화담은 털썩 주저앉았다.

「선생님, 이곳에 와 보신 적이 있으십니까?」

박지화가 궁금기가 가득한 얼굴로 물었다.

화담은 빙그레 웃기만 할 뿐 대답이 없었다.

하루 종일 쌩쌩하게 걸어온 것으로 보아 기력이 쇠한 것 같지는 않았다.

「이보게, 지함. 불이라도 피워야 하지 않겠는가?」

박지화가 몸을 움추리며 지함에게 말했다.

「여름에 불은 무슨…… . 그냥 자도 그리 춥지는 않겠습니다.」

지함은 불이고 뭐고 피곤해서 그저 빨리 눈을 붙이고 싶었다.

「추울까봐 하는 말이 아닐세. 호랑이가 있다고 하지 않던가. 호랑이는 사람은 무서워하지 않지만 불에는 기겁을 한다네.」

「그렇군요. 그런데 형님, 불을 피우실 줄 압니까?」

「해본 적은 없네만. 일단 불이 잘 붙을 만한 가랑잎 하고 마른 나무를 좀 구해보세.」

화담은 피곤하지도 않은지 눈을 반쯤 감고 꼿꼿하게 앉아 있었다.

지함과 박지화 두 사람은 나무를 구하기 위해 굴을 나섰다.

한창 물이 오른 여름나무들이라 불이 쉽게 붙을 만한 마른 나뭇가지를 찾기가 무척 어려웠다. 초승달이 떠 있기는 했지만 숲이 우거져 달빛을 가린 탓에 앞이 잘 보이지도 않았다.

그때였다. 마치 바람이 살랑거리는 듯 조심스런 소리가 먼 발치서 들려왔다. 그 소리는 점점 가까워졌다.

지함은 바짝 긴장해서 주위를 둘러보았다.

갑자기 박지화가 소리를 질렀다.

「저, 저기…… .」

장승처럼 굳은 박지화가 간신히 입을 떼고 신음을 냈다.

박지화가 보고 있는 쪽을 돌아본 지함도 박지화처럼 온몸이 굳었다. 마치 심장이 얼어붙는 듯했다.

시퍼런 불꽃 두 개가 저만치서 두 사람을 노려보고 있었다.

몸집이 거대한 호랑이었다. 불덩이처럼 이글거리는 두 눈만 아니었다면 커다란 바위로 여겼을 것이다.

호랑이는 소리없이 나뭇잎을 밟으며 두 사람 쪽으로 다가왔다.

오줌보가 꽉 찬 것처럼 터질 듯한 긴장이 온몸을 훑고 지나갔다.

호랑이는 두 사람의 코 앞으로 바싹 다가왔다. 그리고 크고 불타는 눈으로 두 사람을 계속 응시했다.

박지화가 지함을 뒤로 밀며 한발짝 물러섰다.

호랑이가 천천히 입을 벌렸다. 흐린 달빛 속에서도 날카로운 어금니가 번쩍 빛을 냈다.

순간, 세상을 뒤엎을 듯 우렁찬 호랑이의 포효 소리가 들려왔다. 산이 쩌렁쩌렁 울렸다. 메아리가 이 산 저 산을 치며 수없이 반복해 울려왔다.

그 기세에 눌려 지함은 자기도 모르게 호랑이를 쏘아보던 눈을 감아버렸다.

그때였다. 휘익, 바람소리가 났다. 지함은 감았던 두 눈을 번쩍 떴다. 누군가 두 사람의 앞을 가로막고 나섰다. 그 바람에 박지화와 지함은 뒤로 밀려 엉덩방아를 찧고 나자빠졌다.

화담이었다.

화담은 두 사람 앞을 가로막고 서서 호랑이를 쏘아보고 있었다. 순간, 숲속이 고요해졌다. 세상의 모든 소리가 사라져버린 것 같았다.

얼마나 지났을까. 화담과 마주보고 있던 호랑이가 슬금슬금 뒷걸음질을 쳤다. 그러더니 어느 순간 몸을 획 돌렸다. 그리고는 날렵하게 몸을 움직여 어둠 속으로 사라졌다.

지함과 박지화 두 사람이 정신을 차렸을 때, 화담은 어느새 저만치 앞서가고 있었다.

숲은 여전히 어두웠다. 늑대의 울음도 산새의 울음도 그친 숲은 태고의 혼돈 속인 양 고요했다. 풀숲을 헤쳐가는 화담의 발자국 소리조차 들리지 않았다.

지함이 몸을 추스려 자리에서 일어날 때까지 박지화는 땅에 주저앉은 채 일어날 생각을 하지 못했다.

「형님, 괜찮으십니까?」

지함이 박지화의 팔을 잡아 일으켰다. 박지화는 사시나무 떨듯 온몸을 떨고 있었다.

「이상하지 않은가?」

박지화의 음성이 떨리고 있었다.

「뭐가 말씀입니까?」

「선생님 말씀일세. 평소하고 너무나 다르지 않은가?」

「글쎄요. 뭔가 이상하긴 합니다만. 뭐 짚이는 게 있으십니까?」

박지화는 고개를 설레설레 흔들었다.

「모르겠네. 나도 모르겠네.」

「언젠가 처음 화담 산방에 갔을 때 선생님이 산새와 얘기를 나누시는 모습을 보긴 했습니다만……. 선생님은 세상 미물들과도 기가 통하시는 건지도 모르지요.」

박지화는 더 이상 대답이 없었다.

두 사람은 나무를 구하러 갔던 것도 잊어버리고 화담의 뒤를 따라 굴로 돌아왔다.

「다시 나타나지 않을 것이니 그냥 편히 자게나.」

화담은 차가운 바위에 풀을 한 겹 깔고 모로 누워 있었다.

지함도 자리를 잡아 몸을 뉘었다. 생사의 기로에 직면해 바짝 달아올랐던 긴장이 풀리자 몸은 당장이라도 땅 속으로 가라앉을 듯 무거워졌다. 그러나 좀체 잠이 오질 않았다.

지함은 하늘을 쳐다보았다.

무수한 별이 더러는 영롱하게, 더러는 어둡게 반짝이고 있었다.

지함은 태사성을 찾아보았다. 지함은 낮게 신음을 냈다. 태사성은 거의 기력이 다 한 상태였다. 위치를 정확하게 알고 있는 사람이 아니면 존재조차 찾기 어려울 만큼 어두웠다.

화담의 별, 태사성. 그 태사성이 빛을 거의 다 잃어버렸다면 화담의 목숨 또한 막바지에 이른 것이다. 생명의 힘이 저토록 미약한데 화담이 여기까지 강행군을 해 왔다는 것은 기적이나 마찬가지였다.

어서 여행을 마쳐야겠구나 하고 다짐하며 지함은 깊은 잠으로 빠져들었다.

다음날 아침, 누군가 지함의 어깨를 흔들어 깨웠다.

무성한 나뭇잎 사이로 한가닥 햇살이 새어들어 지함의 얼굴을 간지럽히고 있었다.

「몹시 피곤했던 모양이구만. 아직도 깨어나질 않으니. 아무리 흔들어 깨워도 지화는 깜깜 밤중일세.」

어느새 일어났는지 화담이 정좌한 자세로 지함을 내려다보고 있었다. 지함은 정신이 들자 어젯밤 태사성을 본 기억이 났다.

「선생님. 여행을 그만 두고 돌아가야겠습니다.」

그러자 화담이 빙그레 웃었다.

「태사성을 본 모양이구만. 괜찮네. 아직 더 버틸 힘이 있으니
……. 이왕 시작한 여행이니 힘 닿는 데까지 가 보기로 하세.
조금이라도 더 세상을 보고 싶네.」

화담의 말투는 단호했다. 더이상 이견을 내세우며 비집고 들
어갈 여지가 없었다.

「지화나 깨우게나. 이제 슬슬 떠나보세.」

아직 잠이 덜 깬 지화를 채근하여 세 사람은 다시 길을 떠났
다. 얼마 안 가 밀양재 마루턱에 다다랐다. 멀리 골짜기에 마을
이 아스라히 내려다 보였다. 워낙 인적이 드문 길인지 고갯마루
를 넘어오는 사람이 전혀 없었다.

아침을 거른 배가 요동을 쳤다.

이번 여행 내내 두 끼를 찾아 먹으면 잘 먹는 축에 들었다.
그런 때문인지 때가 조금 지나자 뱃속은 잠잠해졌다.

화담은 퍽 서두르는 기색이었다. 저러다 길거리에서 임종을
맞는 것은 아닌가 불안하기도 했다. 그러나 본인의 의사가 그토
록 확고하니 지함으로서도 어쩔 도리가 없었다.

밀양재를 거의 다 내려섰을 무렵, 허름한 주막이 하나 나타났
다. 대낮인데도 문에 빗장이 질러져 있었다.

이상했다. 그래도 혹시나 하는 기대로 주막집 문을 두드렸다.
요기나 하고 갈 요량이었다. 그러나 아무런 응답도 없었다. 아
예 인기척이 전혀 느껴지지 않았다. 태양은 벌써 머리 바로 위
에서 이글이글 타오르고 있었다.

「이렇게 오가는 사람이 없어서야 주막이나 온전하겠나. 좀 더 가보세.」

아쉬운 마음으로 박지화가 한번 더 문을 두드리며 주모를 불렀다. 역시 대답이 없었다.

일행은 할 수 없이 점심도 거른 채 곧장 밀양재를 내려갔다.

잠시 후 왼편 가지산 자락에 자그마한 절이 멀찌감치 보였다. 비구니들만 수도한다는 석남사였다.

화담은 비구니들만 있다는 곳을 들어가기가 민망한지 잠시 머뭇거렸다.

「어떻습니까. 남자라고 해서 설마 객을 내치겠습니까?」

활달한 박지화가 성큼 앞장 서서 길을 잡았다.

숲이 우거진 길을 따라 한참 올라가자 넓진 않지만 제법 물이 깊은 계곡을 가로지른 돌다리가 나타났다.

계곡은 꽤 깊었다.

젖빛 바위 사이사이를 맑은 계곡물이 요란한 소리를 내며 흘러가고 있었다. 가지산 정상으로부터 내리뻗은 계곡은 수천 년을 두고 물길을 잡아왔을 터였다. 바위마다 모난 데라곤 하나도 없이 둥글둥글했다. 오랜 세월 동안 흐르는 물에 갈고 닦인 때문이었다.

석남사는 계곡 바로 옆에 자리잡고 있었다.

법당 처마 밑에 매달린 풍경이 바람결에 한가로이 흔들리며 은은하게 울리고 있었다.

「스님, 스님. 계십니까?」

여전히 풍경소리만 들릴 뿐 아무도 얼굴을 내미는 사람이 없었다.

「지나던 객이올시다. 아무도 안 계십니까?」

여기저기 둘러보고 있던 지함이 대웅전 앞에 멈춰섰다.

문이 조금 열려 있었다. 잠시 망설이던 지함은 법당문을 열어 보았다. 여름인데도 한기가 느껴졌다. 향불조차 타오르지 않는 법당 안은 대낮인데도 어두침침했다.

「선생님, 여기도 오랫동안 비어 있었던 모양인데요? 향불도 꺼진 지 오래 된 것 같습니다.」

「이상한 일이군. 가는 곳마다 문을 닫아 걸었으니…….」

화담도 머리를 갸웃거렸다.

「내 참. 하루 종일 쌀 한 톨 구경할 수 없게 될 모양이구만.」

박지화가 툴툴거리며 되돌아섰다.

「어? 그런데 저기 저 사람은 혼자 뭐하는 거지?」

기암괴석이 줄지어선 계곡을 따라 얼마나 내려왔을까, 앞장 섰던 박지화가 앞을 가리켰다.

계곡 건너편으로 건너는 나무다리 위에 포졸 하나가 쭈그리고 앉아 병든 닭처럼 꼬박꼬박 졸고 있었다.

포졸이 화담 일행을 발견하고는 이쪽으로 소리를 질렀다.

「여보시오. 어디들 가는 길이오? 여기는 통행을 못합니다.」

「우리는 팔도를 주유 중인 송도 선비들이오. 대체 무슨 일이 있길래 길을 막고 그러시오? 어디 산적이라도 나타났소?」

박지화가 물었다.

마흔쯤 되어보이는 포졸은 힘없이 한숨을 푹 내쉬었다.

「소문도 못 들으셨소?」

「무슨 소문 말이오. 밀양재에서 주막을 안 들리고 곧장 오는 길인데…….」

「말도 마시오. 근동에 염병이 퍼져서 난리라오.」

「염병이라니요?」

「경주서부터 옮아온 염병이 벌써 경상도 사방으로 퍼졌다오. 온 데서 사람이 죽어나가는 바람에 시체를 치울 손마저 없는 형편이라오.」

주막이며 석남사가 비어 있더니 이미 염병이 거기까지 휩쓸고 간 모양이었다.

「그런데 당신은 왜 그러고 있소?」

박지화가 또 호기심이 발동했는지 묻고 나섰다.

「염병이 퍼진 곳에 사람 통행을 막으라는 포도청 지시를 수행하고 있는 중이오. 원래는 열 사람이 나왔는데 다른 사람들은 다 도망가 버리고 나만 남았소.」

「당신은 왜 도망가지 않았소?」

「나마저 도망가버리면 멋 모르고 이 지방으로 오는 사람들이 다 병에 걸릴 것 아니오.」

「그런데 왜 그리 힘이 없소?」

「며칠 전까지는 저 건너에 있는 마을에서 자고 밥도 얻어먹었소이만 저기도 병이 퍼져서 밥을 굶은 게 벌써 사흘째요.」

「쯧쯧.」

박지화가 혀를 찼다.

「거 답답한 양반일세. 당신 목숨이 경각에 달려있는데 남 걱정이 되오?」

「먹고 살기가 막막해서 포졸이 됐소만, 맡은 일은 책임져야 하지 않겠소?」

사흘이나 굶었다는 포졸은 따박따박 말대답은 잘도 했다.

「거 참 앞뒤가 꼭꼭 막힌 양반일세. 우리야 아무것도 몰랐으니 이 길로 들어섰소만. 소문이 이미 널리 퍼졌다면 더 올 사람도 없을 게요. 빨리 집으로 돌아가는 게 현명한 일일 것이오.」

「집에 돌아가 봤자 우리집 식솔들도 모두 원귀가 돼 있을 거외다. 예서 죽으나 게서 죽으나 뭐가 다르겠소. 당신들이나 왔던 길로 돌아가시오. 난 죽어도 여기서 길을 지키다가 죽을 거요.」

그제야 박지화는 잔뜩 근심스런 얼굴로 화담을 돌아보았다.

「선생님, 어떻게 하지요?」

「나야 살 만큼 산 사람이니 어떻든 무슨 상관이 있겠나? 자네들이 알아서 결정하게나.」

화담은 슬쩍 자리에서 물러나 이미 염병이 돌았다는 개울 건너 쪽을 무심히 바라보았다.

「염병이 돌고 있다는데 어찌 갈 수 있겠나. 돌아가세. 아쉽기는 하네만 어쩌겠나.」

박지화의 걱정이 아니더라도 지함 역시 망설이고 있었다. 몸이 오랜 여행으로 많이 허약해져 있었다. 그 몸으로 전염병이 돌고 있는 곳을 무사히 지날 수 있을지 걱정이 되었던 것이다. 염병이란 것이 얼마나 무서운지 알고 싶은 욕망도 있긴 했으나 병에 대한 호기심보다 두려움이 더 컸다.

그러나 또 민이가 생각났다. 민이는 정순붕에게 원수를 갚기 위해 스스로 염병으로 죽은 사람의 팔뚝을 잘라다가 베개 속에 넣어두었다. 민이는 하루하루 염병에 걸려가고 있는 자기 자신을 느꼈을 것이다. 그것은 얼마나 큰 고통이었을까.

지함이 민이 생각으로 잠시 멍하니 있을 때 화담이 혼자 중얼거리는 소리가 또렷이 들려왔다. 두 사람에게 등을 돌린 채였다.

「어허, 죽음이 그리도 두려운 것인가? 왜 이 먼 길을 떠나왔던고. 이 땅의 백성들이 어떻게 살아가고 있는지 보고 배우기 위해서가 아니었던가? 진실을 구하려는 욕망도 죽음 앞에서는 뒷걸음치고 마는 것인가? 염병은 이 땅의 병이 아니고, 염병에 걸린 백성은 이 나라 백성이 아니던가? 포졸 하나도 제 책무 때문에 저토록 목숨을 내놓고 길을 지키고 있는데, 세상을 구하겠다는 사람들이……」

화담의 탄식이 두 사람의 가슴을 무겁게 가라앉혔다.

지함은 차마 고개를 들 수 없었다.

화담은 죽음을 앞두고 힘든 여행을 계속하고 있었다. 두 제자를 가르치고 일깨우기 위한 고행임을 그제야 지함은 명확하게 깨달을 수 있었다.

지함은 자신과 마찬가지로 얼굴을 붉히고 있는 박지화를 간절한 눈빛으로 바라보았다. 박지화가 힘차게 고개를 끄덕였다.

「선생님. 가시지요.」

그제야 화담은 빙그레 웃으며 뒤돌아섰다.

세 사람은 염병이 퍼졌다는 경상도를 향해 다시 걷기 시작했다.

그러자 이번에는 포졸이 길을 막고 나섰다.

「여보시오, 선비님들. 그쪽으로 가시면 안 된다니까요.」

「괜찮소. 우리라도 가서 환자들을 살펴보리다.」

「그러시면 선비님들까지 다 병에 걸려 살아남지 못합니다.」

「고맙소. 포졸 나리. 허나 우리라도 가서 사람들을 거두겠소.」

포졸은 하는 수 없이 길을 비켜 섰다.

「정 가시려거든 이름자나 남기고 가시오. 누가 죽었는지는 알
아야 할 것 아니겠소?」

「허허. 이름은 남겨 무엇하겠소. 한 세상 살다가면 그만인 것
을. 당신이나 몸조심하시오.」

더이상 말할 힘도 없는지 포졸은 고개를 흔들어보이고는 쪼그
리고 앉아 무릎에 얼굴을 묻었다.

「처처에 저런 인물만 있어도 나라꼴이 이렇게까지 되지는 않
으련만…….」

화담이 안타까운 듯 포졸을 바라보며 말했다.

「저런 이의 운명은 감정할 수도 없다네.」

「어째서 그렇습니까?」

「운명에 맞서 저렇게 의연한 이는 하늘도 비켜가는 법이지.」

「운명을 극복하는 것은 스스로 의지를 갖는 것입니까?」

「그렇지. 제가 주인이라는 것을 알고 자신을 스스로 끌고가는
사람에게는 하늘의 힘도 미치지 못한다네.」

화담 일행은 주린 배를 감싸안고 인적이 끊긴 길을 따라 울
주로 향했다.

해가 기울 무렵 산등성이 아래에 지붕 몇 채가 산새집처럼
깃들어 있는 것이 눈에 띄었다.

「저녁 연기가 오르는 집이 한 집도 없습니다. 저 마을도 이미
염병이 휩쓸고 간 모양입니다.」

「어쨌든 가보세.」

아까는 겁을 잔뜩 집어 먹었던 박지화가 용기 충천해서 직접

마을로 들어가보자고 성화였다.

작은 징검다리를 건너자 장승 한 쌍이 세 사람을 맞이했다.

마을은 한적했다.

어느 마을에서나 사람보다 먼저 객을 반기는 그 흔한 삽사리 한 마리조차 보이지 않았다.

세 사람은 마을에서 가장 깨끗해 보이는 집으로 들어섰다.

「주인 계시오? 주인장, 주인장!」

아무리 불러도 대답이 없었다. 그러자 박지화는 가까운 방문을 활짝 열어젖혔다.

노인네가 썼던 듯 곰방대가 놓여 있는 방은 역한 냄새만 풍길 뿐 텅 비어 있었다.

「아이구, 이런, 쯧쯧……」

방문마다 다 열어젖히던 박지화가 안방문을 열더니 코를 감싸쥐고 돌아섰다.

지함도 방 안을 들여다보았다.

아직 젊은 부부와 아이 둘이 나란히 누워 있었다. 벌써 숨이 끊어졌는지 송장 썩는 냄새가 진동을 했다. 아이들이 부모보다 조금 늦게까지 숨이 붙어 있었던 듯했다. 이미 죽은 에미의 품으로 파고든 자세였다.

시체는 모두 살 한점 없이 깡말라 있었다. 쇠파리들이 시커멓게 달라붙어 그나마 남아 있는 살을 파먹은 시체는 차마 눈뜨고 볼 수 없을 지경이었다.

「이 일을 어쩌지요?」

지함이 뒤를 돌아보며 물었다.

난감했다.

화담은 턱을 고인 채 생각에 잠겨 있었다.

「일단 시체를 불태우세.」

「예? 불태우다니요?」

「염병이란 것이 본시 열이 끓는 것 아닌가? 의술이야 잘 모르네만 도의 이치란 무엇이나 매한가지인 법, 본시 산불이 거세면 맞불을 놓는 법이고, 양기가 지나치면 더 강한 양기로 기를 누르는 법일세. 열에 의해 죽음을 당했으니 그 열로 열을 죽여 없애버리잔 말일세.」

그제야 지함과 박지화는 고개를 끄덕였다.

그러나 이미 부패하기 시작한 시체를 옮기는 것도 문제였다. 보는 것은 웬만큼 참을 수 있었지만 코를 찌르는 역한 냄새와 들끓는 파리는 비위에 뒤틀려 도저히 견뎌낼 수 없었다. 이왕 들어온 김에 시체나 치워주고 가자고 작정은 했지만 세 사람은 선뜻 손을 대지 못했다.

한동안 고심하던 지함이 성큼성큼 대문 밖으로 나갔다.

살아있는 사람이 있는지 마을을 돌아볼 생각이었다.

바로 옆집은 더욱 끔찍했다.

죽은 지 사나흘 되어 보이는 시체는 이미 형체를 알아볼 수 없게 썩어 있었다. 시체마다 온갖 벌레들이 시커멓게 들끓었다. 방 안에는 진득진득한 송장물이 흥건히 고여 있었다.

온 동네에 시체가 널려 썩어가고 있었다.

마을을 돌던 지함은 기어이 토역질을 하고 말았다.

지함은 시퍼런 감이 조랑조랑 매달린 감나무 기둥을 붙잡고 웩웩거리며 토했다. 악취와 끔찍한 광경을 보고난 탓이었다.

언제던가, 처형당한 안명세의 목이 종로거리에 내걸려 있는 모습을 보고 뱃속에 있는 것을 모두 토해냈던 기억이 떠올랐다. 그 기억이 지함의 오장육부를 더 자극했다.

지함은 노란 물이 나오도록 토하고 또 토했다. 하루를 꼬박 굶어서 토할 것도 없는데 구역질은 그치질 않았다.

지함은 구역질을 하면서도 마을을 계속 돌았다.

어떤 집의 대문을 들어섰을 때였다.

어디선가 고통을 이기지 못하는 사람의 신음소리가 들려왔다. 끔찍한 주검만이 가득 찬 마을에서 사람의 목소리가 흘러나오고 있었다. 어찌나 반가웠는지 구역질이 저절로 멈추어졌다.

지함은 소리가 흘러나오는 방문을 벌컥 열었다.

그 안에 뼈밖에 남지 않은 여자가 홀로 누워 있었다. 나이를 짐작할 수 없을 정도로 처참한 몰골이었다. 머리를 땋아내린 걸 보아 아직 출가하지 않은 처녀인 모양이었다.

「무…… 물…….」

아직 정신이 남아 있는지 처녀는 물부터 찾았다.

지함은 당장 우물로 뛰어갔다. 정신없이 두레박을 끌어올려 물 한 바가지를 들고 달려가던 지함은 방문 앞에 다다라 멈칫했다.

불은 불로 다스려야 하는 법일세.

화담의 말이 떠올랐던 것이다.

지함은 뒤란에서 바싹 마른 잔솔가지를 주워다 불을 지폈다. 생전 불 한번 피워본 적이 없어 부싯돌을 수십 차례나 부딪친 끝에 간신히 불을 붙일 수 있었다.

잔솔가지는 금세 거센 불길로 타올랐다.

지함은 부지런히 물을 길어다 가마솥을 채우고 물을 펄펄 끓였다. 그리고 부엌에서 놋그릇을 가져다 끓는 물에 집어넣고 삶았다. 그리고 삶은 그릇을 꺼낸 다음 끓는 물을 떠내 찬 우물에 담궈 식혔다. 지함은 식힌 물을 들고 방으로 들어갔다.

처녀는 머리가 불덩어리인데도 덜덜 떨고 있었다.

지함은 처녀를 일으켜 안아 물을 먹였다. 어디서 그런 기운이 솟아나는지 처녀는 거센 힘으로 물 그릇을 움켜쥐고 벌컥벌컥 마셨다. 급하게 너무 많이 마시면 체할까봐 물 그릇을 잡아당기자 처녀는 우악스럽게 달려들어 물 그릇을 나꿔채갔다.

물 한 그릇을 순식간에 다 마셔버린 처녀는 다시 기진해 누웠다. 그러나 물을 마시기 전보다 생기가 많이 올라 있었다.

지함은 처녀가 잠이 든 것을 본 뒤 일행에게 달려갔다.

「선생님, 선생님!」

화담과 박지화는 동네 어귀에 장작으로 단을 쌓고 있었다. 시체를 태울 준비를 하는 것이었다.

「사람이 있습니다. 산 사람이 있습니다.」

지함의 말에 화담과 박지화는 일손을 멈추었다.

세 사람은 온 동네를 샅샅이 뒤져 산 사람을 찾아냈다.

그래서 이십여 호쯤 되는 마을에서 아직 숨이 붙은 사람 여섯 명을 찾아냈다. 건강한 사람은 한 명도 없었다.

화담 일행은 한 집을 골라 환자들을 모았다. 그리고 병의 경중을 살펴 방 세 칸에 나누어 눕혔다. 그런 뒤에 방마다 불을 지펴 방을 덥혔다.

환자들의 용태를 살핀 박지화와 지함은 밖으로 나왔다. 그리고 나뭇더미 위에 시체들을 얹어놓고 불을 붙였다. 땅과 더불어 살아온 사람들을 땅으로 되돌려 보내지 못하고 한 줌 재로 화하게 하는 것이 안 되긴 했다. 그렇지만 병이 더 퍼지는 것을 막기 위해서는 어쩔 도리가 없었다.

벌써 주위는 완전히 어둠에 잠겨 있었다. 지함과 박지화는 불이 꺼지지 않도록 시체를 배분해서 태웠다. 주검을 사르는 불길이 거세게 타올랐다. 제각기 다른 세월을 살아왔을 사람들이 장작더미 속에서 함께 타올라 재가 되어가고 있었다.

시체를 다 태우고 났을 때 벌써 동쪽 하늘이 훤하게 밝아오고 있었다. 화장을 끝낸 지함과 박지화는 환자들이 있는 집으로 돌아갔다. 거기에서 화담은 의원처럼 능숙하게 환자들을 돌보고 있었다.

「자, 자네들도 요기를 해야지. 그렇게 몸을 혹사했다가는 자네들도 원귀가 되고 말겠네.」

환자들 수발로 정신이 없었을 텐데, 어느새 화담은 지함과 박지화가 돌아올 시간까지 맞춰 밥을 지어놓고 두 사람을 기다리고 있었다. 그 모습을 보고 지화가 피식 웃음을 터뜨려놓고는 금세 웃음을 거두었다.

「사람이란 게 참 신기하군요. 이런 경황 중에도 웃음이 나오다니. 조금 전까지만 해도 마치 저까지 시체가 되어 불 속에 던져진 기분이었는데……. 선생님이 손수 밥을 지으셨다니까 웃음이 나지 뭡니까?」

화담도 빙그레 웃으며 밥상을 들이밀었다.

「신기할 것 없네. 죽음이란 태어날 때부터 바로 옆에 있는 것, 짧은 생명에 취해 그것을 잊고 살아갈 뿐. 자, 들게나.」

병이 옮을 것을 저어하여 익히지 않은 반찬은 올리지 않았다. 찬이라곤 배춧잎 건더기가 몇 개 둥둥 떠 있는 짠 소금국뿐이었다.

지함과 박지화는 맛있게 밥을 먹었다. 여행하는 동안 거친 반찬에 익숙해지기도 했지만 시장이 더없는 반찬 노릇을 해준 까닭이었다.

지함은 정신없이 밥 한 그릇을 다 먹었다. 그러고 나니 지함의 가슴에 슬그머니 비애감이 스며들었다. 조금 전에는 시체를 불질렀고 지금 옆 방에서는 환자들이 신음하고 있다. 그런데 바로 그 옆에서는 생명을 부지하기 위해 밥을 먹고 있는 것이다.

맨 첫집에서 시체를 보았을 때 같은 참담한 비애는 아니었다. 모든 것이 이렇게 서로 무심하게 흘러간다는 것을 체득한 데서 온 비애였다. 그렇다. 세상은 이렇게 저마다 제 운을 따라 흘러가는 것이다. 이미 불타버린 시신들도, 옆방에서 신음하고 있는 환자들도, 지함 자신도……

마당 곳곳에 피워올린 모깃불 연기가 온 집을 감쌌다. 연기가 너무 지독해서 눈이 다 아릴 지경이었다. 벌레들이 다른 병을 옮길까봐 화담이 피운 것이었다.

세 사람은 마루 한 켠에 앉아 우두커니 모깃불을 바라보았다. 화담은 가끔 마당에 내려가 모깃불이 꺼질세라 뭉게뭉게 연기를 품으며 타고 있는 풀더미를 살폈다.

「애석한 일일세. 기의 흐름을 제대로 들여다보지 못해 이렇게 수많은 사람이 한꺼번에 죽어가다니……」

「기의 흐름을 모르다니요?」

박지화가 물었다.

「기의 흐름. 올 여름에 염병이 창궐하리라는 것쯤은 봄부터 알 수 있었다네.」

「그걸 백성들이 어떻게 볼 수 있습니까?」

「그러게 답답한 거네. 인간의 육신이 잠시 머물렀다 가는 허물이라 할지라도 그 무상함 때문에 더욱 귀중하고 간절한 것일진대…….」

화담의 탄식을 들으며 지함은 언젠가 화담이 했던 말이 문득 머리에 떠올랐다.

막 여행을 시작했을 무렵, 그러니까 아직 산천에 진달래가 피기 전이었다. 그때 화담은 지난 겨울의 수기가 약해서 올 여름엔 질병이 돌 거라고 크게 걱정을 했었다.

「그러나 선생님, 선생님 말씀대로라면 이 또한 오묘한 기의 흐름 아닙니까? 어찌 인간이 그것을 거스를 수 있단 말씀입니까? 겨울의 수기가 약해 여름에 전염병이 돌고, 그로 인해 수많은 목숨을 잃는 기의 흐름을 하찮은 인간이 어찌 할 수 있단 말씀입니까?」

「좋은 질문을 했네. 나도 요즘에서야 그에 대해 깊이 생각하고 있다네. 기의 흐름이 단순히 그저 흐르는 것만이 아니지 않겠는가 하는 것일세. 인간사에서 시간이 한쪽으로 흐르듯 기의 흐름도 그런 것일 테지. 발전을 하고 있다고 할 수도 있겠네. 시간도 기도 모두 한쪽으로 흘러가고 있는 것일세. 지금 닥친 고통이야 어쩌겠는가? 눈앞에 닥친 죽음은 어느 누구도 어찌 할 수 없다네. 그것이 기이며 세상사의 비정함이지.」

「그렇다면 저희가 할 일이 무엇입니까?」

「당장 눈앞의 일을 바꿀 수는 없지만 먼 훗날의 큰일은 막을 수 있다네. 한번 잘못 벌어진 도수(度數)가 장차 큰 재앙이나 변고로 일어난다네.」

「그것을 어떻게 알 수 있습니까?」

「그것을 아는 게 도인이 할 일이라네. 그래서 인물을 보고, 지리를 보고, 물산을 보고, 천문을 보는 것이네.」

말을 마친 화담은 두 사람에게 들어가 자라는 손짓을 보냈다.

「선생님께서도 푹 쉬십시오. 저희야 아직 젊으니 이 정도는 버틸 수 있습니다.」

「난 조금 있다 들어가겠네. 혼자 생각할 것이 많구만.」

하루 종일 걸었던데다 밤을 꼬박 새워 일을 한 탓에 두 사람 모두 몹시 지쳐 있었다. 두 사람은 방바닥에 머리가 닿자마자 코를 골기 시작했다. 동창이 훤히 밝은 아침이었다.

해가 서켠으로 살짝 비켜섰을 때에야 두 사람은 꿈도 없던 깊은 잠에서 깨어났다.

화담은 환자들에게 먹일 죽을 끓이고 있었다.. 한여름에 뜨거운 불 앞에 앉아 있는데도 별로 더운 기색이 아니었다. 어느 사이 모깃불까지 손을 봤는지 대낮인데도 모깃불이 여전히 숨막히게 타오르고 있었다.

「안녕히 주무셨습니까?」

「자네들은 괜찮은가? 자네들까지 덜컥 앓아누우면 다 늙은 노인네 혼자 어찌 할 도리가 없으니 조심들 하게나. 끓이지 않은 음식은 절대로 입에 대지 말게.」

그러면서 말끝에 화담은 서너번 짧게 혀를 찼다.

「스무 집 뒤주를 다 뒤졌는데도 쌀 한 가마가 채 안 되는구만그래. 염병으로 죽지 않았어도 굶어죽을 팔자들이었겠네.」

「그러면 선생님께선 아예 주무시지도 않으신 겁니까?」

「자네들 먼저 죽 한 그릇씩 비우고 나서 환자들에게 좀 먹이게나.」

놀라서 묻는 말에는 대답도 없이 화담은 죽사발을 내밀었다.

「선생님도 잡수셔야지요.」

「나는 벌써 한 그릇 비웠네.」

화담의 건강은 염려하지 않아도 될 것 같았다. 기운이 펄펄 넘쳐나는 듯 했다.

세 사람은 죽을 그릇에 나눠 담아 각자 몇 개씩 들고 환자들의 방으로 들어갔다. 가만히 있어도 등줄기에 땀이 줄줄 흐르는 여름철, 방에 군불을 지펴서 문을 열자마자 후끈한 열기가 치밀어 숨이 막혔다. 게다가 환자들이 내뿜는 숨까지도 덥기만 했다. 그런 방에서 언제 전염될 지 모르는 염병 환자들을 일일이 부축해 음식을 먹인다는 것은 생사를 건 모험이었다. 그러나 너무 많은 주검을 본 탓인지 지함은 죽음에 대한 두려움 따위는 벌써 사라지고 없었다.

죽을 먹은 환자들은 조금씩 기력을 되찾았다.

환자들이 입을 떼기 시작하자 화담은 의원부터 물었다.

「여보시오, 근처에 의원이 있소?」

「예. 저기 저 집이 의원집 아닌교. 그 이도 죽었을 낍니더.」

「알았소.」

화담은 의원이라는 집에 가더니 한참만에 이것저것 약재를 들고 와서 달이기 시작했다. 지함은 무슨 약이 무슨 약인지 알아볼 수가 없었다.

화담은 환자별로 약재를 따로따로 배합해 달여 먹였다.

「아니, 선생님. 약도 지을 줄 아시는가 보군요.」

지화가 약 짓는 스승의 모습을 처음 본다는 듯이 물었다.

「처음이네.」

「예? 그러다가 어쩌시려구요.」

「어쩌긴. 이 땅의 지리와 물산을 알면 이 정도야 알 수 있지. 지리에 따라 물산도 다른 법, 지리에 따라 사람의 성정도 다르게 된다네.」

「그야 그렇겠지만 병하고야…….」

「아니네. 조선에서 생긴 병은 조선에 나는 약으로 다스려야 하네. 당귀는 본래 봉화, 울진, 평창, 삼척, 양양, 정선, 태백에서 잘 나지만 다른 지방에서는 나지도 않을 뿐더러 나더라도 약효가 떨어진다네. 무슨 이치인가? 그 땅에 흐르는 기운이 그 약성에 맞게 깃들어야만 되는 까닭일세. 아무 데서나 그 기운이 나는 게 아니지. 그 약성을 만드는 기운은 그 지방에만 있는 걸세.」

「선생님, 그러면 그 지방의 물산을 보면 지리를 알 수 있고, 지리를 알면 물산을 알 수 있는 것입니까?」

지함이 끼어 들었다.

「아무렴. 지리를 알면 물산뿐 아니라 인물도 알 수 있고, 인물을 보면 그 사람이 난 지리를 알 수 있지. 조선의 백성을 보면 조선의 지리를 알 수 있고, 중국의 백성을 보면 중국의 지리를 알 수 있고, 왜인을 보면 왜의 지리를 알 수 있다네.」

「그래도 어떻게 약을 지으십니까? 약성이 다 다른 법인데.」

「약이란 그 땅의 기운과 하늘의 기운이 엉기어 맺힌 것. 그 약초가 난 땅을 보면 약성을 알 수 있다네.

원래 약성이란 공중에 무한히 널려 있는 법일세. 햇살이 충만한 것과 같다네. 기실 기를 마시면 음식은 먹지 않아도 된다네.」

「그래서 선생님께서는 내내 아무것도 잡숫지 않으시는 겁니까?」

「그렇다고 할 수도 있네만 곧 알게 될 걸세. 하여튼 태양에서 빠져나오는 기를 풀은 풀대로, 나무는 나무대로, 짐승은 짐승대로 제게 맞는 것을 받아들이네. 그래서 약성이 강한 것을 약초라 이름하는 것. 그 약초가 띠는 빛깔을 보고도 약성을 알 수 있다네. 붉은빛을 띤 약초, 검은빛을 띤 약초, 노란빛을 띤 약초……」

「간지(干支)가 그런 물상(物象)을 이루는 것입니까?」

「그렇지. 그것을 보는 것이 의약(醫藥)의 기본일세.」

「그렇게 알아가지고는 어떻게 조제를 합니까?」

지함이 다시 물었다.

「환자를 살펴야지. 이 지방에 나서 자라온 몸들이니 이 눈으로 다 보인다네. 사람만 보아도 그 사람이 어디가 실하고 어디가 허한지 알 수 있지. 이 지방에 나는 약초에 뭐가 있는지 아는가? 당귀, 천궁, 길경, 작약, 지황 같은 것이 있네. 내가 그것을 미루어 보고, 또 산천을 둘러보았고, 그리고 이 사람들을 보았으니 그쯤은 짐작할 수 있고말고.」

「선생님께서 보신 우리나라의 지리와 물산은 어떠한 것이었는지요?」

「그걸 보자고 나온 것 아닌가? 그러나 내 명이 경각에 달했으니 내가 다 말해 줌세.」

화담은 팔도를 나누어 그 지방의 지리와 인물을 그가 보고 듣고 느낀 대로 지함과 박지화에게 이야기했다.

어느 지방의 흙은 모래이고, 어떤 지방은 진흙이고, 또 어떤 지방은 어때서 물산이 다르고, 인물도 다르다는 것이었다. 지함은 화담의 말을 들으면서 그가 지나온 경기, 충청, 전라, 경상의 지리와 물산을 돌이켜 보았다. 어쩌면 같은 하늘 아래에 있는 땅이건만 그렇게 성질이 다를 수 있을까 싶었다. 사람 얼굴이 모두 제각각이듯이 땅의 얼굴도, 물산의 얼굴도 제각각이었다.

「그래서 사람의 병도 음양(陰陽)과 오행(五行)의 이치로 다스려야 한다네. 〈황제내경(皇帝內經)〉에 보면 역리를 안 후에 의술이 있고 의원은 음양으로써 질병을 다스린다(易知然後醫術 醫者必求於陰陽)고 나와 있지 않던가. 인체란 우주와 다를 바 없는 소우주라서 의원은 환자를 천문(天文)보듯 해야 하며, 또 지리를 보듯 해야 하는 것일세.」

「사람의 몸을 어떻게 관해야 하는 것입니까? 아무리 천문 지리를 보듯 하여도 달리 볼 게 있을 것입니다.」

「오장 육부를 음양 오행의 행성으로 따져 보면 되는 것은 자네도 잘 알 것 아닌가?」

「가르침을 잊지 않고 있습니다. 오장(五腸)을 보면 간이 목성(木星)이오, 심장은 화성(火星)이오, 지라는 토성(土星)이오, 허파는 금성(金星)이오, 콩팥은 수성(水星)입니다. 오부(五腑)로 보면 쓸개는 목이오, 소장은 화요, 위는 토요, 대장은 금이오, 방광은 수입니다. 그리고 눈은 목이오, 혀는 화요, 입술은 토요, 코는 금이요, 귀는 수입니다. 힘줄은 목이요, 혈맥은 화요, 살은 토요, 살갗은 금이오, 뼈는 수입니다. 이로써 인체의 오행이 드러나는 것입니다.」

「그래서 인체는 밤하늘의 별처럼 복잡하게 이루어지고 있는 것이네.」

「신체에 생긴 질병은 어떻게 보아야 합니까?」

「우선 신체를 감별하는 것에 사주가 있다. 용신(用神)을 세우는데, 용신이란 사람에게 힘과 기를 계속 주는 하늘의 기운을 말하는 것이니, 이로써 부모, 형제, 처자의 길흉을 보고 오장육부의 건강을 살필 수 있게 된다네. 그러고 나서 사상(四象)을 보고 오운육기(五運六氣)를 60갑자로 살펴 60종으로 나누어보면 그 허하고 실한 것을 미루어 알 수 있는 것이라네. 사주 용신에는 무려 51만 종이 있으니 그만큼 사람마다 다른 체질을 가지고 있다는 것일세.」

「쌍동이는 얼굴도 같고 목소리도 같습니다. 이러한 사람들도 다릅니까?」

「다르다네. 일각이 달라도 다른 것이네. 이 세상에서 똑같은 사주를 가진 사람은 상원(上元), 중원(中元), 하원(下元)의 세 갑자가 지나는 180년 만에 한번 나오게 되는 것이니 그만큼 같은 사람은 없는 것이네.」

「그렇게 많은 종류의 사람, 그 많은 질병을 어떻게 다스립니까?」

「명의(名醫)는 약을 여러 가지 쓰지 않는다네. 명의일수록 단방(單方) 치료를 잘 한다네. 많아야 세 가지 약재 정도일세. 명의가 된다는 것은 사주를 한 치의 틈도 없이 정확하게 감정하여 병인(病因)을 찾아내고, 그 병인을 제거하는 약재를 정확하게 쓰는 눈을 가졌다는 것이라네.」

「약은 어떻게 써야 합니까?」

「약재에도 오행이 있다고 하지 않았던가. 아무리 좋은 약도 어떤 때에는 독이 되니 함부로 쓰지 않도록 해야 한다네. 오행이 서로서로 생하는 약이기도 하지만 또 서로 극하는 독이기도 한 이치와 같다네. 어떤 병에는 약이 되는 것이 어떤 병에서는 독이 되니 약 한번 잘못쓰면 오히려 중병을 얻게 된다네.」

「사람의 운명을 감정하는 것도 의원의 마음으로 하는 것이옵니까?」

「바로 그렇다네. 내가 그 말 한 마디 듣자고 여기까지 너스레를 떤 것일세. 그것이 사람의 운명을 감정하는 까닭일세. 그 사람이 가지고 있는 병인을 찾아내어 가장 알맞은 약재로 처방하여 병을 없애는 것, 그것처럼 사람이 가진 마음의 병도 깨끗이 치료해야 하네. 자네가 그것을 해야 하는 것일세. 진단만 하고 처방을 하지 못한다면 의원이 아니지.」

「명심하겠습니다.」

「허허허. 자넨 명의가 될 걸세.」

이야기를 마친 화담은 껄껄 웃으면서 약을 달였다. 지함과 박지화는 화담이 달인 약을 환자들에게 차례로 먹였다.

꺼지지 않을 듯 맹렬하게 타오르던 태양도 점차 수그러들기 시작했다. 이미 입추도 지나 처서가 가까워오고 있었다.

다행히도 환자 여섯 명이 모두 살아났다. 그러나 어느 누구 하나 살아남았다는 기쁨을 느끼지 못하는 듯 했다. 의식이 들고 이제는 살 수 있다는 믿음을 가진 다음, 여섯 명 모두는 한결같이 눈물을 흘리며 장탄식을 했다. 그들에게는 그 폐허같은 땅을 딛고 살아나갈 아무런 희망이 없었다. 그 질곡의 운명을 다시 헤치고 목숨줄을 잇는 것이 얼마나 힘겨울 것인지 그들은 잘 알고 있었던 것이다.

살아난 이가 원망을 하든 고마워하든 화담 일행으로서는 응당 해야 할 일을 한 것뿐이었다. 다음에 살아갈 일은 살아남은 자들의 몫이었다. 떠날 시간이 가까워지고 있었다.

맨 처음에 지함이 발견한 처녀가 그 중 회복이 가장 빨랐다. 화담은 그 처녀에게 앞으로 이리저리 대처하라고 일러주고 또다시 길을 떠났다.

팔월 보름이 얼마 남지 않은 날이었다.

염병이 휩쓸고 간 경상도 일대는 참혹하기 그지 없었다. 그러나 들판의 곡식은 돌보는 이가 없어도 햇살에 영글어 누렇게 익어가고 있었다. 간혹 들판에 나와 일을 하는 사람들이 이따금 눈에 띄었으나 모두 비쩍 말라 있었다.

25. 화담의 묘를 파보다

팔월이 다 가도록 지함 일행은 한양에로 올라오지 않았다.

서기는 더 이상 기다릴 수 없었다. 이제 〈홍연진결〉을 잃어버린 것은 둘째 치고 화담이 살았는지 죽었는지를 먼저 확인하고 싶었다. 살아 있다면 그까짓 책을 잃어버렸든 태워버렸든 상관이 없는 일이었다. 그러나 정말로 죽었다면. 서기는 거기까지는 더 생각하기도 싫었다.

「형님, 송도로 가서 제 눈으로 확인해야겠습니다. 여기서는 더 기다려 봐야 아무 소용이 없을 듯합니다.」

「그러게나. 올 사람이 아닌 듯하이.」

지번도 서기를 말리지 않았다. 남궁두와 전우치도 서기를 따라 길을 나섰다.

서기는 단 한번도 쉬지 않고 송도로 갔다. 남궁두와 전우치가 따라가기 힘들 정도로 서기는 빨리 걸었다.

그야말로 한달음에 송도에 이른 서기는 곧장 화담의 집으로 달려갔다.

「저, 서기올습니다.」

화담의 부인이 마침 집에 있었다.

「죄송한 말씀입니다만, 화담 선생님의 묘를 파 보아야겠습니다. 허락해 주십시오.」

「그 무슨 해괴한 말씀이오? 돌아가신 분의 묘를 파겠다니? 부관 참시라도 하겠다는 거요?」

「화담 선생님이 살아계시답니다.」

「그게 무슨 말이오?」

「선생님이 살아서 여행하시는 모습을 보았다는 사람이 한둘이 아닙니다.」

「원 살다 보니 별 소릴 다 들어보는구먼. 영감님 돌아가신 지가 언젠데 그러우. 이 염천에 다 썩었겠구려.」

「제 손으로 묻었잖습니까?」

「그렇지요. 나도 보았잖구요.」

「그러니 더 미칠 노릇입니다. 제가 홍성에도 가 보았고, 해남, 지리산, 한양을 다 가보았는데 만나는 사람마다 화담 선생님을 보았다는 것입니다.」

「이상한 일도 다 있군요.」

화담의 부인은 아들을 불렀다. 곧 화담의 아들이 달려왔다.

「아니, 스님. 그게 무슨 말씀이십니까? 아닌 밤중에 홍두깨라더니 아버님이 살아계시다니요?」

「하여튼 가보십시다.」

「그래도 그렇지, 아들인 제가 아버님을 몰라뵙고 다른 분의 시신을 아버님이라고 했을까봐 그러십니까?」

「아이고, 저도 답답합니다. 두, 자네가 말 좀 해주게나.」

서기는 주먹으로 제 가슴을 쾅쾅 쳤다.

남궁두가 화담의 아들에게 그간의 사정을 자세히 설명했다.

「저희도 처음에는 서기의 말을 믿고 화담 선생님께서 돌아가신 줄로만 알고 있었습니다.」

「정말로 돌아가셨습니다.」

「글쎄 그 말은 서기한테서도 귀가 따갑도록 들었습니다.」

「그래도 그건 사실입니다.」

「그러나 화담 선생님을 보았다는 사람이 한둘이 아닙니다.」

「모를 말씀이외다.」

「그러니 서기 스님이 이렇게 답답해서 화담 산방까지 달려오지 않았겠습니까?」

「그래도 그렇지 세상에 이런 일도 다 있답디까?」

「보았다는 사람만도 벌써 여러 명이 되고, 지리산에서는 남명 선생께 편지까지 보내셨습니다. 몸이 불편해서 들르지 못해 미안하다는 서찰을 제 눈으로 똑똑히 보았습니다.」

「그게 정말입니까?」

「정말입니다. 한두 사람이 본 게 아니랍니다.」

「좋습니다. 세상에, 제 부모의 묘를 파헤치는 미친 짓을 내가 한다니……. 하여튼 아버님이 살아만 계신다면 무슨 짓인들 못하겠소.」

화담의 아들은 괭이와 삽을 헛간에서 꺼내와 어깨에 둘러메었다.

서기 일행은 화담의 아들을 앞세우고 화담 계곡으로 올라갔다.

흥분한 일행의 걸음은 뛰는 것만큼이나 빨랐다.

그들은 서기와 화담의 아들이 직접 썼다는 화담의 묘로 갔다.

「이 묘일세. 여기에 화담 선생님이 묻혀 계시다네.」

서기가 손가락으로 묘를 가리켰다.

전우치와 남궁두가 괭이와 삽을 잡았다.

두 사람은 땀을 뻘뻘 흘리면서 화담의 묘를 팠다.

찌는 듯한 삼복 더위라 조금만 몸을 놀려도 땀이 비오듯 흘러내렸다.

얼마 만에 관이 나타났다.

「열어 보게.」

서기가 전우치에게 말했다.

전우치가 관 뚜껑을 힘껏 잡아당겼다.

「휴우.」

서기가 안도의 한숨을 길게 내쉬었다.

관에는 죽은 화담이 반듯이 누워 있었다. 뜨거운 여름날이건만 시신은 조금도 상하지 않았다. 썩기는커녕 오히려 얼굴에는 산 사람처럼 핏기까지 도는 듯 보였다. 그렇지만 죽어서 땅밑에 묻혀 있던 것은 사실이었다.

화담의 아들은 고래고래 소리를 지르면서 서기를 나무랐다. 그러나 서기는 마음이 편안해졌다.

「이제 됐습니다. 조심해서 묻읍시다.」

화담의 시신을 다시 땅 속에 묻으면서 서기는 마음이 가벼워졌다. 자신의 말을 믿어주는 동지가 생겼기 때문이었다. 다른 사람은 다 의심하더라도 직접 눈으로 확인한 전우치와 남궁두, 이 두 사람만큼은 이제 더 이상 화담의 죽음을 부인하지 못할 터였다.

그러나 묘지에서 내려오는 서기의 가슴은 다시 답답해졌다. 그렇다면 그 많은 사람들이 봤다고 증언한 그 화담이란 사람은 대체 누구란 말인가?

그 사람들이 모두 입을 맞추어 거짓말을 하고 있는 것인가? 서기는 한양 지번의 집에 있을 때에는 그런 생각도 했었다. 세상 사람들이 모두 거짓말을 하고 있다고.

그러나 그것은 불가능한 일이었다. 그럴 이유가 전혀 없었던 것이다. 세상 사람들이 무엇 때문에 자기만 돌려놓고 그토록 천연덕스럽게 거짓말을 둘러댄단 말인가. 세상이 다 광대 놀음이란 말인가.

그러나 이젠 아니었다. 전우치와 남궁두가 시신을 직접 확인했다. 화담의 아들도 보았다. 그렇다면 화담이 죽은 것은 사실이었다. 문제는 화담을 보았다는 사람들에게 있는 것이었다.

「서기. 우리 지리산으로 다시 가보세.」

전우치가 제안했다.

「아무래도 이상하네. 거짓말이라도 이상한 것이 있네. 홍성에서 자네가 그곳에 가니까 화담이 사라졌다고 했네. 그리고 해남에서도 우리가 길목을 지키고 있으니까 일행은 영 다른 길로 빠져버렸네. 그리고 지리산에서도 마찬가지였네. 이건 뭔가 이상한 일이네. 누군가 거짓말을 하고 있다고 해도 우리에게만 일부러 하고 있는 것이네.」

「나도 그런 생각이 드네. 누가 거짓말을 하고 있는 것이라면 뭔가 이유가 있는 걸세. 우치 말대로 지리산으로 다시 가세. 남명 그 양반이 무언가 말을 해 줄 것일세.」

남궁두도 전우치의 말에 찬성했다.

서기는 그렇게 하고 싶었다. 아무리 먼 길을 가더라도 화담에 얽힌 수수께끼를 풀고 싶었다. 그 수수께끼의 발단이 〈홍연진결〉에 있는지도 모르는 일이었다. 그 책을 훔쳐내기 위하여 누군가가 일부러 거짓말을 퍼뜨리고 다닌 것일 수도 있었다.

서기는 지리산으로 가기로 결심했다.

「가세. 끝까지 가서 밝히세.」

「이제는 우리 두 사람도 서기, 자네의 말을 다 믿으니 더 힘을 내게.」

전우치가 서기를 위로했다.

서기는 전우치, 남궁두를 대동하고 또다시 지리산으로 발길을 옮겼다.

울주를 떠난 다음날, 화담 일행은 경주에 도착했다. 경주는 그래도 염병이 창궐하지는 않았던 모양이었다. 울주만큼은 아니었으나 경주도 염병으로 꽤 많은 사람이 죽어나갔다고 했다.

죽음이 휩쓸고 간 흔적이 역력하긴 했으나 살아남은 백성들은 또 쉽게 죽음을 잊어가고 있었다. 추석 명절을 눈앞에 두고 대목장이 열린 경주는 제법 혼잡했다.

경주에서 소문난 선비 박철환은 화담 일행을 반가이 맞아들였다.

박 진사의 창고에는 빈 곳 하나 없이 쌀로 가득 차 있었다. 창고 앞을 들락거리는 쥐도 통통한 게 여간 기름져 보이지 않았다.

박 진사는 화담의 고명을 들었다며 음식을 잔뜩 내왔다. 지함과 박지화는 오랜만에 기름진 음식으로 주린 위장을 채우고 밀린 여독을 풀어낼 수 있었다.

박 진사 일가는 양반집답게 청결히 지낸 덕분인지 염병 피해 없이 무사히 여름을 넘긴 모양이었다. 박 진사는 염병 따위에는 전혀 관심이 없었다. 나랏님이 어떻고 영의정이 어떻고 풍문으로 들었을 한양 소식에만 열을 올릴 뿐이었다.

「요즘 좌의정 박순 대감이 선비들 입에 자주 오르내립니다.」

「그이가 뭘 잘못한답디까?」

화담이 응대했다.

「아니오. 화담 선생님의 제자시라면서요?」

「그렇소.」

「그런데 화담 선생님 제자들은 이학보다는 기학을 중시해서 삼강 오륜 알기를 짚신짝 보듯이 한다는데, 사실입니까?」

「신주단지처럼 여기지 않는 것은 사실이올시다.」

「그런 학문의 폐해를 짐작이라도 하셨습니까?」

「백성을 삼강오륜의 그물 속에 가두는 것보다는 드넓은 바다에 풀어놓는 것이 낫다고 생각하오.」

박 진사는 그뒤로도 몇 번 화담을 물고 늘어지는 질문을 더 던졌다. 그러나 화담은 일일이 대응하기도 귀찮은지 어느 순간 손을 내저으면서 자리에 누웠다.

「내가 노구라서 몹시 피곤하오. 나중에 더 이야기를 합시다.」

일행 중 누구도 박 진사와 대작할 기분이 아니어서 술자리는 일찍 파작을 했다. 아쉬운 눈치로 박 진사가 물러가자 박지화는 심사가 뒤틀렸는지 그의 뒤통수에 대고 이렇게 중얼거렸다.

「백성은 염병으로 죽고, 굶어 죽어 들에 일할 사람이 없고……

백성들의 곳간에는 쥐새끼 한 마리 얼씬거리지 않는데 양반집 창고에는 백성보다 살찐 쥐들이 득실거리는구나.」

박 진사는 곧장 사라져 버렸다. 박지화의 말을 못 들은 건지 아니면 듣고서도 대꾸할 염치가 없어 못 들은 척한 건지 알 수 없었다.

다음날 아침이었다. 오랜만에 호화로운 금침에서 잠을 잔 지함은 잠자리가 뒤숭숭해서 깊이 잠들지 못해 이리저리 뒤척이다 일찍 잠이 깼다. 그런데 화담이 보이질 않았다.

박지화는 아직 기침 전이었다.

「형님, 아침입니다.」

지함이 어깨를 흔들어 깨우자 박지화는 겨우 눈을 뜨고 지함을 올려다보았다. 창백한 얼굴에 땀이 줄줄 흐르고 있었다.

「내가 그 염병에 옮았는가보이…….」

「예?」

지함은 얼른 박지화의 몸에 손을 대보았다.

열이 높았다. 그런데도 박지화는 오한이 들어 몸을 덜덜 떨고 있었다. 틀림없는 염병이었다.

「형님, 가만 계시면 제가 약을 지어올 터이니 걱정 마시고 기다리십시오. 그런데 화담 선생님은 어딜 가셨지요?」

「……글쎄 나도 모르겠네. 저기…… 저게 뭔가?」

박지화가 손가락으로 가리키는 곳에 서찰인 듯한 종이가 접혀 있었다.

「서찰인 것 같습니다.」

화담이 누웠던 이부자리가 곱게 개켜져 있고 바로 그 옆에 서찰 한 통이 놓여져 있었다.

지함은 화급히 그것을 펼쳤다.

—자네들과 여행을 끝마치고 싶었네만 더 이상 지기(地氣)를
모을 수가 없구먼. 나 먼저 가네. 자네들은 이 땅 구석구석 샅
샅이 뒤져보고 천천히 돌아오게나. 이것이 영영 이별일 터이네
만 사람 사는 매일매일이 이별이며 또다른 만남인 것이니. 너무
서운해하지 말게. 사람으로 태어나 이런 좋은 인연을 맺고 가는
것만으로도 나는 족하이. 내게 구애받지 말고 천천히들 돌아오
게나. 주유를 그만두어서는 제자의 도리가 아니네……

지함과 박지화는 멍하니 서로를 마주보았다.
「도대체 왜 갑자기 떠나신 것일까?」
박지화가 걱정스럽게 말했다.
「형님, 아무래도 스승님께서 더 사실 수가 없어서이신 것 같
습니다.」
「그러니까 떠나신 것 아니겠나?」
지함의 두 눈에서 눈물이 주르르 흘러내렸다.
「가르침을 주시려고 그토록 애쓰셨건만 나는 아직 도를 깨우
치지 못하고…… 흑흑흑.」
「지함, 그만 하게. 이미 예정된 일이 아니었던가. 어서 송도
로 돌아가면 선생님을 뵐 수도 있을 것이 아닌가.」
그러면서 박지화도 무릎 사이로 얼굴을 묻었다. 그렇지 않아
도 빨개진 얼굴이 더 붉어졌다.
화담은 지함에게 어떤 존재였던가.
북창이 길을 열어주고 화담이 맞이한 도의 세계. 이제 그를

이끌던 스승 한 분이 세상을 떠난 것이다. 이로써 그는 세상을 홀로 살아가야 했다. 혼자 살아야 한다는 것이 두려운 것은 아니었다.

화담, 그 분은 도대체 누구이길래 그토록 나를 아끼고 이끌었던가. 한 인간이 다른 인간을 그렇게까지 사랑하고 정을 줄 수 있는 것인가.

박지화는 숨을 죽여 울고 있었다.

「형님, 선생님 말씀대로 계속 주유를 하십시다.」

「이런 몸으로 어떻게 더 가나? 차라리 선생님을 따라 돌아가는 것이 더 낫겠네.」

「아닙니다. 그 병은 곧 낫습니다.」

「자네가 귀찮아졌네.」

「형님두. 잠시 진정하시고 더 누워 계십시오.」

화담이 떠난 사실이 두 사람에겐 몹시 서글펐다. 그러나 앞에 닥친 염병을 물리치는 게 더 급했다.

아침 햇살이 떠올랐는지 창호지가 밝게 비쳤다.

얼마 뒤에 아침상이 들어왔다.

어제 저녁상과는 전혀 다른 차림이었다. 꽁보리밥에 된장국, 그리고 김치가 전부였다. 주인 박 진사가, 엊저녁에 박지화가 중얼거린 말을 듣고 무언가 느낀 바가 있는 모양이었다.

화담이 남긴 편지로 받은 충격도 잠시 잊어버리고 두 사람은 마주보고 웃었다. 그런데 밥상을 들이민 하인배가 돌아갈 생각을 하지 않고 방문을 기웃거리며 미적거리고 있었다.

「무슨 볼일인가?」

「저, 아침 드시는 중에 죄송합니다만, 진사 어른께서 전해드리라는 말씀이 있어서…….」

「말해 보게.」

하인배는 재촉을 받고서도 두 손을 비비며 민망해서 어쩔 줄
을 몰라했다.

「괜찮으니 말해 보게.」

「저…… 진사 어른께서 쥐새끼 살찌울 양식은 있어도 돼먹지
않은 떠돌이들 배 채워줄 양식은 없다, 초라한 행색을 불쌍히
여기는 너그러운 마음에서 베푸는 음식이니 감지덕지한 마음으
로 먹어라, 이렇게 전하라고 하셨습니다. 그리고 여기…….」

하인배가 내미는 것은 엽전 한 냥이었다.

하인배는 민망해서 어쩔 줄을 모르는데, 얼굴을 마주보고 있
던 지함과 박지화는 느닷없이 박장대소를 터뜨렸다. 잠시 후 웃
음을 거둔 박지화가 말했다.

「우리도 이렇게 전하더라 일러 주시게. 감사히 받아먹었으니
세상의 진리를 하나 알려드리겠노라고. 곳간의 곡식은 무덤으로
지고 갈 수 없는 것, 무덤까지 가져갈 수 있는 것은 평생 동안
쌓은 공덕뿐이라고 말씀이네. 삼척 동자도 다 알고, 떠돌이 불
한당조차 아는 진리를 이 집 주인 나리만 모르고 있는 듯하여
한 냥 받은 감사의 마음으로 이르는 것이라 전하게.」

「형님, 우리는 밥이나 먹읍시다. 이왕 나온 것이니 맛있게 먹
어야지요. 우리가 먹으면 이 쌀이 우리의 혼백을 살찌울 것이나
이 집 주인이 먹으면 육신의 배가 불러 급기야는 제 명을 줄일
것 아니겠소.」

박지화가 더 열을 내니 땀이 비오듯 흘러내렸다. 그제서야 그
모습을 들여다본 하인이 한 걸음 물러섰다.

「혹 염병이……?」

「아닐세. 먼 길을 오다보니 몸살이 조금 난 것일세. 물러가게. 아침만 들고는 길을 떠날 터이니.」

하인이 물러가자 지함은 밥상 앞에 앉았다.

「같이 먹으면 자네까지 옮을 걸세. 난 밥하고 국을 따로 먹겠네.」

「형님, 너무 걱정하지 마십시오. 마침 찬바람이 불어올 철이니 염병이 기운을 잃게 됩니다. 곧 나을 것이니 염려마십시오.」

식사를 마치자 두 사람은 짐을 꾸렸다.

방을 나서려는데 밖이 갑자기 소란해졌다.

두 사람은 방문을 열고 마당으로 내려섰다. 마침 마당을 가로질러 걸어오고 있던 하인이 있어 지함이 물었다.

「무슨 일인가?」

「예, 간밤에 창고지기 한 놈이 종년을 꿰차고 도망갔습니다. 도망만 갔으면 괜찮은데 육 년근 홍삼 백여 뿌리를 훔쳐 달아났습니다. 그래서 진사 어른의 심기가 편치 않습니다. 벌써 사람을 풀어 뒤를 쫓고 있습니다마는…….」

「제 몸 하난 끔직히 아끼는 작자로군. 오죽 못되게 굴었으면 하인이 상전의 재산을 훔쳐 도망갈까?」

박지화가 고거 잘됐다는 듯이 침을 퉤 뱉으면서 말했다.

지함이 무슨 생각이 있는지 하인에게 물었다.

「그렇다면 그 창고지기와 계집종의 부모는 아직 여기 있는가?」

「예, 박 진사가 문초를 하고 있습니다마는 입을 다물고 있어 아무것도 알아내지 못했답니다.」

「그러면 자네가 가서 도망간 창고지기의 부모에게 도망간 두 사람의 사주를 물어오게. 간밤에 든 선비들이 그러더라고 박 진사에게 이야기해야 하네.」

두 사람은 다시 행랑으로 들어갔다.

「자네 무얼 하려고 그러는가?」

박지화가 못마땅하여 물었다.

「밥을 얻어먹었으니 밥값을 하고 가야지요. 제가 범인을 잡아 놓겠습니다.」

「아니 도망을 가도록 해야지 어째서 도망간 사람까지 자네가 잡아다 바치겠다는 것인가?」

「생각이 있습니다. 일단 형님은 다시 방에 들어가 누워계십시오. 며칠 더 묵을 수 있도록 해보겠습니다. 이대로 있다가는 필시 쫓겨날 게 뻔하니.」

얼마 지나지 않아서 그 하인이 돌아왔다.

「어렵게 알아냈습니다. 그것도 불지 않아 관에 알리기만 하고 부모는 풀어주겠다고 하니까 그제서야 말해주었답니다. 그런데 선비님께서는 이걸 어디에 쓰시렵니까?」

「내 쓸 데가 따로 있네.」

하인이 물러가자 지함은 한참 동안 사주를 들여다보았다. 박지화는 무슨 일이 나기만 하면 사주를 들여다보는 지함이 신기한지 연신 땀을 훔치면서도 지함을 재미있게 바라보았다.

지함은 박 진사에게 갔다.

박 진사는 얼굴이 몹시 상기되어 있었다.

「아직들 안 떠나셨소?」

「신세를 졌으니 도와드릴 일이 있다면 마땅히 그래야 하는 게

객의 도리 아니겠습니까?」

「끄응.」

박 진사는 아직도 분기가 가시지 않은 얼굴이었다.

「진사 어른 사주 좀 가르쳐 주십시오.」

「그건 왜요?」

「범인들을 반드시 잡아올리겠습니다.」

「못 잡으면?」

「못 잡을 리가 없습니다.」

「젠장, 무얼 보고 믿는가?」

「오늘 중으로 잡아올릴 터, 박 진사님의 사주가 필요합니다.」

박 진사는 하는 수 없이 사주를 불러주었다.

한참 동안 생각을 하던 지함이 말했다.

「진사 어른, 그 창고지기는 동쪽으로 갔습니다. 동쪽에 나무가 많은 곳이니 산을 찾아보십시오. 아직 멀리 가지 못했을 겁니다. 지금쯤 어딘가에 숨어 있다가 밤이 되면 움직일 것입니다. 날이 어두워지기 전에 찾아내면 됩니다.」

지함의 말을 들은 박 진사는 얼핏 무슨 생각이 들었는지 하인들을 불러모았다. 남아 있던 하인들이 다 모이자 진사는 빨리 뒤를 쫓으라고 시켰다.

「동쪽이면 필시 용수마을이나 분재말을 넘지 못했을 것이다. 그 놈이 말보다 빠르지는 못할 터이고, 관을 피하고 낮을 피하느라 멀리 가지는 못했을 것이라—. 나무가 많은 곳이라-. 그렇지. 지금 벌목을 하고 있는 산이 있다. 벌목 더미 사이를 샅샅이 뒤져보아라.」

박 진사의 말이 끝나자 하인들 중 세 명은 말을 타고 달려나갔고 나머지는 뛰어나갔다.

「제 말씀을 믿는 것입니까?」

「이 다급한 판에 믿고 아니 믿고가 어디 있겠소. 내, 년놈을 잡으면 주리를 틀어서 혼쭐을 낼 터⋯⋯.」

「저희 때문에 심기가 편치 않으셨지요? 형님이 워낙 입이 험한 분이라서⋯⋯.」

「흥.」

「그래서 제가 사과도 할 겸 그놈들을 잡아들일 생각입니다. 보십시오. 곧 잡혀올 것입니다.」

아니나 다를까, 하인들은 박 진사 집을 떠난 지 한나절이 지나자 인삼을 훔쳐 달아났던 창고지기와 계집종을 붙들어 왔다.

「벌목꾼들이 지어놓은 산채에 숨어 있었습니다.」

사람들이 모두 놀랐다. 지함의 말을 듣고 사람을 보내기는 했으나 반신반의하고 있던 박 진사도 놀라는 눈치였다.

잡혀온 창고지기는 고개를 툭 떨군 채 무릎을 꿇었다. 밧줄을 잡은 하인의 손에는 그가 훔쳐갔던 홍삼 꾸러미가 들려 있었다.

다른 하인들이 벌써 형틀을 내어다놓고 창고지기를 그 위에 비끄러매었다. 그러자 지함이 박 진사에게 말했다.

「진사 어른. 저 아이는 홍삼을 도둑질하는 게 급했던 게 아니라 계집종을 데리고 도망치는 게 급했었습니다. 혼인을 누가 막았습니까?」

지함의 말에 다른 하인들과 식솔들이 모두 박 진사를 흘끔 돌아보았다.

「잠시 들어갑시다.」

박 진사가 지함과 함께 사랑에 들자 하인들은 밖에서 웅성거렸다. 창고지기는 형틀에 팔자로 단단히 묶였지만 이를 악물고 사랑채를 노려보았다. 계집종은 그 옆에서 손이 뒤로 묶인 채 고개를 땅바닥에 떨구고 있었다.

「그래 무슨 뜻에서 물으시는 게요?」

박 진사가 자리에 앉았다.

「저 창고지기 사주를 보았는데 아주 성실하고 마음씨가 착한 사람입니다. 틀림없이 나중에 진사 어른을 크게 도울 인물입니다.」

「그건 나도 알고 있소. 그래서 더 분이 났던 거요.」

「저 아이는 재물에 욕심도 없는 아이입니다. 재물에 탐이 났다면 왜 하필 홍삼 몇 뿌리를 가져갔겠습니까? 평소에 그렇게 진사 어른의 신임을 받았으니 값나가는 물건을 얼마든지 보아두었을 게 아닙니까? 저 아이에게는 계집종만 주면 됩니다. 그런데 도망까지 친 걸 보면 뭔가 피치 못할 사연이 있는 듯합니다.」

「그렇소. 저 계집종이 내 침소에 몇 번 들었었소. 장차 첩으로 둘 요량이었소. 그런데 어느새 저녀석과 눈이 맞았는지…… 젊은 것들이란 그저…….」

「그랬었군요. 그러면 어르신께서는 저 아이들을 혼인시킬 뜻은 없습니까? 제 소견으로는 저 아이들을 혼인시키는 게 좋을 듯 합니다. 그래만 놓으면 저 아이들도 잘 살겠지만 진사 어른에게는 둘도 없는 심복이 되어 섬길 것입니다.」

「끄응.」

박 진사가 눈을 질끈 감았다.

「작은 것을 주어 큰 것으로 바꾸어야 합니다.」

「남의 일에 상관 마시오. 저놈들을 잡아준 건 내가 사례하겠소.」

「사례를 받자는 것이 아니올시다. 만일 계집종하고 그렇고 그런 사이라는 것을 장인이라도 아시면 어쩌시려구 그러십니까?」

「뭐요?」

「보아 하니 부인의 덕이 몹시 크더군요?」

「……」

「장인 어른께서 반드시 큰 벼슬을 하실 것이고, 그분의 눈에 나시면 좋을 게 없습니다. 지금쯤 부인이 알고 있을 것이고, 진사 어른께서 어떻게 처리하시나 지켜보고 있을 것입니다.」

박 진사는 할 말이 없었다. 모두 사실이었다. 박 진사의 장인은 근동의 세도가였다. 그의 말 한마디면 박 진사가 쌓은 재물도 명성도 한낱 모래성이 될 수도 있었다.

박 진사로서도 이미 저질러진 일이었다. 안방에서는 그의 부인이 눈에 불을 켜고 바깥 동태를 살피고 있었다.

두 사람은 다시 사랑 마루로 나갔다. 박 진사가 곤장을 들고 있는 하인에게 소리쳤다.

「저놈에게 곤장 열 대를 치거라.」

하인배들은 뭔가 이상하다고 두런거렸다. 주리를 틀어도 시원치 않을 죄인에게 겨우 곤장 열 대라니 믿기지 않는다는 눈치들이었다. 곤장을 들고 있던 하인도 다시 한번 박 진사를 바라보았다.

「열 대라고 이르셨습니까, 어르신네?」

「그러하니라.」

이상하게 생각한 건 곤장을 맞고 있는 창고지기도 마찬가지였다. 주인이 애첩으로 삼으려고 점 찍어둔 처녀를 데리고 도망간 죄인. 주인 마음대로 하인을 공공연하게 사형하는 시절이었으므로 죽일 수도 있는 것이었다.

창고지기는 잡혀올 때만 해도 이젠 죽었구나 하고 자포자기했었다. 박 진사댁 하인들도 다 그렇게 짐작하고 있던 터였다.

곤장 열 대는 잠깐만에 끝났다. 싱겁다는 듯이 곤장치는 하인이 땅바닥을 곤장으로 두어번 툭툭 쳤다.

「저놈을 끌어내리고 저년을 올려라.」

창고지기가 형틀에서 풀려났다. 그 자리에 함께 도망쳤던 계집종이 묶였다.

「곤장 다섯 대를 치거라. 끝나거든 두 연놈은 사랑으로 들거라.」

박 진사는 곤장 치는 것도 보지 않고 사랑으로 들어갔다. 박 진사를 따라 사랑에 든 지함은 박 진사를 칭찬했다.

「대인의 마음을 가지고 계십니다. 제가 말씀은 그렇게 드렸지만 들어주리라고는 생각하지 않았습니다.」

「아니오. 작은 것으로 큰 것을 바꾸어야 한다. 맞는 말이오. 내가 그것을 보여주리다. 고맙소.」

박 진사는 잠시 눈을 감았다.

밖에서 인기척이 났다.

「들어오너라.」

내내 눈을 감고 있던 박 진사가 인기척을 느끼고 밖을 향해 말했다.

곧 문이 열리더니 창고지기와 계집종이 들어왔다.

「너희들은 물러가 있거라. 그리고 너도 내가 부르거든 다시

오너라.」

박 진사가 밖에 대기하고 있는 하인들과 창고지기에게 지시했
다.

그들이 물러가자 계집종은 무릎을 꿇고 앉았다.

「죽을 죄를…… 흑흑흑.」

박 진사는 고개를 들어 천장을 응시했다. 지함은 한켠에 물러
서서 그런 박 진사를 바라보았다. 계집종은 계속 눈물을 흘리며
용서를 빌었다.

마침내 박 진사가 입을 열었다.

「너 도리에게 묻는다. 창고지기 녀석 희동이가 좋더냐? 희동
이하고 도망칠 만큼 같이 살고 싶었느냔 말이다.」

도리라는 계집종이 얼굴을 무릎에 묻었다.

「……..」

「희동이가 널 호의호식시켜준다더냐?」

「그렇지는 않사오나…….」

「않사오나, 뭐냐?」

「서로…… 그리워하는…… 사이입니다. 저는요, 그이만 못 보
면…… 견딜 수가 없습니다. 진사 어르신을 뫼시는 것은, 싫지
는 않지만요, 저는 그저…… 창고지기 희동이만 보면…… 저절
로 즐거워집니다.」

「나를 만나면 기분이 나빠지더냐?」

「그렇지는 않았사오나…….」

「그러면 희동이 녀석하고 혼인하고도 내 방에 들겠느냐?」

「혼인만 시켜준다면…….」

「저런 발칙한 것.」

박 진사의 얼굴에 분기가 탱천했다.

「진사 어른.」

지함이 듣다 못해 박 진사의 말을 끊었다.

「그만하면 이 아이의 심중을 알 수 있지 않습니까. 오죽하면 혼인을 하고도 진사 어르신의 수청을 들겠다고 하겠습니까?

여보게, 자네 도리라고 했던가?」

지함은 계집종에게 고개를 돌렸다.

「예.」

「진사 어른께서 자네의 사주를 놓고 앞으로 운세를 살폈네. 자네가 아직 젊은 혈기를 가지고 있어 희동이라는 창고지기와 좋아지낸다는 것을 이미 알고 계셨네. 박 진사 어른은 그 정도 앞날은 훤히 내다보시는 분일세. 허나 자네를 사랑하는 마음이 지극하시어 짐짓 모르는 체 해두었던 것인데, 자네는 마침내 진사 어른을 배신하고 도망까지 쳤네.」

「배신이 아니오라…… 그저 멀리 떠나 살고 싶었습니다. 진사 어르신하고는…… 상관없는 일인 것 같습니다.」

「알고 있네. 진사 어르신께서 생각해 두신 바도 있네. 그러니 어르신께서 하시는 대로 따라 하기만 하면 앞날은 저절로 풀릴 걸세. 진사 어르신, 창고지기를 부르시지요.」

「알았소. 여봐라, 밖에 누가 있으면 희동이를 불러오너라.」

밖에서 '예' 하는 소리가 났다.

오래지 않아 희동이가 사랑으로 들어왔다.

창고지기는 방에 들어서자마자 무릎을 꿇고 머리를 조아렸다.

「어르신, 죽을 죄를 졌습니다. 은혜를 몰라뵙고…….」

「네 죄를 알기는 하는 거냐?」

「하오나…….」

「하오나 뭐냐? 내가 이미 다 알고 있다. 너도 이미 도리 저년이 그간 내 처소에 드나들었다는 것쯤은 알고 있겠지?」

「예, 벌써 아는 일이옵니다.」

「그런데도 저 아이가 좋았더란 말이냐?」

「예.」

「앞으로 계속 내 처소에 들게 하더라도 변하지 않고 좋아지낼 것이냐?」

「그래서 밤을 도와 내빼려 했사오나 갈 데도 없고…….」

「알았다. 이년은 너하고 혼인만 시켜주면 앞으로도 계속 내가 부르면 수청을 들 수 있다고 말했다. 너도 용납할 수 있겠느냐?」

「혼인을 시켜주신다고요? 예, 그렇게만 해주신다면…… 하오나, 하오나…….」

창고지기 희동은 꺼이꺼이 울음을 터뜨렸다. 옆에서 얼굴을 묻고 어깨를 들썩이며 눈물 짓고 있던 계집종 도리도 덩달아 울음을 터뜨렸다.

「알았다. 그만들 그치거라. 희동아.」

「예.」

희동이 울음을 억지로 삼키며 대답했다.

「도리야.」

「예.」

도리도 모기소리만하게 대답했다.

「내가 너희들을 혼인시킬 터이니 지나간 일은 다 잊고 살거라. 방금 한 소리는 내 그냥 던져본 말이니 괘념치 말고. 내가 날을 따로 잡아 알릴 터이니 그리 알아라.」

두 사람은 박 진사에게 넙죽 절을 했다. 사랑을 물러나면서도 두 사람은 연신 절을 해대면서 눈물을 흘렸다.

그때를 놓치지 않고 지함이 박 진사에게 말했다.

「저, 진사 어른. 며칠 더 묵으면서 진사 어른의 고담준론을 들었으면 합니다. 팔도를 돌고 있지만 진사 어른만한 선비를 뵙기가 여간 난망이 아닙니다. 여지껏 인물다운 인물 하나 만나지 못했습니다.」

「무슨. 그런 말 마시고 며칠이고 더 묵으시오. 내 옹졸했소. 양약인 줄 모르고 입에 쓰다 하여 뱉아버리려 했었소.」

박 진사는 지함에게 두둑한 전대를 내밀었다. 이로써 지함은 박지화의 약값도 얻게 되고, 며칠 더 묵을 수도 있게 된 것이었다.

「길을 가다보면 요긴하게 쓸 일이 있을 터이니…….」

「고맙습니다. 마침 동행이 원로에 지쳐 몸살을 앓아 의원에 가야 했는데…….」

「내 의원을 불러드리겠소.」

박 진사는 자청하여 의원을 불렀다. 의원이 행랑에 들자 지함은 의원을 잡고 말했다.

「의원님, 우선.」

지함은 박지화를 보이기도 전에 의원을 먼저 앉혀놓았다. 그리고 박 진사가 내주었던 전대를 그에게 내보였다. 의원이 전대 안을 들여다보더니 깜짝 놀랐다.

「아니, 웬 돈을 이리 많이?」

「내 말을 들으시오. 우선 의원님 사주 좀 불러주시오.」

「사주는 무슨 사주를 대란 말이오. 난 환자가 아니오, 난 병을 고치러 온 의원이오.」

「그러니까 필요합니다. 이 병은 조금 급합니다. 의원과 환자의 사주가 서로 맞지 않으면 치료가 힘듭니다.」

의원은 이상하다는 듯 주저하다가 지함이 내미는 종이에 사주를 적어냈다.

지함이 한참 동안 사주를 들여다보더니 고개를 저었다.

「저어, 이 돈을 받으시오. 그 대신에 다른 의원을 보내 주시오.」

「무슨 소릴 하는 거요? 날 놀리는 거요? 의원을 불러가지고는 환자는 보이지도 않고 사주 하나 적으라고 해놓고는 돈을 주어 이제 그만 가라니…… 원 이렇게 해괴한 경우가 다 있나?」

의원이 버럭 소리를 지르며 지함이 내미는 돈을 홱 뿌리쳤다.

「내 별 떨거지 같은 사람을 다 보겠네.」

지함은 하는 수 없이 박 진사에게 가서 다시 청을 놓았다.

「아니, 그 의원을 돌려보냈다구요? 그이가 이 근동에서는 제일 용하다는 의원인데요.」

「그분보다 조금 못해도 괜찮습니다. 혹 마흔한 살이나 마흔일곱 살 된 의원이 있으면…….」

「거 참, 의원을 의술로 보지 않고 나이나 따지다니. 병을 잘 본다고 하는 사람이 있긴 한데 그이는 남의 집 밭이나 부쳐먹는 농사꾼이지 의원을 내놓고 하는 이는 아니올시다.」

「괜찮습니다. 나이만 맞으면 불러주십시오.」

그날 저녁, 의원이라는 사람이 찾아왔다. 지함은 역시 사주를 부르라고 하여 박지화의 사주와 맞춰보았다.

「의원님, 됐습니다.」

지함은 전대를 풀어 의원에게 내놓았다.

「웬 돈을 이렇게 많이?」

「이 돈이면 밭뙈기를 좀 살 수 있을 거요. 이분의 병을 반드시 고쳐 주시오. 이 환자는 지금 염병에 걸려 있소.」

「염병이라구요?」

의원이 뒤로 한 발짝 물러났다.

「놀라지 마시오. 별 일은 없을 거요. 이런 병이란 찬바람이 불기 시작하면 없어지는 것이고, 또 이분은 오늘 처음 증세를 보인 것이니 곧 치료가 될 거요.」

「허나, 약이 없소이다. 염병에 걸리면 의원도 어쩌지 못합니다.」

「의원님은 이 환자를 누를 기가 충만합니다. 걱정마십시오. 환자 곁에서 수발만 잘 해줘도 병이 나을 것입니다.」

의원이 난망해 하자 지함은 전대를 더 깊숙히 밀어 의원의 무릎 사이에 찔러넣었다.

「의원님은 금기(金氣)가 있어야 생하는 기운이니 이 돈이면 기운이 날 겁니다. 어떻게 해보십시오.」

「해보기는 해야겠습니다…….」

의원은 전대를 받아 허리춤에 찼다.

「그리고 또 이 환자의 병을 발설하지 말아야 합니다. 객지라서 갈 데가 따로 없습니다.」

「알았소이다. 힘 닿는 데까지 해보리다.」

의원은 한편으로 약을 짓는다, 병구완을 한다 하면서 부지런히 박 진사의 집을 들락거렸다. 그러나 약재를 구하기가 어려웠다.

「선비님, 약 구하기가 몹시 어렵습니다. 혹 있다 하여도 염병에 드는 약이 무엇인지도 모르겠고…….」

「의원님. 제가 무슨 약 무슨 약이 어디어디에 좋은지는 알 수 없지만 제 말씀 좀 들어보십시오. 이분이 지금 부족한 것은 적(赤)과 흑(黑)입니다. 그러므로 약재도 이 두 가지 빛깔을 생하는 청색과 백색이 들어있는 약이 잘 들을 듯합니다.」

「청재와 백재라, 그렇게 막연하게…….」

「더는 모릅니다. 그렇게만 아시고 찾아보십시오.」

의원은 의원대로 의약서를 뒤지고 여기저기 약을 알아보러 다녔다. 그 사이에 지함은 손수 박지화의 뒤치다꺼리를 다 했다.

다행히 박지화의 병은 더이상 깊어지지는 않았다. 그러나 열이 계속 나고 몸을 움직이지 못했다.

박지화가 몸져 누운지 나흘째 되는 날이었다.

「이보시오, 이 선비.」

박 진사였다. 박 진사는 지함이 대답을 하기도 전에 행랑문을 열었다. 그는 땀을 비오듯이 흘리고 있는 박지화를 보았다.

「염병을 여기서 앓고 있는거요? 내 집에서 나가시오.」

박 진사는 문을 쾅 닫았다.

「진사 어른.」

지함이 뒤따라 나왔다. 지함은 대답도 하지 않고 사랑으로 들어가는 박 진사를 따라갔다.

「진사 어른. 아직 염병은 아니올시다. 설사 염병이라고 해도 아직은 초기이기 때문에 염려하지 않아도 됩니다. 밀양재를 넘으면서 염병이 휩쓸고 지나간 마을에서 살아있는 사람들을 거두고 시체를 태우다가 그렇게 된 듯하나, 이미 가을입니다. 더 번

지지는 않을 것입니다.」

「그만 두시오. 오늘 중으로 내 집을 떠나주시오. 그 의원은 다시는 오지 않을 것이오.」

박 진사는 이미 박지화의 병을 알고 있었다. 그래서 의원을 불러 호통을 치고 지함 일행을 쫓아내리라 마음 먹고 있었다.

「형님, 조금만 참으십시오. 이 집을 나갑니다.」

지함은 박지화를 등에 지고 박 진사 집을 나왔다.

지함이 박지화를 업고 몇 발짝 떼어놓기도 전에 박 진사 집에서 연기가 피어올랐다. 박 진사가 행랑채를 아예 불질러버렸던 것이다.

지함이 박지화를 메고 한참 걸어가고 있는데 뒤에서 헐레벌떡 달려오는 사람이 있었다. 창고지기 희동이였다.

「선비님, 저 좀 보고 가지예.」

창고지기 희동은 단숨에 달려와 보따리 한 개를 내밀었다.

「저어, 약입니더. 그 의원이 저를 불러 몰래 전해주었습니더. 이 약만 먹으면 틀림없이 낫게 될 거랍니더.」

「고맙네.」

지함은 박지화를 내려 바닥에 뉘고는 희동이가 내민 보따리를 받아들었다. 보따리를 풀어보니 약재가 골고루 섞인 첩약이 묶여 있었다.

「바로 이거야. 색깔만 보고도 알 수 있지.」

「예?」

「아닐세. 약을 두고 이른 말일세. 약 이름도 모르고 효능도 아는 게 없지만 이 약재들 빛깔을 보니 제대로 지어진 것 같네.」

지함은 약재를 다시 묶어 허리춤에 달고는 지화를 들쳐업었
다.

「저어, 선비님. 고맙습니다. 이 은혜를 어찌 갚아야 할지⋯
⋯」

「고맙긴. 그대로 두면 자네가 박 진사에게 잡혀 죽게 될 판이
었다네. 그렇게만 알게.」

「제가 죽을 운이었는데 어떻게 살았습니꺼?」

「이 세상에 그런 것은 없다네. 살려고 난 운명이지 어떻게 죽
을 운명이었겠나? 자네 이렇게 멀쩡하게 살아 있지 않은가. 난
서둘러 길을 가야겠네. 거처라도 잡아야 약을 끓이지 않겠나.」

「그러면 머지 않은 곳에 빈 집이 있는데 그곳으로 가십시오.」

「어딘가?」

「예, 저를 따라오십시오.」

창고지기 희동은 지함 일행을 빈 집으로 안내했다.

지함은 박지화를 방에 내려놓고 불을 지폈다.

희동은 나갔다가 한참만에 다시 돌아왔다.

손에는 보따리가 들려 있었다.

「먹을 것이옵니더.」

희동이 보따리를 풀었다.

「전 그만 갑니더.」

「고맙네.」

지함은 음식을 챙겨 박지화에게 먹였다.

그리고 나서 나무를 준비하고 그릇을 어렵게 구해다가 약을
달였다.

박지화는 의식을 잃은 채 깨어나지 못하고 있었다.

지함이 약을 달여 먹이기를 사흘을 한 끝에 박지화가 겨우 눈을 떴다. 그러고도 다시 사흘이 지나자 박지화는 혼자서 몸을 일으켜 세웠다.

「됐습니다. 이제 병이 잡혀가고 있습니다. 곧 완치될 것입니다.」

지함은 박지화의 옷가지를 삶고 물을 데워 몸을 깨끗이 씻기었다. 벌써 엿새째, 지함은 끼니도 제대로 먹지 못하고 박지화의 곁에서 병구완에 매달렸다.

「자네가…… 고생이 많네.」

박지화가 울먹이는 목소리로 말했다.

「무슨 그런 말씀을. 형님이 빨리 나아야 계속 돌아다니지요. 선생님도 안 계신데…….」

먹을 것은 창고지기 희동이 끼니마다 날라왔다. 박 진사 몰래 갖다주는 것임에 틀림없었다.

다시 하루가 지나자 박지화는 벌떡 일어났다. 몸이 다소 불편할 것이 뻔했지만 박지화는 오기를 부리다시피 하면서 앞서 걷기 시작했다.

「어떻게 하는 것이 좋겠나?」

박지화가 지함을 향해 물었다.

「선생님 임종이 멀지 않은 듯합니다. 돌아가서 가시는 모습을 뵙는 게 도리이긴 한데 여기에서 장도를 멈출 수도 없는 노릇이고, 여행을 계속하라는 선생님의 간곡한 부탁도 있으셨고…….」

「선생님이…… 시키신 대로 마저 가는 게…… 옳은 듯하네.」

「허나 언제 돌아가실지 모르는 스승님, 마지막 모습을 지켜보지 못하고 우리끼리만 돌아다니자니. 게다가 형님 몸도 불편하시고요.」

「나는 걱정말게…… 원래 몸이 튼튼하니…… 곧 괜찮아질 걸세…… 어차피 동해안을 따라 올라가는 길이니…… 가는 동안에 생각해 보세.」

박지화는 약을 달여 먹은 뒤로 하루가 다르게 회복되었다.

워낙 튼튼하기도 한 몸인 데다가 도가 수련을 많이 한 탓이었다.

두 사람은 동해안으로 발길을 잡았다.

한나절을 걸었을까, 오랜만에 맡는 바닷내음이 코를 간지럽혔다.

늘 셋이 걷던 걸음이라 돌아볼 때마다 웬지 허전했다. 게다가 지함이 박지화를 업고 가는 걸음이라서 더 쓸쓸했다.

26. 신서(神書)

　찌는 듯한 더위를 무릅쓰고 서기 일행은 걷고 또 걸었다.
　온갖 고생을 다 해가며 세 사람이 지리산 산천재에 도착한
것은 더위의 기세가 한풀 꺾인 팔월이었다.
　산천재에 올라가자 조식이 글을 읽고 있었다.
　서기는 다짜고짜 조식에게 따지고 들었다.
　「화담 선생님이 이곳을 다녀가셨다면서요?」
　「오, 화담을 찾아왔던 그 스님이로구먼. 거 안됐구먼. 그대들
이 한양으로 올라간 바로 뒤에 화담이 산천재로 왔다네. 아무리
몸이 불편해도 그냥 가기가 섭섭해서 억지로 왔다고 했네.」
　서기가 전우치와 남궁두를 돌아보았다. 조식이 거짓말을 하고
있는 게 틀림없다고 서기는 믿었다.
　「선생님, 우릴 속이시는 겁니까? 그 책을 훔치고 우릴 쫓아내
시려고 거짓을 꾸몄지요?」
　「무슨 소린가?」

「화담 선생님은 돌아가셨습니다. 우리가 같이 가서 직접 화담 선생의 묘를 파보았습니다.」

말을 끝내면서 서기는 조식의 서탁 위에 있는 벼루를 냅다 집어서 방바닥에 내동댕이쳤다. 벼루가 박살이 나버렸다.

「그 책을 내놓으십시오. 그 책이 탐이 나서 저희를 속이셨습니까?」

「어서 내놓으시오.」

전우치와 남궁두가 합세해서 붓통을 내팽개치고 방석을 집어 마당으로 던졌다.

그 소란으로 산천재가 발칵 뒤집혔다.

다른 학인들이 몰려와 세 사람을 붙잡았으나 워낙 힘이 장사라서 아무도 말릴 수 없었다.

「그만 하고 내 말 좀 들어보게.」

「무슨 할 말이 있소. 책을 내놓지 않으면 산천재에 불을 싸지르겠소.」

「글쎄 내 말을 들어보라니까. 내가 다 말해 주리다.」

그러자 서기가 씩씩거리면서 조식의 얼굴을 노려보았다.

「너희들은 물러가고 정개청이 너만 남거라.」

학인들이 수군거리면서 물러가자 조식이 천천히 말을 했다.

「내 다 말하지. 화담은 물론 죽었네.」

「그러면 선생이 말씀하는 화담은 누구요?」

「물론 그것도 화담이지.」

「그게 무슨 말씀이십니까? 계속 저희를 놀리시려는 겁니까?」

「들어보게. 화담은 천수를 다해서 죽었다네. 그를 지키던 태사성을 보게. 이미 빛을 잃었다네. 그를 지키던 천기(天氣)가

사라졌으니 그의 죽음은 어쩔 수 없다네. 그러나 그는 도학의 대가, 이 조선 땅에서 손꼽히는 대학자요 선인이라네. 자네도 혼백(魂魄)이 어떻게 흩어지고 모이는지 알 터, 그이는 혼쯤이야 마음대로 드나드는 재주를 가졌다네. 그런 그가 그대로 죽을 수야 없지 않은가? 그래서 그는 지기(地氣)를 모아 혼백을 다시 일으켰네. 화담은 그의 몸을 이루었던 송도 땅의 기운을 빌어 백(魄)을 돋구어 혼을 잡아 놓은 거지. 그러나 그 지기도 머지 않아 사라질 것이니 화담의 혼백도 곧 흩어지고 말 것일세.」

「…….」

「그런데 화담은 이지함이란 제자를 몹시 아껴서 뭔가 더 가르칠 게 있었다네. 그런 다음에 그가 지은 책을 읽으면 모든 것이 완성되는 것이었는데 그만 자네가 중간에 끼어든 게지. 그래서 이지함이 공부를 마치기 전에는 그 책을 볼 수 없도록 자네들 앞길에 훼방을 놓은 것이라네.」

「그러면 남명 선생께서 그 진결을 훔친 것이 아니란 말씀입니까?」

서기가 조식에게 묻자 그때까지 잠자코 있던 산천재의 학인 정개청이 입을 열었다.

「제가 훔쳤습니다.」

「뭐요?」

「화담 선생님이 그렇게 하라고 서찰로 이르셨습니다.」

「그래서 어떻게 했소?」

「선생님이 다시 받아가셨소. 그뒤는 나도 모르오.」

서기는 망치로 뒤통수를 얻어맞은 것 같았다. 머리 속이 휑하니 빈 듯했다.

멍하니 앉아 있던 서기는 정신을 가다듬고 사건의 전말을 하나씩 꿰어보았다. 한참만에야 서기는 자초지종을 알아차릴 수 있었다. 그제서야 의문이 풀렸다.

「선생님, 죄송합니다. 그것도 모르고…….」

서기가 머리를 숙이고 조식에게 사죄를 청했다. 덩더깨비로 산천재를 박살내는데 합세했던 전우치와 남궁두도 머리를 숙였다.

「알았네. 그러나 자네들이 화담 선생의 현신을 보고 싶을 터인즉 지금 곧 밀양재로 가게나. 화담이 그곳을 지나고 있을 것일세. 이지함 선비에게 책이 전해졌는지도 확인해 보고. 어쨌든 〈홍연진결〉을 지함에게 전해주기로 화담과 약조한 당사자는 자네이니 자네가 알아서 그 약조를 지키게.」

서기 일행은 곧바로 산천재를 나왔다. 서기는 화담의 현신을 보고 싶었다. 도대체 죽은 사람이 어떻게 다시 살아나서 움직이고 있는지 그 모습을 자신의 눈으로 직접 보고 싶었다. 그것은 전우치나 남궁두도 마찬가지였다.

지리산을 넘으면서부터 서기 일행은 주막마다 들러서 화담 일행의 행방을 물었다.

「며칠 전에 지나갔습니다.」

돌림병이 휩쓸고 지난 지역까지 들어가 물었다. 그러나 번번이 대답은 똑같았다.

「며칠 전에 지나갔습니다.」

세 사람은 화담 일행을 따라잡기 위해 더 부지런히 길을 걸었다.

경주 바로 위의 감포에서부터 바닷가를 따라 오른 지함과 박지화는 팔월도 저물어갈 무렵 울진에 도착했다.

들판의 벼는 황금빛으로 일렁이고 오른편으로 가없이 펼쳐진 동해 바다는 눈이 시린 쪽빛이었다. 화담이 떠나간 이래 두 사람은 조금씩 말을 잃어갔다. 온종일 한마디도 하지 않고 걷기만 한 적도 있었다.

죽을 병에서 가까스로 회복한 박지화는 건강이 썩 좋지 않은 상태여서 패기가 예전만 같지 못했다.

지함은 길을 걸으며 그다지 생각을 하지 않았다. 그저 무심히 눈을 열어 눈앞에 새롭게 펼쳐지는 경치를 영혼에 새겨넣을 뿐이었다.

벌써 바람은 제법 시리게 불고 한여름의 신록은 어딘지 스산하게 제 빛을 잃어가고 있었다.

아직 석양도 지지 않았는데 두 사람은 일찌감치 주막을 찾아들어갔다. 멀찍이 바다가 바라다보이는 자그마한 주막이었다. 누가 먼저 말을 한 것도 아니건만 오랜 여행으로 익숙해진 두 사람은 마음이 하나가 된 듯 서로를 읽고 있었다. 두 사람의 발길이 약속이라도 한 듯 그 집으로 향했던 것이다.

마당에 내놓은 평상에 걸터앉을 때까지도 입담좋게 생긴 주모는 연신 무슨 얘긴가를 손님들과 주고받는 바람에 지함 일행이 들어서는 것을 알아채지 못하고 있었다.

「그래 그 책에 무슨 비결이 있길래?」

「글쎄 세상 일을 훤히 내다볼 수 있는 비결이 모두 적혀 있답니다. 그 책 한 권이면 먼훗날의 일도 손바닥 보듯이 다 알 수 있다는 거지요.」

손님들 서넛이서 술상을 가운데 놓고 떠들고 있었다. 그 가운

데에는 젊은 중도 끼어 있었다.

「주모.」

박지화가 주모를 부르자 주모는 그제서야 고개를 돌리고 아는 체를 하면서 달려왔다.

「무슨 이야기를 그렇게 재미있게 하시우? 우선 요기할 것부터 주시오.」

그렇지 않아도 어디 말 붙일 곳을 찾고 있던 주모였다.

주모는 얼른 부엌으로 들어가 일하는 아이에게 뭐라고 이르고는 치맛바람을 일으키며 쏜살같이 지함과 박지화에게 다가왔다.

「아, 글쎄. 선비님들, 제 말좀 들어보십시오. 어린애 하나가 이상한 책을 가지고 왔답니다.」

「어디서요?」

「아, 불영사(佛影寺)라예.」

「불영사라니?」

「불영사라면 울진에서는 다 압니다. 그 아이가 어려서부터 그 절에 자주 다니면서 스님들과 놀기도 하고 밥을 얻어먹기도 하면서 다니더니 글쎄 이상한 책을 하나 얻어왔대요.」

「무슨 책인데요?」

지함이 호기심이 잔뜩 발동하여 물었다.

「사람이고 나라고 앞일을 훤히 내다볼 수 있는 책이랍니다.」

「그 책을 준 스님은 지금 어디 계신데요?」

역시 지함이 물었다.

「떠돌이 스님이랍니다. 곧 세상을 뜨게 된다면서 몰래 숨겨놓고 지내던 그 책을 그 아이에게 넘겨준 것이랍니다. 아이구, 음식이 나오는 모양이구먼.」

주모는 다시 부엌 쪽으로 뛰어갔다.

「그런 일이야 허다한 것 아닌가? 너무 기대하지 말게나. 자네는 그저 비서니 신서니 하면 사족을 못쓰는 게 탈이야.」

박지화가 짐짓 지함을 나무랐다. 지함도 머쓱하여 웃음을 지어보였다.

대체로 신서(神書)니 비서(秘書)니 하고 소문난 책들을 구해보면 소문과 다르기 일쑤여서 지함은 아직 제대로 된 책은 구경도 해보지 못했다. 그러나 사람들이 웅성거리는 소리를 듣고 나니 대체 무슨 책이길래 저리들 호들갑인가 하고 호기심이 발동하는 것은 어쩔 수 없었다.

요기를 하고 봉놋방에 들자 마침 방안에 있던 젊은 중이 한마디했다.

「제가 그 책을 보았소이다.」

「그래요?」

지함이 반가워서 그 중에게 가까이 다가앉았다.

「소승은 무정(無情)이라고 합니다. 불영사에서 하안거를 하고 동안거를 하려고 해인사에 갔다가 그냥 오는 길입니다.」

「그래요? 저희는 송도에서 온 사람들이올시다. 유람다니는 중이지요.」

「유람이라. 저희 불가에서는 그것을 운수(雲水)라고 말하지요. 구름따라 물따라 흘러다니면서 훌륭한 선지식(善智識)도 뵙고 좋은 도반(道伴)도 만나 도화법담(道話法談)을 나누지요.」

「그 책을 보셨다니, 어떤 책입니까?」

「불영사에 있을 때 도유(道遊) 노사께서 신서를 가지고 있다는 이야기를 들었습니다. 도유 노사께서는 입산하기 전에 도가에 몸을 두고 있었지요. 지리산에 들어가 공부하던 중 신인(神人)을 만나 그 책을 받았답니다.」

「신인이라면 신선을 말함이오?」

「도유 노사께서 말씀하시기를 그 신인은 평범한 숯장수였답니다. 지리산에서 참나무 숯을 구워다가 구례장에 내다파는 분이었답니다.」

「숯장수요?」

「예. .미륵 현신을 만난 뒤에 세상의 이치를 통하여 그 신서를 쓰게 되었다고 말하더랍니다.」

「그렇다면 화순 운주사의 그 나무꾼?」

지함이 고개를 갸웃거리자 박지화가 고개를 끄덕였다.

「그렇군. 그 나무꾼이 운주사를 떠난 뒤에 지리산으로 들어가 선화(仙化)하신 모양이로군.」

그러자 젊은 중이 말했다.

「어쨌든 도유 노사께서는 그 신서를 받아 이곳 불영사로 돌아왔지요. 이후로 늘 신서에 매달려 한탄만 하시더랍니다. 그렇게 오랫동안 하늘을 원망하며 사시다가 몇 해 전에 홀연히 사라지셨습니다. 그때 그 신서를 남사고란 어린 아이에게 주었답니다. 저도 그 노사를 뵌 적은 한번밖에 없습니다.」

「도대체 무슨 책이길래?」

「조선의 앞날이 소상히 적혀 있습니다.」

「어떤 내용입니까?」

「말로 할 수 없을 만큼 엄청난 재난이 계속 일어납니다.」

「어떤?」

지함과 박지화는 바짝 긴장하여 무정의 말에 귀를 기울였다.

「사람들이 너무 많이 다칩니다. 미륵경에 이르기를 석가불 시대가 지나고 미륵불 시대가 오려면 그 사이에 말법 시대라는 게 있답니다. 이제 그 말법 시대가 열렸다는 것입니다. 말법 시대에는 기근겁(饑饉劫), 질병겁(疾病劫), 도병겁(刀兵劫)의 삼재가 일어난답니다. 굶어죽고 병에 걸려 죽고 전란에 죽는 세 가지 재난이 끊일 새가 없게 된답니다.」

「지금이 그런 시대란 뜻이오?」

박지화가 물었다.

「그렇지요. 벌써 이 나라에서도 사화다 염병이다 해서 해마다 수십만 명이 목숨을 잃어가고 있습니다.」

「경에 나오는 말법이 그뿐입니까?」

「아니오. 말법 시대에 들어서면 해도 달도 빛을 잃게 된답니다. 하늘의 천문이 어지러워져 제자리를 잃게 됩니다. 땅이 꿈틀거리고 물이 말라버립니다. 때 아닌 폭풍우가 몰아치고 여름에 눈이 내리고 겨울에 매미가 울어댑니다. 굶어 죽는 자가 끊이지 않고 위정자는 눈이 멀어 백성을 돌보지 아니합니다. 괴이한 질병이 한번 지나가면 주검이 산처럼 쌓입니다. 전쟁이 계속되어 이유없이 사람들이 죽어갑니다. 마침내 절이란 절도 다 파괴되고 중마저 살해되어 부처를 모실 법당도 없어지고 법당에 예불 드릴 중도 없어집니다. 도는 완전히 끊깁니다.」

「그게 조선에 일어날 일이란 말씀이오?」

「조선에 일어날 일로 이런 게 있더이다. 하늘에서 불이 날아 떨어져 인간을 불태운다. 십 리를 가도 사람 하나 만나기 어렵다. 방이 열 개나 있어도 그 안에 사람 하나 없다. 불이 만 길에 퍼져 있으니 사람의 흔적은 멸하였다. 신장(神將)들이 날아다니며 불을 떨어뜨리니 조상이 천이 있어도 자손은 하나가 겨우 사는 비참한 운수로다. 괴상한 질병에 걸려 죽어가니 울부짖는 소리가 하늘에 닿도다. 하늘에서 내린 이름없는 괴질로 죽는 시체가 산과같이 쌓여 그 핏물이 계곡을 이루리라.」

무정의 이야기는 거기에서 끝났다. 지함은 너무도 놀라서 물을 말도 찾지 못하였다.

「같이 바닷가에나 나가지 않겠나?」

답답한 듯 박지화가 자리에서 일어났다.

「형님 혼자 다녀오시지요. 저는 좀 쉬겠습니다.」

「쉬기는. 그 아이를 찾아가볼 셈인 게지.」

박지화는 뒷짐을 지고는 주막을 나갔다. 무정은 불서(佛書) 한 권을 꺼내어 읽기 시작했다.

지함은 주막을 나왔다.

아이의 집은 주막에서 그리 멀지 않았다. 부모들은 고기를 잡으러 간 건지 아니면 들에 나간 건지 아이 혼자 빈 집 마당에서 수숫대를 꺾어 그걸 밀고 다니면서 놀고 있었다.

지함은 사립문 밖에 서서 아이가 노는 모습을 지켜보았다. 오랫동안 아이를 지켜보고 있노라니 늘그막에 아이를 귀여워하다 비서(秘書)까지 전해주고 갔다는 노스님의 마음을 비로소 이해할 수 있었다.

그 또래의 아이들이 다 그런 것인지—. 아이가 노는 모습은 마치 스님들이 수도하는 모습처럼 경건했다. 인기척을 내어도 알아차리지 못하고 무아지경에 빠진 듯 놀이에 몰두하고 있었다. 아무런 사심이 느껴지질 않는 모습이었다.

아들 산휘의 얼굴이 머리 속에 떠올랐다. 까마득히 잊고 있었던 얼굴이 가까이에 있는 듯 선명히 떠올랐다.

피붙이라곤 달랑 그 아이 하나뿐이건만 어떻게 자라고 있는지조차 알지 못하고 있는 것이다.

산휘가 처음 태어났을 때에는 갑자기 아득하기도 했었다. 안명세, 민이, 그리고 억지 혼사를 하고 나서는 앞으로 그렇게까지 아득한 일이 또 생기리라고는 생각하지 못했었다. 그러나 봉선사 생활을 마치고 집에 들렀을 때 아들 산휘를 보는 순간, 그리고 그 아이가 자신의 아들이라는 사실을 느끼는 순간 말할 수 없는 절망감이 가슴을 찢는 듯했었다. 산휘는 커다란 장애였다.

그러나 지함은 훌훌 다 떨치고 화담에게 갔었다. 가끔 아들 산휘의 얼굴이 머리에 떠오르기도 했지만, 그럴 때마다 지함은 머리를 흔들어서라도 더 생각하지 않으려 애를 썼다.

아내, 산휘, 이 두 사람을 생각하면 지함은 언제나 힘이 쭉 빠졌다. 그러면 또 도가 뭔지, 사는 게 뭔지 싶어 기분이 침울해져서는 박지화가 뭘 물어도 대답도 하지 않았었다.

그런데 이 아이 남사고는 제 부모와 함께 살면서 천진스럽게, 아이답게 행복하게 놀고 있지 않은가.

아이는 수수깡으로 만든 작은 달구지 같은 것을 마당 이 켠에서 저 켠으로 왔다갔다 밀고 다니는 놀이를 끊임없이 반복하고 있었다. 그리 즐거운 표정도 아니었고 그렇다고 지겨운 표정도 아니었다. 지함이 무심하게 마음을 열고 세상을 바라볼 때와 크게 다르지 않은 모습이었다.

열 살이나 됐을까, 얼핏 보면 더 어린 것 같기도 해서 천진해 보이기도 했고, 어찌보면 운주사의 지족처럼 달관한 모습 같기도 했다. 아무튼 오랫동안 아이를 지켜보고 있으려니 마음이 훤히 열리는 느낌이었다.

「얘야.」

세 번쯤 부르자 그제서야 아이가 고개를 들었다.

「누구십니꺼?」

낯선 사람에 대해 전혀 낯을 가리지 않는 표정이었다.

「네가 불영사 스님에게서 책을 얻었다는 그 아이냐?」

「예. 그렇십니더.」

「이름이 무엇이냐?」

「남사고입니더.」

말투는 제법 어른스러웠다.

「그래, 그 책에 뭐라고 적혀 있던가?」

남사고는 이지함이 말을 끝내기도 전에 얼른 방으로 뛰어들어 가더니 먼지가 뽀얗게 내려앉은 책을 들고나와 지함에게 내보였다. 부모들이 글을 읽지 못해서인지 그 책을 대수롭지 않게 여기는 듯 따로 깊숙히 간직하지 않은 것이 오히려 다행이었다.

책은 두꺼운 가죽으로 표지를 엮고 속은 보통 한지로 만든 필사본이었다. 표지에는 〈신서비해(神書秘解)〉라고 붉은 주서로 씌어 있었다.

「이 책을 내가 보아도 되느냐?」

「아무도 보여 주지 말라고 했심더. 겉만 보는 건 괜찮습니더.」

「책을 보았다는 사람이 많던데, 왜 나는 안 되느냐?」

「며칠 전에 어떤 할아버지가 보시고는 그렇게 말했심더.」

「왜?」

「사람이 다친답니더.」

「이 책을 본 사람이 누구누구냐?」

「동네 사람들이 다 보았십니더. 또 얼마 전에 어떤 할아버지
가 와서 보여달라 케서 보여 주었습니더.」

「그래? 너는 이 책이 뭔지 알고 있느냐?」

「모릅니더.」

아이는 지함에게 보였던 책을 얼른 넘겨받고는 계속 수수깡
달구지를 밀고 다녔다.

「너 몇 살이냐?」

「아홉 살입니더.」

「글은 알겠지?」

「예.」

「이 책은 읽었느냐?」

「아닙니더. 무슨 말인지 알 수 없어서…….」

「너 이후부터 이 책을 아무에게도 보이지 말아라. 이 책을 더
보여주면 큰일나니 아무도 모르는 곳에 숨겨두었다가 나중에 크
거든 보도록 해라. 그리고 누가 이 책을 보자고 하면 어떤 손님
에게 주었다고 말해라. 알아 듣겠니?」

아이의 검은 눈동자가 커졌다. 겁을 집어먹은 듯했다.

「예.」

「지금 곧 숨겨라. 나는 한양에서 온 이지함이라고 하니 잘 기
억해두었다가 한양에 오거든 나를 찾아라. 그때 내게도 보여다
오.」

「나쁜 책입니꺼, 좋은 책입니꺼?」

「아직은 나도 모른다. 그렇지만 이 책을 나쁜 사람에게 보이
면 큰일이 일어난다. 사람이 죽을 수도 있다. 절대로 보여서는

안 된다. 부모님에게도 숨겨야 한다. 반드시 네가 직접 읽을 수 있을 때까지는 책을 꺼내지 마라. 알아 듣겠니?」

「예.」

「내 이름이 뭐라고 했지?」

「지자 함자 아닙니꺼.」

「바로 그렇다. 잊지 말거라.」

아이는 얼떨떨해 하면서도 사람이 죽는다는 말에 겁을 먹은 모양이었다.

어린 남사고는 〈신서비해〉를 들고 뒷결으로 통통거리며 뛰어 갔다.

잠시 후 발갛게 상기된 얼굴로 뛰어온 남사고는 몇 마디 나눈 말에 지함을 완전히 믿어버린 듯 자랑스럽게 말했다.

「아무도 못 찾을 곳에 꽁꽁 숨겨두었지예.」

지함은 아이의 머리를 쓰다듬었다.

「그래. 잘 했구나. 네가 스물쯤 되거든 잊지 말고 그 책을 찾아 보도록 해라. 노스님이 너를 매우 아끼신 모양이로구나.」

아이는 고개를 끄덕였다.

「스님은 내 동무였습니더. 다른 사람들은 전부, 우리 어무이 아부지도 절더러 바보라고 늘리기만 했는데 스님은 안 그랬어 예.」

「사람들이 왜 너를 바보라고 놀렸지?」

「나는 아이들하고 노는 게 재미없십니더.」

「그럼 뭐가 재미 있는데?」

「하늘도 구름도 별도 바다도 재미있습니더.」

아이가 불쑥 지함의 손을 잡아끌었다. 아이가 데려간 곳은 뒤란의 장독대였다. 아이는 지함의 손을 잡은 채 그 중 가장 커다란 장독 위에 달랑 올라가 앉았다.

「여기가 제 자리라예. 저는 여기 앉아서 밤새도록 별을 봅니더.」

「별은 왜?」

「노스님이 그러셨습니다. 별은 조상의 눈이랍니더. 조상들은 후손들에게 하늘의 비밀을 몰래 말해주느라고 매일 눈을 깜박거리는 거라예.」

「그래서 무얼 보았느냐?」

「오늘 밤엔 조기 내 머리 위에 북극성이 뜰 거구요, 저쪽 나뭇가지 위에서 샛별이 떠서 아침이면 이쪽 추녀로 빠져나가지예.」

아이는 영롱한 눈으로 석양이 져오는 하늘을 올려다보고 있었다. 잔바람이 아이의 머리를 흐트리며 살짝 비켜갔다.

「노스님이 있을 땐 하루종일 숲속에 앉아서 새가 지저귀는 소리를 듣고 바람을 보았습니다.」

「바람을 보다니?」

「스님이 그랬습니다. 모든 것은 있고도 없는 거라구예.」

「네가 그 말을 아느냐?」

아이는 고개를 끄덕였다.

「선비님이 여기 있다 가버리면 있고도 없는 거 아닌교. 그렇지 않습니꺼?」

지함은 웃으며 아이의 머리를 쓰다듬었다.

「그래. 나는 이제 가봐야겠다. 내 말을 잊지 않았겠지?」

아이는 이별을 아쉬워하는 듯 서글픈 눈으로 고개를 끄덕였다.

「그럼, 잘 있거라. 언젠가 다시 만날 날이 있을 게다.」

지함은 아이를 장독에서 내려놓았다. 골목길을 걸어가다 뒤를 돌아보았을 때 아이는 또다시 수수깡 달구지를 밀며 마당을 이리저리 오가고 있었다.

이지함은 주막으로 돌아왔다. 박지화가 마침 주막의 다른 손님하고 고누를 두다가 지함이 들어오는 걸 보고 물었다.

「그래, 그 책은 보았는가?」

「아닙니다. 벌써 없어졌습니다. 뭐 신통할 리가 있습니까? 산중에 박혀있는 중이 뭘 안다고…….」

「그렇지 뭐. 그런 말을 어디 한두 번 들었나? 이쪽으로 말을 두지요.」

박지화는 금세 고누에 정신이 팔려 책에 대해서는 더 묻지 않았다.

주막의 초가 지붕 위로 둥근 박 두 개가 보기 좋게 열려 있었다. 보름이 막 지난 달은 조금씩 이지러지고 있었다.

이튿날 길을 떠나려는데 갑자기 어제 지함이 만났던 아이가 주막으로 뛰어들었다.

「선비님, 선비님. 큰일났습니다. 아부지가 칼에 맞았습니다. 책도 없어졌어예.」

「뭐라고?」

지함은 아이를 따라 한숨에 달려 아이의 집으로 갔다. 남사고의 말대로 아이의 아버지는 칼을 맞은 채 쓰러져 있었다.

「아는 대로 말해라.」

「아부지 혼자 집에 계셨는데, 서당에 갔다와 보니 아부지는 저렇게 칼에 찔려 돌아가시고…… 흑흑흑. 책도 없어지고……

흑흑흑.」

남사고는 눈물을 펑펑 흘리면서 말했다.

지함은 시신을 살펴보았다. 목 부위에 칼에 찔린 자국이 선명했다. 단 한번에 목숨을 끊은 것으로 보아 예사 솜씨가 아닌 듯했다.

「내가 다녀간 뒤에 누가 왔었느냐?」

「아무도 안 왔심더.」

「낭패로군.」

그때 포졸들이 들어섰다.

「누구냐?」

포졸들은 지함과 박지화를 보고 냅다 창을 겨누었다.

「지나가는 길손이오.」

「길손? 너희들이 책을 훔쳐다가 횡재를 보려했구나. 당장 오랏줄을 받아라.」

두 포졸은 다른 것은 알아볼 것도 없다는 듯 두 사람을 꽁꽁 묶어 관아로 끌어갔다.

지함과 박지화는 관아 뜰에 엎드려 현감의 문초를 받았다.

「죄인들은 듣거라. 너희가 사람까지 죽이면서 책을 빼앗았다고? 그 책이 얼마나 귀한 책이길래 사람까지 죽이고 그것을 빼앗았단 말이냐.」

「우리는 모르는 일이오.」

「여기 포졸들이 직접 보았다는데 무슨 말이냐?」

지함과 박지화를 잡아온 포졸 둘이서 의기양양하게 서 있었다.

「칼을 씌워 하옥해라!」

현감은 더이상 문초도 하지 않고 옥사에 두 사람을 집어넣으라고 명했다. 범인이 따로 잡히지 않는다면 두 사람은 영낙없이 망나니의 칼에 목을 바쳐야 할 판이었다.

포졸들이 두 사람을 끌고 옥사로 갔다. 무거운 칼이 지함과 박지화의 목에 걸렸다.

박지화는 몹시 초조해서 숨까지 가쁘게 쉬고 있었지만 지함은 태연하기만 했다.

「여보게, 지함. 여기서 꼼짝없이 죽을 판인 모양일세. 어서 한양에 사람을 보내 도움을 청해야 하지 않겠나?」

「아닙니다. 내일쯤 제가 자수를 하겠습니다.」

「그러면 자네가?」

「무슨 말씀? 아닙니다. 범인은 따로 있습니다.」

「그러면 왜 자네가 자수를 하나?」

「그래야 범인을 잡습니다. 제가 자수를 하면 형님은 무고하여 곧 풀려날 것입니다.」

「나 하나 풀어주려고 그러는가?」

「아닙니다. 나가셔서 하실 일이 있습니다.」

「무언가?」

「풀려나거든 남사고 그 아이 부친의 사주를 적어다 주십시오.」

「그건 또 무엇하려고? 이미 죽은 사람인데. 우리 목숨이 중하지 않은가?」

「길이 거기에 있습니다. 자, 이 돈은 형님이 가지고 있다가 포졸을 매수할 때 요긴하게 쓰십시오.」

이튿날 두 사람은 다시 현감 앞으로 끌려나갔다.

현감이 문초를 시작하자 지함이 즉각 시인하고 나섰다.

「내가 그랬소이다. 그 책이 탐이 나서 그저께 밤에 몰래 주막을 나와 그 아이가 사는 집으로 가서 책을 빼앗았소.」

「사람도 네가 죽였으렷다!」

「그렇소. 들킨 김에 내처 칼까지 들이댔소. 이 사람은 모르는 일이니 풀어주시오.」

「아니, 자네가, 자네가 사람을 죽였단 말인가? 그까짓 책이 무에 그리 소중하다고 사람까지 죽였단 말인가?」

「형님, 그 책 한 권이면 팔자를 뜯어고칠 수 있습니다. 앞날이 속속들이 죄다 나와 있는데 정승인들 부럽겠소?」

「옳거니! 네놈이 그래서 사람까지 죽이며 그 책을 훔쳤구나. 여봐라! 저놈을 당장 족쇄까지 채워서 하옥시켜라. 곧 참수를 하리라.」

지함이 칼을 쓰고 족쇄가 채워져 하옥되는 사이 박지화는 포승이 풀렸다.

박지화는 곧바로 남사고에게 찾아갔다.

「저놈도 한패 아이가?」

장사를 막 치른 동네 사람들이 박지화를 알아보고 달려들었다.

「미안합니다. 우리는 범인이 아닙니다. 곧 범인을 잡아 누명을 벗겠습니다. 만일 범인이 잡히지 않으면 그때 가서 우리 목숨을 마음대로 하셔도 좋습니다. 어차피 제 아우가 옥사에 잡혀 있습니다.」

그래도 마을 사람들은 눈빛을 풀지 않았다.

박지화는 남사고를 찾았다. 박지화는 남사고를 만난 적이 없었으나 금세 알아볼 수 있었다. 어린 몸에 상복을 입은 남사고가 제 발로 박지화에게 걸어왔던 것이다.

「네가 남사고냐?」

「예. 이 선비님하고 같이 다니시는 분이십니꺼?」

「그렇다마는 이 선비는 억울하게 누명을 쓰고 잡혀 있단다. 범인을 잡지 못하면 그 선비가 대신 죽게 된다.」

「그라모 어떻게 범인을 잡습니꺼?」

「이 선비가 네 아버지의 나이와 생일을 알아오라고 했다. 어머니에게 여쭈어 사주를 알아달라고 하거라.」

「어무이는 지금 실신하여 깨어나지 못하고 있습니다.」

「그러면 네가 아는 대로라도 알려주려무나.」

「지는 알지 몬하고 어무이만 아십니다.」

「알았다. 네 어머니가 정신을 차리시는 대로 아버님 사주를 받아적어 내게로 가져오너라. 그렇지 않으면 이 선비가 억울하게 죽는단다. 너도 믿지, 이 선비가 그런 사람이 아니라는 걸.」

「예. 아부지가 돌아가시기 전에 어무이가 누굴 보았답니다. 헐레벌떡 사립을 뛰쳐나가는 사람의 뒷모습을 보았는데 키가 작더랍니다. 이 선비님은 키가 크시잖습니꺼?」

「그렇구나. 키가 크다. 그밖에는?」

「뛰어가는 게 여간 날래지 않았답니다.」

「음. 알았다. 나는 주막에서 연락을 기다리고 있을 테니 아버님의 사주를 알아내는 대로 달려오려무나.」

박지화는 주막으로 돌아갔다.

주막에서 초조하게 기다리고 있는데 땅거미가 질 무렵 남사고가 주막으로 왔다.

「그래, 알아냈느냐?」

「예, 여기.」

「음, 알았다. 애썼다.」

「그런데 선비님. 이걸 어디에 쓰시려구 그러십니꺼?」

「나도 모른다마는 이걸 이 선비에게 전해야 한다. 내가 얼른 옥에 다녀오마.」

박지화는 곧바로 관아로 달려갔다. 그러나 살인범이라고 면회가 되지 않았다.

박지화는 관비 하나를 잡고 쪽지를 부탁했다.

「이걸 좀 살인죄로 잡혀있는 이지함이라는 사람에게 전해주시오.」

쪽지와 함께 엽전 몇 닢이 함께 건네졌다.

관비는 엽전을 보더니 히죽거리며 고개를 끄덕였다.

「무슨 말이 있으면 내게 전하시오. 여기에서 기다릴 테니.」

관비는 두말없이 관아로 들어갔다.

얼마 기다리지 않아서 관비가 다시 나왔다.

「선비님, 나이가 스무한 살이고 칠월 칠일생이 누군지 찾아보랍니다.」

「스무한 살에 칠월 칠일생이라…….」

「스무한 살이야 우리 관아에도 많이 있고, 칠월 칠석이라. 옳지. 그런 사람이 있습니다.」

「그게 누군가?」

「포졸 하나가 그런 사람이 있습니다.」

「뭐라고?」

「그런데 그건 알아서 어디에 쓰시려구요.」

「아니네. 그 포졸이 어디에 사는가?」

관비가 말을 하지 않고 우물쭈물했다. 박지화는 동전 두 닢을 집어 관비의 손에 쥐어주었다. 그제서야 관비는 그 포졸이 사는 집을 알려주었다.

포졸이 사는 곳은 주막에서도 멀리 떨어진 마을이었다. 박지화는 단숨에 그곳까지 달려갔다. 마침 그 포졸이 집에 있었다.

「여보시오.」

포졸은 박지화를 보는 순간 깜짝 놀랐다. 그러고는 애써 당황한 표정을 감추려 하였다.

「무, 무슨 일이오?」

박지화는 더 볼 것도 없이 그 포졸의 목덜미를 꽉 움켜잡고 방으로 집어던졌다. 박지화가 포졸의 배에 올라타고 목줄기를 쥐자 포졸은 캑캑거리면서 발버둥쳤다.

지함이 스물한 살에 칠월 칠일생을 찾으라고 할 때에는 필시 그가 범인이라고 지목하는 것이리라고 박지화는 믿었던 것이다.

「네 놈이 남 씨를 죽이고 책을 훔쳤것다!」

「으으윽.」

포졸은 신음소리만 내고 대답을 하지 않았다. 박지화는 목뼈가 부서져라 하고 손아귀에 힘을 주었다.

「마, 말하겠소.」

「오냐, 어디 한번 털어놓거라.」

「실은 현감 어른이 시켜서 한 일이오.」

「현감이?」

「그 책을 한양에 있는 정승에게 상납하려구요. 벼슬을 사려는 것이지요.」

「그렇다고 사람까지 죽이느냐?」

「현감이, 만일 들키게 되면 죽여없애야 한다고 했습니다.」

「틀림없으렷다.」

「예.」

「너만 알고 있느냐?」

「아니오, 형방도 알고 있습니다.」

「네가 살고 싶다면 꼼짝 말고 예 있거라.」

박지화는 포졸의 입에 재갈을 물리고 몸을 꽁꽁 묶어서 헛간에 숨겨놓았다.

「내가 곧 올 테니 그때까지 찍소리 말고 있거라. 그렇지 않으면 내 손으로 목뼈를 부러뜨리겠다.」

벌써 사방이 어두워지고 있었다.

박지화는 다시 관비를 불렀다. 관비는 옥에 들어갔다가 곧 돌아왔다.

「이걸.」

관비가 쪽지를 내밀었다.

'사람들에게 그 포졸이 직접 말하게 하십시오. 그러면 저는 풀려납니다.'

박지화는 엽전 몇 닢을 관비에게 던져주고 곧 남사고를 찾아갔다.

남사고의 집에는 아직도 사람들이 많이 남아 있었다.

「선비님.」

「그래, 범인을 잡았다.」

박지화가 범인을 잡았다고 말하자 마을 사람들이 몰려들었다.

「그래, 범인이 누구인교?」

「예, 지금 제가 잡아놓았습니다. 함께 가서 그자를 잡읍시다.」

박지화가 앞장서자 마을 사람들이 우르르 뒤를 따랐다.

사람들이 떼를 지어 그 포졸의 집으로 몰려들어갔다.

박지화는 헛간에 숨겨두었던 그 포졸을 끄집어내었다.

사람들은 소문을 들었는지 점점 더 모여들었다.

「네 입으로 네가 말하거라. 누가 시켰느냐?」

박지화는 포졸의 입에 물린 재갈을 뽑았다.

「저어, 저…….」

「말하래이!」

마을 사람 하나가 냅다 소리를 질렀다.

「현감 어른이…….」

포졸은 훌쩍거리면서 현감이 시킨 사실을 낱낱이 불었다.

동네 사람들이 웅성거리더니 누군가의 제의로 관아로 달려가기 시작했다. 사람들이 관아로 달려가자 박지화는 포졸의 결박을 풀었다.

「너는 이 길로 이웃 현으로 달려가서 그쪽 현감에게 알려라. 그렇지 않으면 네 목숨이 위태롭다. 여기에 이대로 있다가는 너를 진범으로 몰아갈 것인즉.」

포졸이 헐레벌떡 어둠 속으로 사라지고 나서 박지화는 관아로 향했다.

관아에는 성난 백성들로 가득 차 있었다.

당황한 현감은 일단 이지함을 풀어주고 책을 내놓았다.

「사실은 그 포졸 놈이 이걸 훔쳐와서는 내게 주었소. 난 모르는 일이오. 포졸 놈이 그 짓을 하다니.」

「책을 당신이 가지고도 억울한 사람을 붙잡아두었소!」

박지화가 소리를 지르자 현감은 몹시 당황하여 변명을 계속 늘어놓았다.

「보시오. 저 책은 아무 소용도 없는 것이오.」

「무슨 얘기요?」

「글은 한자로 되어 있지만 도저히 뜻을 풀 수 없는 책이오. 소문과는 다른 책이란 말이오. 이 책은 남씨가 가지고 있던 책이 아니오.」

「뭐라구?」

현감이 서둘러 책을 내놓았다.

지함은 그 책을 받아 남사고와 박지화를 데리고 주막으로 갔다.

「무정, 무정 스님. 어디 갔소?」

「여깃소.」

무정이 그때까지도 봉놋방에 있었다.

「아직 안 떠나셨구료.」

「선비님들이 잡혀갔다 해서 선뜻 떠나질 못하고 지켜보았소.」

「이리 오시오. 이 책이 스님이 보셨다는 그 신서요?」

무정은 지함에게서 책을 받아 들여다보았다.

「겉장은 맞는데…… 이상하군요. 이건 비결로만 되어 있소이다. 내가 본 〈신서비해〉는 비결은 아니었소. 우리네도 알아볼 수 있는 글로 쉽게 적혀 있었소.」

「내가 볼 때에는 이 책이었소. 그렇다면 그 전에 책이 바뀌었단 말인가?」

이지함이＊박지화를 돌아다보았다.

「남사고야. 이 책을 본 사람이 누구누구라고 말했었지?」

「동네 사람들이 우르르 몰려와서 한 차례 보았고요, 그 다음에는 어떤 할아버지가 찾아와서 보여주었습니다.」

「그리곤?」

「그 다음에는 선비님이 보셨습니더?」

「난 마을 사람들과 함께 보았었소.」

신서가 바뀌었다. 겉표지만 그대로 있고 알맹이는 전혀 다른 책이 된 것이었다.

「그 노인을 찾아야 한다. 그래야 네가 잃어버린 신서를 찾을 수 있다.」

「아는 노인도 아니고 어떻게 찾소? 혹 다시 오기나 한다면 몰라도. 책을 훔쳐간 사람이 다시 올 리는 없고…….」

무정이 아쉬운 듯 방을 나갔다.

남사고도 방을 나가려 했다.

「가려고?」

「그럼 어떻게 합니꺼? 잃어버린 책을.」

「이거라도 가져가거라.」

「싫습니더. 가짜를 갖다 무에 쓰니꺼? 어무이까지 돌아가시면 안 됩니더.」

「그러면 이 책은 태워버리자. 이 책 때문에 다른 사람이 다치면 안 된다.」

지함은 가짜 신서를 펴보았다. 온통 알아볼 수 없는 비밀스런 내용으로 꽉 차 있었다.

「그까짓 것은 보아서 뭘하나? 어차피 가짜라는데…….」

박지화가 자리에 벌렁 누우면서 말했다.

그래도 지함은 한장 한장 넘겨보았다. 남사고는 그러는 지함을 물끄러미 바라보았다.

지함은 다시 첫장을 펴서 가만히 들여다보았다.

「응?」

지함이 눈을 번쩍 뜨더니 책을 가까이 들여다보았다.

「왜 그러는가?」

지함은 잠시 아무 말없이 책을 들여다보았다.

「가짜라도 뭔지는 봐야 되는데 통 읽을 수가 없습니다.」

「도적놈이 진짜를 빼가려고 아무렇게나 써놓은 것이네. 볼 필요도 없네.」

「누군가 그저 아는 글자는 죄다 끄적거렸군요. 순서도 없이.」

「태우지 않으실 겁니꺼?」

「옳지. 너, 나가서 주모에게 화로 좀 갖다 달라고 하렴.」

남사고가 밖에 나가더니 한참 만에야 화로를 들고 들어왔다.

「광에 깊이 둔 걸 꺼내왔심더. 많이 기다리셨습니꺼.」

「아니다. 그새 한번 훑어보았다. 쓰잘 데 없는 잡문이다.」

「그만 태우게.」

「그러지요. 끝장까지 다 넘겼는데 도통 뭐가 뭔지 알 수가 없습니다. 이렇게 써놓았으니 그럴 듯하여 가짠 줄 몰랐던 거지요. 저도 깜빡 속았으니까요.」

「선비님, 지가 불을 붙이것습니더.」

「사람 잡는 책이니 이런 책은 태워 없애야 한다. 이런 책이 항간에 돌면 사람들이 여럿 다친다. 우리도 여기에 더 머물다보면 귀찮은 일이 생길지 모르니 그만 떠나겠다.」

지함은 책에 불을 붙여 화로에 던졌다. 책은 화로 속에서 활

활 타올랐다.

지함과 박지화는 남사고를 돌려보내고는 주막을 나와 길을 떠났다.

마침 무정도 함께 길을 떠난다면서 주막을 나왔다.

멀리 관아에서는 계속 시끄러운 소리가 들려왔다.

「여보게, 범인을 어떻게 알았는가?」

「남씨는 바로 그 시에 죽을 운명이었습니다.」

「범인은?」

「남씨의 명을 끊을 사람은 그 포졸이었습니다.」

「그게 다 정해져 있단 말인가?」

「정해진 게 아니라 사람이 그렇게 하는 거지요. 기를 알지 못하니 기에 눌려 사는 것일 뿐입니다. 하늘이 시킨 건 아니랍니다.」

「그런들 어떻게 풀려날 줄을 알았는가? 계속 뒤집어씌우면 그만인데.」

「현감이 수에 약합니다. 수란 백성의 소리입니다. 그것도 홍수처럼 밀려오는 수에는 금세 빠지고 맙니다.」

「허허허.」

두 사람은 껄껄 웃으면서 어두운 밤길을 걸었다.

그 밤을 밟고 오는 사람들이 있었다.

바로 서기 일행이었다. 경주부터는 박지화의 병으로 지함이 빨리 걷지 못한 탓에 세 사람은 부쩍 따라붙었던 것이다. 게다가 지기(地氣)가 떨어진 화담의 현신이 사라지면서 지함, 박지화 두 사람은 며칠이나 지체했었다.

서기 일행이 주막에 들어가 지함의 소식을 물었다.

「그 손님들 저녁 나절에 떠났습니더.」

그러자 서기가 당장 발걸음을 돌렸다.

「가세. 빨리 가면 따라갈 수 있을 것이네.」

「늦었네. 어차피 이 선비님도 멀리 가진 못하실 걸세.」

「그러세. 오늘은 쉬세. 이제 화담 선생님의 현신도 사라지셨으니 이 선비를 뵙는 것은 시간 문젤세.」

전우치와 남궁두가 몹시 피곤했던지 서로 맞장구를 쳤다.

서기도 하는 수 없이 주막에 들었다.

하기사 걷기에는 너무 어두운 밤이었다.

「이게 뭐지?」

방에 먼저 들어간 남궁두의 말이었다.

「뭔데 그러나?」

서기가 방으로 들어갔다.

「이건?」

남궁두가 화로에 타다 남은 종이를 들여다보면서 말했다.

「이건 자네가 잃어버린 그 〈홍연진결〉에 있던 글자일세.」

서기가 들여다보니 그건 틀림없는 화담의 글씨였다.

「맞네. 틀림없네. 그렇다면 이 책이 불에 탔단 말인가?」

서기는 황급히 주모를 불렀다.

「주모! 주모!」

주모가 헐레벌떡 달려나왔다.

「왜 그러십니꺼?」

「이 방에 누가 있었소?」

「손님들이 찾던 그 선비들이 묵었는기라. 와 그라는기요?」

그렇다면 그 책은 이지함이 태운 것이 분명했다.

「마 그 책 때문이사 여럿 다쳤데이. 이 선비라카는 양반 목이 날아갈 뻔했습니더.」

「무슨 일로요?」

주모가 신이 나서 사연을 미주알고주알 고해 바쳤다.

「그래서 큰일 날 책이라고 안 태웠는교?」

「아이구, 저런.」

서기가 장탄식을 했다.

「이젠 영영 끝났네. 화담 선생의 말씀만 믿고 가만히 앉아서 기다렸더라면 이런 일이 없었을 텐데. 아이고.」

그러나 이미 엎질러진 물이었다.

서기는 이튿날 남사고란 아이를 찾아갔다. 도대체 어떻게 해서 그 책을 받았는지 궁금했던 것이다.

「너 그 책을 어디서 얻었더냐?」

「그 책은 다 태웠습니더. 이젠 없십니더.」

남사고가 몹시 두려운 목소리로 말했다. 아버지까지 앗아간 책을 또 사람들이 묻고 있는 게 두려웠던 것이다.

「안다. 그 책을 처음에 어디서 얻었느냐구 물었다.」

「〈신서비해〉요?」

「〈신서비해〉?」

「그 책 이름이 그랬습니더.」

「그래?」

「불영사 스님이 주셨습니더.」

「불영사 스님?」

「예.」

「어떤 분인데?」

「도유 노스님이라예.」

「그래.」

「그런데 책을 도둑맞았십니더. 이젠 없십니더.」

「불에 태웠다면서 도둑을 맞았다니.」

「진짜는 도둑을 맞고, 가짜를 태웠십니더. 우리집엔 이제 진짜고 가짜고 아무것도 없십니더. 들어가보이소.」

「가짜?」

「선비님들이 그래 말했심더. 어떤 노인이 그렇게 바꿔친 거라예.」

「노인?」

서기는 짚이는 게 있었다. 화담의 얼굴 생김새를 남사고에게 그대로 말해주었다.

「그분이 맞지?」

「예. 맞십니더.」

서기는 또 답답해졌다.

그는 화담이었다.

서기한테서 빼앗은 〈홍연진결〉을 지함에게 전해주기 위해 남사고란 어린 아이에게 부촉했던 것이었다. 그런데 그것을 정작 주인이 알아보지도 못하고 태워버렸다니.

서기는 난감했다.

이제는 이지함을 따라가는 일도 아무런 소용이 없게 되었다.

「난 그만 계룡산으로 돌아가겠네. 일은 이미 다 글러버렸네.」

전우치와 남궁두도 맥이 빠져 아무 말도 하지 못했다.

「가세.」

서기가 울먹이면서 말했다.

하늘을 올려다보아도 답답하고 땅을 내려다보아도 답답하기만
했다.

〈下권으로 계속〉

이재운

충남 청양 출생.
중앙대학교 문예창작과 동대학원 졸업(비교문학석사)
명상 전문지 「禪思想」과 김형윤편집회사를 거쳐 현재
한국출판정보센터 대표.
저서에 명상소설 「아드반」, 禪師 公案 解說集 「木佛을
태워 사리나 얻어볼까」, 「밀라레빠의 塔」이 있다.
「소설 토정비결」에 쓰인 일화, 이론 등은 수십년간
祕書, 讖書를 연구해 온 공주 용화사의 한 스님이
제공하였다.

┌─────────────────────┐
│ *저자와의 협약에 의하여 │
│ 인지 첨부를 생략합니다. │
└─────────────────────┘

소설 토정비결

초판 1쇄 발행/1991년 12월 17일
초판33쇄 발행/1992년 6월 15일

저자/이재운
발행인/송영석
발행처/해냄출판사

등록번호/제10-229호
등록일자/1988년 5월 11일

서울시 마포구 대흥동 325-76, 성진빌딩2층
전화 701-6801, 714-8684, 704-5301
팩스 701-6819

파본은 본사나 구입하신 서점에서 교환하여 드립니다.

값 4,000원

ISBN 89-7337-002-2

KYONG GRAPHMAN